公事宿事件書留帳

虹の見えた日

澤田ふじ子

幻冬舎

虹の見えた日

公事宿事件書留帳

装幀・装画　蓬田やすひろ

目次

主な登場人物

田村菊太郎《きくたろう》　京都東町奉行所同心組頭の家の長男に生まれながら、妾腹のため腹違いの弟に家督を譲ろうと出奔《しゅっぽん》した過去をもつ。公事宿《くじやど》（現在でいう弁護士事務所兼宿泊施設）「鯉屋《こいや》」に居候《いそうろう》しながら、数々の事件を解決する。

お信《のぶ》　菊太郎の恋人。夫に蒸発され、料理茶屋「重阿弥《じゅうあみ》」で仲居をしていたが、団子屋「美濃屋《みのや》」を開き、ひとり娘のお清《きよ》を育てている。

鯉屋源十郎《こいやげんじゅうろう》　公事宿「鯉屋」の主《あるじ》。居候の菊太郎を信頼し、共に事件を解決する。菊太郎の良き相談相手。

田村銕蔵《てつぞう》　京都東町奉行所同心組頭。菊太郎の腹違いの弟。妻の奈々《なな》がいる。

牢舎の冬

一

「よう冷えますなあ——」

「ほんまによう冷えますわ。こんなんやったら、いっそちょっとでも雪が降ったら、幾分、暖こうなりますのになあ。こんな日ばかりつづいてたら、やがて心も身体《からだ》も凍《こご》えてしまいますがな」

二条城南の御池《おいけ》通りから姉小路《あねやこうじ》や三条に走る大宮通りに、畿内の各所から訴訟や裁判のため、東西両町奉行所にやってくる人々を専門に泊める、公事宿《くじやど》が軒を連ねている。

その一軒、公事宿「鯉屋《こいや》」の表では、正太《しょうた》と鶴太《つるた》が雑巾でせっせと千本格子を拭いており、吐く息が白かった。

「この時期、近江《おうみ》では毎日大雪やのに、山一つ隔てると、こうなんやさかいなあ。叡山の頂が、あないに真っ白になってるわいな」

近江堅田《かたた》生まれの正太が、北東の空に聳《そび》える比叡山を眺めながらぼやいた。

「おまえ、ついこの間の正月、里帰りしたばっかしやのに、もう里心が付いたのか」

鶴太がかれを嘲笑《ちょうしょう》する口調でいった。

「ばかをいうたらあかんわい。わしはありのままの感想を、口にしたにすぎへん。ちょっと離れただけでも、高い山があったり気象次第で、こうも違うというただけのこっちゃ」

二人は丁稚《でっち》小僧として鯉屋へ奉公にきて数年が経《た》ち、随分、大きくなっていた。

そろそろ手代《てだい》見習いとして使えそうな年頃。主《あるじ》の源十郎《げんじゅうろう》は下代《げだい》の吉左衛門《きちざえもん》と相談し、それを考えないわけではなかった。

京では雪の降りそうな寒い日や夜には、奇妙に晴れて底冷えだけが強くなる。それはかんと凍《い》て付く冷えで、声まで凍てる感じであった。

それに比べて雪降りの日には、妙に暖かく感じられるのが、京の冬の特徴。鯉屋の表を通りすぎていった二人連れの一人は、この特有の冷えについて愚痴っていたのである。

一方、馬蹄形《ばていけい》の盆地である京の夏は蒸し暑く、息苦しいほどになる。

この暑さに対応するため、鴨川や周辺の山間《やまあい》の川には、「川床」が設《しつら》えられた。また北山の奥に、冬に雪を蓄え氷状にする氷室《ひむろ》を拵《こしら》え、夏に涼を取るさまざまな工夫が凝らされていたのであった。

京扇子や御簾《みす》など凝った意匠の夏用の物が作られたのも、その一つであろう。

「おう、二人とも表の拭き掃除か――」

正太と鶴太が再び表格子を拭き始めたとき、いきなりかれらに声がかけられた。

二人が手を止めて声の方を見ると、そこには鯉屋の居候《いそうろう》を自認している田村菊太郎《たむらきくたろう》が、寒いにも拘《かかわ》らず着流しのまま立っていた。

「これは菊太郎の若旦那さま――」

「朝帰りでございますか」

　正太が明け透けにかれにいった。

「正太、そなたわしに、ずけずけというようになったものじゃ」

「そんなつもりは少しもございまへん。ほんまのことをいうただけどす」

「菊太郎の若旦那さま、堪忍してやっとくれやす。ただお戻りやすというたら、お気を悪うせんでもすむのに、この正太は阿呆《あほ》どすわ。そう思われしまへんか」

「鶴太が気遣いいたさずともよいぞよ。正太がもうした通り、本当にわしはいま朝帰りしたのじゃでなあ。正太は真っ正直にものをもうす奴。それはそれでよく、正太を庇《かば》うそなたも随分、大人になったものじゃわい」

「菊太郎の若旦那さまにそないいわれると、なんや気恥ずかしゅうなりますわ。もうそれくらいで勘弁しとくれやす」

「人は褒められてこそ育つもの。がみがみ小言ばかりいわれていては気持が萎《な》え、うまく育つまい」

「そしたら若旦那さまは、わたしどもを上手に煽《おだ》て、育て上げてはりますのかいな」

　正太がまた憎まれ口を叩いた。

「こ奴、それほど物事を歪《ゆが》めて考えるではないわ。わしはわしで、そなたたちの成長を素直に見守っているつもりじゃ」

「そうどしたら本当にありがとうおす。ところで菊太郎の若旦那さま、今朝はほんまに冷とうおすけど、足袋《たび》も履かんと素足で、大丈夫どすか」

「ああ、いくらかは冷たいが、丹田《たんでん》にぐっと力を入れて歩くと、それがましなのじゃ」

菊太郎はにやっと笑って説明した。

丹田は下腹部、臍《へそ》の下に当るところで、ここに力を入れると、健康と勇気を得るといわれている。

やくざ者たちが冬でも素足でいるのは、粋がっているのではなく、いざというときに足袋と草履《ぞうり》が滑り、ぐっと足を踏ん張れない恐れがあるからであった。

「昔、鷹ヶ峰《たかがみね》に本阿弥光悦《ほんあみこうえつ》どのといわれる刀剣の鑑定のほか、書や茶湯《ちゃのゆ》、工芸にも秀でたお人がおられてなあ。そのご母堂さまが貧しい人々に寒さを凌《しの》ぐため、胸や背中、腰などに一枚の紙でも当てればよいと、勧められていた。諸国を遍歴している頃、それを思い出していたしたところ、意外に温かく過ごせたぞ。そなたたちも心得ておくのじゃな」

「紙一枚でそれほど違いますのかいな」

「ああ、紙には織物と違い、隙間がない。そのため体温が保たれ、外からの寒さを防ぐのじゃ」

「なるほど、また一つ利口になりましたわい」

正太につづき、鶴太がいったときだった。

一挺《ちょう》の唐丸籠《とうまるかご》が、二人の小者《こもの》によって姉小路通りをまっすぐ西に運ばれてくると、次に公事宿が建ち並ぶ大宮通りを、北の目付屋敷に向かい始めたのである。

前後を四人の武士に警固された一行は、東町奉行所に進んでいるのは明らかであった。

前に位置した武士の一人は、建ち並ぶ公事宿の店々を、意味ありげにゆっくり眺め渡していった。

唐丸籠は円筒形の竹籠。重大な罪人の護送に用いられた。

警固する武士たちに見覚えはなく、両手を後ろで縛られ唐丸籠に入れられた人物は、寒そうにうなだれていたが、さして凶悪とは思われない白髪頭《しらがあたま》の中年すぎの男であった。

「菊太郎の若旦那さま、あれはなんでございまっしゃろ」

鶴太がかれにたずねた。

「はて、何だろうなあ。唐丸籠で運んでくるほどの悪党とも思われぬが――」

籠の中から菊太郎をちらっと見た男の目が、何かを訴えているようだった。

その顔はいかにも哀《かな》しそうであった。

「そやかて、重い罪人を入れる唐丸籠どっせ。盗賊の親分か、それ相当の悪人に違いありまへんがな。手下《てか》の奴らが、親分を奪い返しにくるのに備え、伊賀袴《いがばかま》をはいたお武家さまが、四人も付いていてきてはるのとちゃいますか」

「近頃、この京や畿内のどこかで大捕物があったとは、ついぞきいておらぬが――」

「若旦那がおききにならなんだだけで、あちこちに似顔絵を添えたお触れが出されている盗人《ぬすっと》は、何人もいてます。そのうちの一人が、京のどっかで思いがけず捕えられたのかもしれまへん」

「もしそうだとしても、その当人を京の東町奉行所に唐丸籠で運んでくるとは、なぜであろうなあ」

「どんな罪状で捕えられたのかわかりまへんけど、今日の公事溜《だま》り（詰番部屋）では、あの罪人について、あれこれ噂が飛び交いまっしゃろなあ」

公事溜りとは、民事訴訟事件に当る〈出入物《でいりもの》〉に関わる公事宿の主や下代、また手代たちが、控える部屋であった。

一方、刑事訴訟事件に相当する〈吟味物《ぎんみもの》〉には、公事宿は原則関わらないが、全く無縁というわけではなかった。

緊急に吟味の必要な罪人は、東西両町奉行所の牢に入れられ、たびたび吟味を受ける罪人は、そこから南に四町ほど離れた六角牢屋敷に収容される。

民事訴訟事件の被疑者で逃亡の恐れのある人物は、公事宿が設ける牢座敷に預けられるのであった。

しかし京の両町奉行所には、江戸・伝馬町《てんまちょう》の牢獄とは違い、牢奉行以下の独立した職制がなかった。

町奉行所の役人は、実際には牢舎の運営をしなかった。京都に限り、それは半官半民の自治組織の四座雑色《しざぞうしき》（上雑色・下雑色・見座・中座）によって果され、かれらは行刑《ぎょうけい》、警察的任務まで課せられていた。

江戸幕府は京都を支配するに当り、囚獄の運営を室町時代以降に発展してきた朝廷と民間の下部組織に巧みに委《まか》せ、自分たちが負うべき役割を放棄していたのであった。

それゆえ両町奉行所と六角牢屋敷との関係は、曖昧模糊《あいまいもこ》としたものだった。

六角牢屋敷に収容される罪人たちは、吟味が必要な場合、同心が当人を呼び出し、雑色が縄尻を摑《つか》んで連行してくる。

両奉行所は出来るだけ四座雑色との摩擦を避けたがっていた。それは朝廷との摩擦を避けたがるのと、同質のものだった。

とにかく、唐丸籠に罪人を入れ、東町奉行所に向かった一行は何か変であった。

「表格子の掃除は、もうほどほどにすればよかろう」

菊太郎は正太と鶴太の二人にいうと、鯉屋の土間にさっと入っていった。

帳場にはすでに下代の吉左衛門が坐り、何か書類をしたためていた。

「これは菊太郎の若旦那さま、おはようございます」

「ああ、おはよう。それよりいまわしは、唐丸籠に入れられ、四人の警固の武士に固められた罪人が、東町奉行所に向かうのを見てきたところじゃ。これはおそらく容易ではない事件。源十郎はまだ奥にいるのじゃな」

かれは立ったまま吉左衛門にきいた。

「はい、旦那さまは奥においでてございます」

「今日、源十郎はどこかへ行く予定があるのか」

「ご用でまいられるところはなく、町奉行所の公事溜りに行かれるぐらいどす」

幾らか勢い込んだ菊太郎の声をきき、手代の喜六《きろく》や手代見習いの佐之助《さのすけ》たちが、帳場の裏に構えられる「例繰方部屋《れいくりかた》」や土間の奥から姿をのぞかせた。

「若旦那、わたしならここにいてまっせ。いったい何の騒ぎどすな。若旦那らしくもない」

奥の部屋から主の源十郎が、手拭《てぬぐ》いで手を拭きながら姿を現した。

かれが苦情めいた言葉をいきなり菊太郎にいうのは珍しく、手代の喜六は初めてきいた気がした。

「これは粗忽《そこつ》であった、相すまぬ。実はいまわしは、表格子を拭いていた正太や鶴太ともども、見知らぬ武士四人に前後を固められた唐丸籠が、東町奉行所に向かっていくのを見たのじゃ。中には中年すぎの大人しそうな男が入れられていた。どこからまいったのかは知らぬが、尋常でない事態。奉行所ではすぐ評判になり、公事溜りにまいれば、それが何か噂となってきこえてこよう。わしはそれを知りたいのじゃ」

「若旦那、そら世間にはいろいろありますわいな。ましてや町奉行所。あっちやこっちから、何かと事件が持ち込まれてきまっしゃろ。若旦那はいま中年すぎの大人しそうな男といわはりましたけど、性悪な盗人は、得てして猛々《たけだけ》しい顔なんかしてしまへんえ。四人の武士に前後を固められ、唐丸籠に入れられたほどの男。よほどの悪党を捕えたもんの、処置に困った大津代官所か町奉行所が、窮して京都所司代さまか東西両町奉行所に、送り届けてきたのと違いますか——」

さすが公事宿の主だけに、源十郎はそこまですぐ読み取った。

「なるほど大津か——」

菊太郎は一言つぶやき、帳場の大火鉢のそばに坐り込んだ。

京に近い大津は、京・大坂の外港的役割を果し、幕府の直轄地として扱われている。琵琶湖の南に位置する大津は、東国や北陸諸国から船で運ばれてくる諸物資の集散地として栄え、諸大名は米相場をにらみ、少しでも高く売り捌《さば》くため、自領の年貢米をここに廻漕《かいそう》していた。

加賀藩の米蔵は「加賀蔵」と呼ばれ、浜町通りには彦根蔵、仙台蔵、若狭《わかさ》蔵など諸藩の米蔵や、幕府代官や旗本たちの蔵が、びっしり建ち並んでいるほどだった。

大津代官所は「近江代官」として、近江に散在する幕府直轄地の年貢徴収などを行い、時代により多少の変化はあったが、民政上は大津町奉行所ともども、京都所司代に直属していた。

公事訴訟を含め他の多くも、京都町奉行所と一体化して運営されていたのである。

大津と京は民政や政治の上から、一つと考えられていたのだ。

それだけに、大津代官所や大津町奉行所が処置に困惑する大きな問題は、京都所司代や京都町奉行所に相談が持ち掛けられていた。

そのため今度もそれに違いないと、源十郎は踏んでいたのだ。

「そういえば旦那さま、昨日のことどした。わたしが中立売《なかだちうり》まで用足しに出かけた戻り、どっかのお武家さまの使番《つかいばん》らしい一騎が、丸太町通りを東から早駆けしてきて、所司代屋敷の御門の前で馬から飛び下りてましたわ。菊太郎の若旦那さまが見はった唐丸籠の一件と、それはおそらく無関係ではありまへんやろ」

それまで黙っていた吉左衛門が、坐ったまままいきなり口を挟んできた。

「吉左衛門、おまえはそれが、大津から京都所司代さまに何か相談をかけてきた、お代官か町奉行の使いやないかといいたいんどすな」

「はい、さようでございます」

「それにしてもお上《かみ》同士がしている相談、町方《まちかた》の公事訴訟を一手に引き受けてる、うちら鯉屋みたいな公事宿には、どうでもええのと違いますか。そら、ときには吟味物にも関わりますけど、お上が何をあたふたしてはるのか、一つひとつ案じてたら切りがありまへんわ」

源十郎はまるで関心なさそうにいった。

「源十郎、そなたは素っ気なくもうすが、公事に関わる店の主として、それはなかろう。両手を縛られ唐丸籠に乗せられた男の姿を、わしはこの目でしかと見た。その唐丸籠はこれ見よがしに大宮通りを北へ、目付屋敷に向かっていったわい。四人の警固の侍どもは、町方を相手にする公事宿ごときには、手出し出来ぬであろうと、いいたげな顔付きで歩いていったのが、そもそも気に入らぬわい。次には籠に入れられた男の哀れな顔じゃ。あの目はなにゆえか、どうか助けていただきたいと、わしに訴えているように思われてならなんだ。あんな唐丸籠を見せびらかすように、公事宿が建ち並ぶこの大宮通りを通っていったのも、忌々しい」

菊太郎は自分の言葉で自分を発奮させているようであった。

京では東西両町奉行所が、町を二分して担当するのではなく、月番制だった。

両町奉行所とも二条城の南に目付屋敷を設け、その間隔は一町ほどしか離れておらず、この間に双方の与力《よりき》屋敷や同心組屋敷などが、混み合って建っていた。

月番でない奉行所は門扉を閉じ、通用門だけを開けている。

唐丸籠を運んできた武士の組頭《くみがしら》なる人物が、もし思慮深い男なら、相手の職域に踏み込むように、公事宿が建ち並ぶ町筋をわざわざ通らないだろう。堀川の御池から目付屋敷と二条城の石垣を見て、そのまままっすぐ北に、月番の東町奉行所へ向かうはずだった。

敢《あ》えてかれらが通った道順は、いわば公事宿を嘲笑したにも等しかったのだ。

なお二条城は寛文二年（一六六二）と同五年の地震、また寛延三年（一七五〇）八月二十六日の雷火によって五層の天守閣を消失させ、以後、それは再建されなかった。

「菊太郎の若旦那、わかりました。その男がどんな事件を起し、大津から運ばれてきたのか知りまへんけど、公事宿が並ぶ大宮通りをこれ見よがしに通っていったのには、腹が立ちますわな。そんなことをさせんようにしとくれやすと、町奉行所の用人《ようにん》さまたちに、一言、釘を刺しておく必要もあり、何の事件かそれ次第で、この鯉屋はおろか公事宿仲間が、一丸となって当らならんかもしれまへん。恐ろしいのは冤罪《えんざい》どすわ。仕置きを受けた後では、もう取り返しがつかしまへんさかい。今日は吉左衛門と一緒に、わたしの供をして、公事溜りに出かけとくれやす」

「おお、さすがに源十郎、奴らの通った道筋をきいたら、やはり腹が立ってきたのじゃな」

「そら、そうどすわ。公事宿には公事宿としての意地がございますさかい。急いで着替えてきますさかい、すぐ公事溜りに出かけまひょ。大津からどうして唐丸籠に人を押し込めてきたのか、噂をきき出さなあきまへん。何か変やと思うているのは、鯉屋だけではなく、他の店も同じどっしゃろ。ちょっと待っててておくんなはれ」

「よくわかった。早くいたせよ」

菊太郎はにやっと嗤《わら》い、背筋をのばした。

広い土間では、外で拭き掃除をしていた正太と鶴太が、何が起ったのかといわんばかりに、ぽかんと立っていた。

二

鯉屋の表に出ると、大宮通りに店を構える公事宿のそれぞれが、何となくざわめいていた。自分たちと同じように、主が下代か手代を従え、東町奉行所へ向かう姿が見かけられた。

「行っておいでやす」

「気を付けて行ってきておくれやす」

正太や鶴太、それに喜六たちから見送りの声がかけられる。

「ああ、そしたら後を頼みましたよ」

源十郎がかれらに言葉を返した。

羽織姿の源十郎と下代の吉左衛門、一方、菊太郎は寒いのに着流しのままであった。

外の空気はぴりっと肌を刺すように冷たかった。

「源十郎――」

菊太郎は自分の吐く息の白さにちょっと目を這《は》わせ、肩を並べるかれに声をかけた。

「若旦那、何どす」

「少し伝えたいことがあるのじゃが――」

「わたしかて、若旦那にいいたいことがございます」

「わしにいいたいことだと。それは何じゃ。ではそれを先にきくといたそう」

「ほな、そうさせていただきますけど、こんな寒いときに足袋も羽織もなしで、わたしと一緒に出かけはるとは、いったいどんな了見なんどす。少しはわたしの世間体《てい》も考えておくれやすな。世間は若旦那の野放図ぐらい知ってはりますけど、鯉屋の旦那は町奉行所に行くいうのに、そんなことにも気を配らへんのかと誹《そし》りますがな。田村家の若旦那に着るものもろくに着せず、足袋すら履かせてへんと、いうに決まってますさかい」

「何じゃ、そんなことか。暖衣飽食はわしが自らに戒めているところ。これもわしの人生修業の一つじゃ。いいたい奴には、何とでもいわせておけばいいのよ。一つひとつそれを気にするそなたでもなかろう」

「そやけど今朝は、わたしと町奉行所に出かけるんどすさかい、足袋を履き、羽織ぐらい着ていただきとうおすわ」

「源十郎、そなたは意外に埒《らち》もない愚痴をもうすのじゃなあ。そなたはそなた、わしはわし。それでいいのではないか。わしは世間の連中に鯉屋の居候、田村家の貧乏神、無為徒食の輩《やから》だと、いつもいうているのじゃぞ」

「そやけど、実際はそうではありまへんやろ。鯉屋のためだけではなく、世間のためにもあれこれ役に立ってはりますがな。歴代の町奉行さまも、菊太郎さまの評判をきき、東西どちらでもよい、出仕いたさぬかと、仰せられているではございまへんか。そこをよう考えはったらいかがどす」

「わしはさような誘いがいくらあったとて、金輪際、町奉行所には仕えぬともうしているであろうが。いっそわしを、永代町奉行に就かせてくれたら別だがなあ」

菊太郎は苦笑していった。

「そんな阿呆《あほ》なことは出来しまへん」

「阿呆なと思われる事柄でも、しかるべき人物が指図いたせば、出来ぬでもないわい。わしがもし町奉行になったら、京の人々が暮らしに困らぬ為政を、あれこれ行ってくれるわ。互いの足を引っ張り合う徒《いたずら》な出世主義。権威には弱く、貧乏な弱い者には強く出て、自分にぺこぺこするのをよろこぶ人間の多いこの世の中。わしは見ていて反吐《へど》が出るわい。寄らば大樹の陰。それくらいの処世は、わしでも知っているが、わしはその大樹が嫌いなのじゃ。さような物は切り倒してしまわねばならぬのよ」

「大樹を切り倒してしまうとは——」

源十郎は驚いた口調で小さくつぶやき、口をぐっとつぐんでしまった。

大樹を切り倒すとはどういう意味なのか、薄々、察せられたからだった。

「さほどに思うてはるんどしたら、仕方ありまへんなあ。ついでに付け加えさせて貰《もら》いますけど、若旦那がいわはった大樹、それもやがては腐り、倒れてしまいまっしゃろ。まあ、若旦那にはお好きなようにしていただきまひょか。わたしはもう何もいいしまへん」

ような」

「そうか、そなたもそう思うているのか。これは愉快じゃ。これについては、お互い黙ってい

腐って倒れるのは幕府に決まっていた。

「そんなん、誰にもきかせられしまへんわ」

「さて、そこでじゃが――」

「若旦那はわたしに、伝えたいことがあったんどすなあ。自分のことを先にしてしまい、ご免やしとくれやす。今度は若旦那のそれを、きかせとくれやすか」

「そなたが着替えに奥へ入ってから、ふと考えたことじゃ。大津からきた唐丸籠が、わざわざ大宮通りをこれ見よがしに通り、東町奉行所にまいったのは、なにがしかの意図があってではあるまいかと、思えてきたのよ。唐丸籠に入れられた哀れな囚人。公事宿の連中にそれを見せ付け、誰かこの人物を助けてやって貰いたいと、無言裡《むごんり》に示していたのではないのか。さよう考えると、すべて合点《がてん》出来るのじゃ」

「はあ、そんな考えも出来ますわなあ」

「武士とはもうせ、自分たちは大津代官所の一介の小役人。この囚人を助けたくともどうにもならぬ。どうぞ、公事宿の知恵あるお人にご助力いただけぬか。さよう思案して、大宮通りをこれ見よがしに通ったと考えれば、その行為は十分、納得出来ようがな」

源十郎の「はあ」といった声は、突然、菊太郎がいい出した考えが、全く意表をついていた

からだった。

かれに説かれると、そう考えられないでもない。他の公事宿の主や下代たちは、興味半分で東町奉行所に向かっているようだが、それすら大津代官所の武士たちの企図したことの一つに違いないという気持に、次第になってきた。

もしそうなら、その唐丸籠を押送《おうそう》してきた四人の武士の中に、よほどの知恵者がいるのだろう。

大津代官所や同奉行所が吟味に困惑している悪行。それはどんなことなのか。

自分たちでは処置出来かねる。それゆえ上級官庁ともいえる京都所司代や同両町奉行所に、糺《ただし》(審理)と裁許(判決)を委《ゆだ》ねてきたに相違なかった。

ただの人殺しや盗みではなく、それは一介の貧しい人物にしたところで、人の尊厳に関わる事案とも考えられた。

「源十郎、これはわれらも臍《ほぞ》を固めて取りかからねばならぬかもしれぬぞよ」

「もし若旦那がこれに関わるといわはったら、鯉屋は店を閉じる覚悟で当りますわいな」

「どんな事件かは不明だが、この世で起ったことは、この世で決着が付くものじゃ。鯉屋が手や口を出し、いかような事態になろうとも、廃業させられるほどのことはあるまい。世の中は曖昧でいかがわしいところもあるが、いざとなれば、意外に真っ当な道理が通るものじゃわい」

菊太郎は源十郎に醒《さ》めた声でいい、きっとした目で東町奉行所の四脚門《しきやくもん》を眺めた。

そこには二人の門番が、六尺棒を携えて立っていた。

なぜか今日は更に目付同心が加わっている。

門前で立ち止まり、通行札を差し出す公事宿の主や奉公人たちを、厳しい顔付きで確かめていた。

「よし、通るがよい——」

見知った相手でも通行札を一応改め、目付同心は表情を和ませもしなかった。

東町奉行所の公事溜りは、表玄関の西に連なる建物の一角にあり、そこそこの部屋。冬ともなれば、数個の火鉢が置かれていた。

公事宿は司法行政の一端を担っている。

京で起る公事訴訟は、徳川幕府としては決してなおざりに出来ない。かれらを慰撫《いぶ》しておく必要もあったからだ。

京では三代この地に住まねば〈京都人〉ではないと、いまでもいわれているが、町奉行所の与力・同心も世襲化が進み、曾祖父の代から務めている家も珍しくなかった。

勢い、かれらも〈京都人〉化し、京贔屓《びいき》になっている。

幕府にとって禁裏が危険な存在であるように、町奉行所に出仕する与力・同心も、厄介な存在になり得る要素を、備えていると考えられていたのであった。

両者が手を組めば、幕府をゆるがせることも可能だからだ。

それを率先して行う者がいなかったにすぎない。東西の両町奉行が、田村菊太郎に出仕をうながしているのは、腕にも知恵にも優れているのは勿論としても、かれをなんとなく危険視したためで、懐柔しておくに限ると考えていたからだろう。

菊太郎は自由奔放な生き方を好む人物で、一つの枠の中に閉じ込められない男。出仕をうながし、強いてそうさせたら、危険が増すのがわかってきた。

そのため近頃では、儀礼的に出仕をうながすだけになっていた。

かれはどんな勢力とも結び付こうとしない、一種の隠遁的韜晦者《いんとんてきとうかいしゃ》なのだ。

「あれほどの男、惜しいことじゃわ」

口に出し用人に嘆いたのは、堺奉行から東町奉行に就任した数代前の松浦伊勢守《いせのかみ》だけだった。

町奉行の任期はだいたい数年。そのかれも文化十三年（一八一六）三月に就任し、四年後の文政三年三月には、勘定奉行として江戸に転任していた。

「公事宿鯉屋に居候している元同心組頭・田村次右衛門《じえもん》の息子菊太郎なる人物、その者の扱いをゆめゆめ誤ってはなりませぬぞ」

これは歴代の前任者が、次の奉行にこっそり囁《ささや》いておくのが、実は慣例になっていたのであった。

公事溜りの隣は道具部屋、更に隣は同心部屋であった。

源十郎と菊太郎、それに下代の吉左衛門の三人が公事溜りに入ると、部屋の雰囲気がさっと変わった。

「鯉屋の源十郎はん、今日は菊太郎の若旦那さまもお連れなんどすか——」

源十郎に声をかけてきたのは、公事宿「但馬屋《たじまや》」の主太郎兵衛《たろべえ》であった。

八畳の公事溜りは人でいっぱいだった。

「はい、今日は朝から変なことがございましたさかいなあ」

「変なこととは、公事宿が並ぶ大宮通りを、囚人を入れた唐丸籠が、堂々と通っていったことどすか」

「そうどす。何でわざわざそんなことをしはったのか。これには何か事情があると思いましてな」

「公事宿に対してこれ見よがしに、あんな不作法な行いをして貰うたら、あきまへんわなあ。筆頭与力の原田《はらだ》靭負《ゆきえ》さまか吟味役頭の酒井《さかい》弥大夫《やだゆう》さまに、苦情の一つもいわせていただかないけまへん」

公事溜りは急に静まり、みんなが二人の会話にきき耳を立てていた。

キセルのたばこを、火鉢の縁にぽんと叩く音がひびいてきた。

「菊太郎さまはわたしらの思いも付かんことを、考えてくれはるお人どすさかい」

「そしたら菊太郎さまが、お奉行さまに掛け合い、あの不作法を咎《とが》めてくださるおつもりなんどすか」

「わしらかて、面子《メンツ》や世間体がありますさかいなあ。それを踏みにじられたら、誰かに文句をいうて貰うしかありまへんわ」

「唐丸籠はそれぞれの公事宿に見せ付けがましく、ゆっくり大宮通りをすぎていきましたがな。あんなんされたら、わしらの顔が丸潰れどすわ」

「この唐丸籠に乗せた人物に、おまえたちは指一本出せまいと、いいたげなようすどした」

「わたしは店の女子衆《おなごし》に呼ばれ、急いで後ろ姿を見ましたけど、ほんまにそんな塩梅《あんばい》どした。大津からきたため道不案内とはいえ、あれはいけまへんわ。大宮通りに入ってきたら、あちこちに公事宿の看板が揚がってますさかいなあ。これは道を間違えたとすぐ引き返し、別の道を選んで貰わななりまへん。あれはわしらの顔に、泥を塗り付けたのも同じどす」

　みんなの口々から、一斉に非難の声が上がった。

この声は長廊を行き来する与力や同心たちの耳にも、入っているに違いなかった。

東町奉行所全体の雰囲気が、いつもとは違い、どこか固くなっていた。

そうさせたのは、あの唐丸籠に乗せられた罪人。かれをめぐり、いま京都所司代や東西両町奉行所の上席役人たちが、協議を始めているのだろう。

「但馬屋はんや他の公事宿の旦那さま、下代はんたちにいうときます。わたしと一緒にここにきはった菊太郎の若旦那さまは、あの唐丸籠が大宮通りを過ぎていったのには、別の意味があるのやないかと考えてはります。そやさかいそれを知るために、付いてきはったんどす」

源十郎はいささか興奮気味なかれらを、諫《いさ》めるようにいった。

「別な意味とはなんどす」

「唐丸籠に何か曰《いわ》くがあるんどすか」

部屋の隅から疑問の声が上がった。

「源十郎、ここに集まっておられる方々に、わしからそれを説明いたそう。しっかりきいていただきたいが、いくら京の町筋に疎《うと》いとはもうせ、大津代官所や町奉行所の与力や同心が、道を間違えることはあるまい。ましてや大宮通りを、われらに権勢らしいものを振り撒《ま》き、これ見よがしに通っていったとは思われぬ。わしはこの目で、唐丸籠が担がれていくのを見たが、後になって思い返せば、あれは粛々《しゅくしゅく》といった風情であった」

立ち上がってみんなの顔を眺め渡した菊太郎は、ここで一息つき、更に語りつづけた。

「それで考えたのよ。警固に付いた四人の武士は、大宮通りに並ぶ公事宿の店々に、唐丸籠に入れた罪人を見せ付けることで、この者をみんなの手でなんとか助けて貰えまいかと、ひそかに訴えていたのではないかとなあ」

「わたしらの手で助けて貰えまいかとでございますか——」

但馬屋太郎兵衛の声色は、戸惑っているようだった。

「そうじゃ。わしはさように考えている。あの罪人は、大津代官所や町奉行所では糺が出来かねる。それで自分たちを支配する京都所司代か町奉行所で、吟味や裁許を行ってほしいと、押送されてきたのは明白じゃ。それにしても、それがどんな罪科《つみとが》かまず知らねば、わしらとて手の打ちようがないわけじゃ」

「大津代官所や町奉行所が裁許に苦しみ、この京に押送してきたというても、そんなん、こっちかて困りますわな。いったい唐丸籠に入れられた中年すぎの男は、何を仕出かしましたんやろ」

「もしそうなら、わたしはひょっとしたら親殺し、その後、自分も死のうとした男やないかと思いますわ」

「そやけど、それくらいの事件どしたら、大津代官所でお裁きが出来まっしゃろ」

「いわれたら、そうどすわなあ」

「とにかく、唐丸籠の男が何をしたのか、それを知るのが第一どっせ。そのうえで、わたしらの力でどうにか出来たら、させて貰うたらいかがどす。世の中には所司代さまでも町奉行さまでも、裁き切れへん事件が仰山《ぎょうさん》、ありますわいな」

「閻魔《えんま》さまの鏡違いという言葉もございますさかいなあ」

この言葉で公事溜りの固い雰囲気がふと和んだ。

これらの声は与力や同心たちの耳にも届き、筆頭与力や吟味役にも知られているはずだった。

「ここで暫《しばら》く待ち、町奉行どのや筆頭与力、吟味役たちから何の説明もなければ、わしが公事宿仲間を代表してお目通りを願い出、直接、町奉行どのにおたずねいたす。いまは攻めるより、待つべきだと存ずるが、いかがでござろう」

菊太郎が再び火鉢のそばから立ち上がり、公事溜りのみんなにいった。

「そうせな仕方ありまへんやろなあ」

「鯉屋の菊太郎さまがいうてくれはるんや。待つだけ待って、それから相手に鳴いて貰おうやおまへんか。菊太郎さまがいわはった唐丸籠についての意見、ずしんとよう納得出来ましたわ」

「烏《う》合《ごう》の衆いう言葉がありますけど、わたしらはそうではないことがいまになってわかり、わたしは嬉しゅうおす」

普段、公事溜りにこれほど公事宿の主や下代たちが集まり、がやがや議論することはなかった。

そんなことをしていれば、同心部屋から厳しく咎められるに決まっていた。

そのとき、吟味役与力の松前大炊助《おおいのすけ》が、いきなり公事溜りに姿をのぞかせた。

「田村菊太郎どの、吟味役頭さまが、そなたさまにおたずねしたい仕儀があるそうな。こちらにまいられい。御用部屋にご案内つかまつる。ご一同さまには、わざわざご足労でございました。後ほど吟味役さまから、直々《じきじき》にお話がござるそうな。茶など飲んでお待ちいただきたいとのお言葉でございました」

大炊助は公事溜りの敷居際で片膝《かたひざ》をつき、まず菊太郎にいい、部屋に集まった公事宿の主たちに、一礼してこう告げた。

「さすがに菊太郎さまだけは別やわな」

「それでええのやないか」

身体を詰め合う公事宿の主たちの間を通り抜けるかれの耳に、そんな声がきこえてきた。

外では朝からの冷えが、更に厳しくなっているようだった。

三

右に広い庭が設けられている。

巧みな庭師の手によるとみえ、中央に山に見立てた築山《つきやま》が造られ、枝振りのよい丈の低い松に、赤い実を付けた南天が配され、美しい庭であった。

その脇の長廊を歩き、一部屋の前で松前大炊助が、つっと片膝をついた。

「お手の差料《さしりよう》をお預かりいたしまする」

かれは菊太郎を見上げて慇懃《いんぎん》にいった。

「これを預かりたいだと。わしが筆頭与力を斬るとでも思うているのか。それはご免じゃな。ここで戻らせて貰ってもよいぞよ」

大炊助はこの返事に戸惑い顔を見せた。

こんな二人の声が、部屋の中に届いたようだった。

「大炊助、構わぬ。差料をお持ちのまま、入っていただくがよい」

部屋の中にいるのは、筆頭与力だけではなかろう。数人の気配を、菊太郎はすでに感じていた。

襖《ふすま》が開かれると、その通りだった。

筆頭与力の原田鞆負を挟み、七、八人の人物が飾り金具の施された大火鉢を取り囲み、菊太郎を迎えた。

「田村菊太郎でございまする」

「ああ、わかっておる。わしはそなたの親父《おやじ》どのの碁《ご》相手、同心組頭の阿部六兵衛《あべろくべえ》じゃ。次右衛門どのはそなたについて、公事宿の鯉屋に居付いたままで、組屋敷の我が家には一向に立ち寄らぬけしからぬ奴だと、愚痴っておられたぞ。近々一度、顔をのぞかせてやってはいかがじゃ」

菊太郎がその顔を見ると、何度か会ったことのある父次右衛門の懇意であった。

「これはこれは、それがしは親不孝を説教されるため、この部屋に呼ばれたのでございましょうか」

皮肉を込めていい、かれは一同の顔を眺め渡した。

改めて見れば、町奉行の用人を始め、公事方、目付方、同心支配、「二条陣屋」の用人、同心目付など、町奉行所の首脳たちであった。

二条陣屋は、畿内の小大名や旗本など武士たちの公事を引き受け、公事宿の総元締的な存在である。

いずれも常に着ている身分という鎧《よろい》を脱ぎ捨て、ざっくばらんな態度で相談に集まっている感じだった。

「田村菊太郎どの、そなたに親不孝の説教など、とんでもございらぬ。いまわれらはお奉行さまから、難しい問題をすべて委され、その裁きをいかがするか、困り果てているのじゃ。右を立てれば左が立たず、京都所司代さまとお奉行さまはご判断に迷われ、われらに投げて寄こされたのじゃ。かような問題をどう扱うか、すぐには話し合いが付かぬのよ。そこでそなたの意見を徴《ちょう》したいと思い、ここにきて貰ったのじゃ。きけば公事溜りには、公事宿の主たちが大勢集まっているそうじゃな」

「町奉行所のお歴々がかように集まり、鳩首《きゅうしゅ》しておられる。それは今朝ほど、公事宿が建ち並ぶ大宮通りを、町奉行所へ向かった唐丸籠の人物の処置についてでございましょう」

「菊太郎どの、その通りでござる」

同心目付の天野《あまの》三左衛門《さんざえもん》が、扇で膝を叩いてうなずいた。

「唐丸籠に入れた人物をひけらかすように、大宮通りをわざと過ぎさせてきた田宮孫六《たみやまごろく》ともうす大津代官所の目付は、なかなかの知恵者じゃ。公事宿の主たちの注目を集め、それでわれらに安易な裁きをさせぬよう、箍《たが》を嵌《は》めておるのじゃでなあ。たいした奴だわ。事実、それにより公事宿の主たちはわれらに文句を付けるため、公事溜りに集まってきておる」

「なるほど、やはりそれがしが推察した通りでございましたか。それで一件は、大津代官所も町奉行所も、裁くに裁けぬほど厄介な事案なのでございますな」

「いかにも。正直、われらとて誰かに丸投げしたいほどじゃ。法によって厳しく裁けば死罪。情によって裁けば、その労を労《ねぎら》って恩賞を与えねばならぬ。われら一同がこれをどう判断するか、京都所司代さまや町奉行さま方は、秤《はかり》にかけておられると思われぬでもない」

吟味役頭の酒井弥大夫が顔を歪めていい、用人も大きくうなずいた。

「それで、京都所司代さまや町奉行さま方が、みなさまを秤にかけておられるかも知れない罪人は、どのような罪を犯したのでございます」

菊太郎としては、肝心なそれを早くききたかった。

「今朝、唐丸籠に押し込められ、大津から東町奉行所に送られてきたのは、驚くなかれ、大津代官所の牢番、安助《やすすけ》ともうす男なのじゃ」

「大津代官所の牢番――」

弥大夫の言葉をきき、さすがに菊太郎も絶句し、次の問いがすぐには発せられなかった。

御用部屋に重い沈黙がしばし漂った。

「牢番が牢番らしからぬ要《い》らざることをいたしたのじゃ」

阿部六兵衛が苦々しげな顔でつぶやいた。

「六兵衛さま、牢番が要らざる何をいたしたのでございまする」

菊太郎がすかさずたずねた。

「大津の浜に建つ諸藩の米蔵から、僅《わず》かばかりの米を盗みおった男が捕えられ、牢に放り込まれていた。その盗人が寒さに震えているのを哀れみ、牢番の安助がこっそり焼け石を古布に包み、毎夜、与えていたのが露見したのじゃ。罪人を哀れみ、牢番がさような行いをしておっては、代官所の立場は丸潰れ。いくらその男が年寄りで、寒さに震えていたとしてもなあ。牢番の安助がいたした行為を、法によって咎めれば打ち首。だが情をもって考えれば、よくいたしたと褒めねばならぬのじゃが――」

六兵衛だけではなく、そこに居並ぶみんなの表情が渋くなっていた。

「それで安助なる牢番は、それについてどうもうしておりまする」

「当然、わたくしの迂闊《うかつ》、悪うございましたと詫びておるわい」

たずねるまでもないといいたげな口調で、同心目付の天野三左衛門が答えた。

「なるほど。それでも牢番の安助は、代官所の仕来《しきた》りを破り、年寄りの米盗人に毎夜、焼け石を古布に包んで与えていたことを、悔いてはおりますまい。わしはええことをしたのやさかいと、心では満足しているはず。この満足、少しの咎めぐらい感じさせぬほど、強いものでございましょう」

「な、何じゃと。不埒をもうすな」

三左衛門が声を荒らげ、菊太郎を咎めた。

「天野さま、目付ともうすお役目は、むずかしゅうございますなあ。それにつけても、それがしをここにお呼びになった理由《わけ》を、念頭に置いていただかねばなりませぬ。牢番の安助に同情めいた口を利いたからともうし、その態度はいかがなものでございましょう。それがしを斬ると仰せならお相手をいたし、ここで一暴れしてもようございますぞ。いまの態度は同心目付のお役目柄からと、とりあえず解しておきまする。それで事件のあらましはわかったとして、つづいてその詳細をおきかせ願えませぬか——」

菊太郎の静かな威嚇《いかく》がぐっとかれに応《こた》えたのか、かれは控えた口調で話をつづけた。

その頃、東町奉行所の牢舎では、大津代官所の牢番の安助が、寒さに震えながら、ここ暫くのうちに起った出来事を思い出していた。

かれが最初、初老のその男に出会ったのは、正月がすぎ、大津の北になる比良《ひら》の連嶺《れんれい》の雪が、ぐっと深くなった頃であった。

北追分町《きたおいわけまち》に住む安助は、奉公している浜大津の代官所へ向かうため、北に大きく広がる琵琶湖を眺めて坂道を下り、米蔵が幾つも建ち並ぶ狭い道を急いでいた。

すると前方に、何か蹲《うずくま》ってかすかに動くものが目に付いた。

――あれは何やろ。

かれは急ぐ足を止め、米蔵の陰に身をひそめ、それに目を凝らした。

男が素足に脚絆《きゃはん》、着古した膝《ひざ》切り姿で、諸藩の米蔵が並ぶ荷揚げ場に、ひっそり蹲っている。

右足が悪いようだった。

その男の周りに雀が群がり、辺りに散っている米をせわしなく啄《ついば》んでいるのだ。

安助の目に付いた男は、荷揚げ場から米蔵に担いで運ばれる途中、米俵からこぼれた米を、雀たちとともに一粒一粒、携えた小袋に拾っていたのであった。

だがそうして米粒を拾うぐらいでは、小袋でもとても一杯にはならない。人目を気にしながらそうする姿を見て、安助はまず哀れなことだと感じた。

かれはごほんと咳払《せきばら》いをして足を進めた。

歩きながら懐《ふところ》の巾着《きんちゃく》（銭袋）から、今夜、勤めの後に浜の居酒屋で一、二本熱燗《あつかん》を飲もうとしていた小銭を摘《つま》み出した。

「わしはこれから働きに行くところやけど、そんなんしてたかて、埒が明きまへん。これで米屋へ行き、米の少しでも買いなはれ」

蹲ったまま顔も上げない相手に、安助は一朱銀を幾つか投げ与えた。

「こ、これは――」

驚いた男の声がすぐ泣き声に変わった。

おそらく足が悪いため、働けなくなった男に違いない。女房はどうしているのだ。働き手となる息子や娘、苦境に手を貸してくれる身寄りはいないのか、どうなのだろう。

尤《もっと》も安助とて、先々は決して明るくなかった。

「おまえさまが働けんようになったら、うちは街道でお茶屋をしてはるお孝《こう》はんに頼み、手伝いでもして稼ぐつもりどす」

大津代官所からいただく牢番の給金は、夫婦二人がかつかつに食べられるほどの額であった。妻のお栄《えい》は、追分の街道で売られている大津絵を、下手《へた》でもやってみようかといい、見様見《みようみ》真似《まね》で「鬼の念仏」や「藤娘」などを描き、ようやくいまでは、売り物になる絵が出来るまでになっていた。

江戸時代、浮世絵や大津絵がもてはやされたのは、浮世絵は多く人気役者を描いたからだが、なんといっても紙は軽量。小さく畳めば、何十枚買っても遠くへの土産とするに、重荷にならないからだった。

そのため大津に近い追分では、大津絵を描いて売る大津絵師たちが集住していた。

――今度、あの男に会うたら、おまえ素人やろうけど、少し大津絵を描くのを習い、それを生業《なりわい》にしたらどうやなと勧めたろ。大津絵ならこつさえ呑み込んだら、誰にでも描けるわいな。わしんとこはぼろ家やけど、街道筋にあるさかい、値さえ安う付けたら、一日に何枚かは売れるやろ。

安助は胸の中でそんなことを考えながら、大津代官所の門をくぐった。

元禄四年（一六九一）、東海道を江戸に向かったドイツの外科医で博物学者のケンペルは、日本の歴史・政治・宗教・地理を概説した『日本誌』や『江戸参府旅行日記』を著している。

かれは追分村にさしかかり、「四百戸ばかりの長い町並みをなしていて、錠前師、工芸品のろくろ師や彫刻師、（中略）特に絵師や画商や仏具商などが多い」と記している。

大津絵は「大谷絵」「追分絵」とも呼ばれ、東海道の人気商品であった。

その日、安助は代官所の勤めを終えて家に帰ってくると、今朝、浜大津で見た男の話を、妻のお栄に語ってきかせた。

お栄は夫の考えに反対を唱えなかった。

「そのお人がもしそうするといわはるんどしたら、うちも協力させて貰います。うちはお孝はんとこの手伝いを止め、そのお人と一緒に大津絵を描くことにしますわ」

彼女は天性、人を疑うことがなく、向日性を備えていた。

ところが二日後、一人の男が「若狭蔵」から米を盗んだとして、大津代官所の同心に捕えられ、牢屋に連行されてきた。

「この男は岩吉《いわきち》ともうす船大工じゃ。後ろ手に縛った縄を解《ほど》き、牢に放り込んでおくがよい」

同心から居丈高に命じられ、手縄を受け取り、安助はあっと驚いた。

よく見れば二日前、米を買うように一朱銀を何枚か投げてやった初老の男だったからである。

寒さと怖さからだろう、岩吉は身体を小刻みに震わせていた。

雑居牢には、琵琶湖を運航する荷船を襲い、金目の物を奪った湖賊《こぞく》たちが五人、入れられている。そんなかれらと一緒にすれば、岩吉が苛《いじ》められるに決まっていた。

そのため安助は、岩吉を独居牢に入れてやった。

「おまえさまは岩吉はんというのどすか。どうして大名の米蔵なんかから、米を盗もうとしたのだえ」

安助は、独居牢の厚い壁板に背中をもたれさせ、両膝の間に顔を埋《うず》めている岩吉に、ひそめた声をかけた。

「この間はこんなわたしにお恵みを賜り、ありがとうございました。そのご厚情に背いてこないな不始末を仕出かし、わたしはおまえさまに合わせる顔がございまへん。代官所で牢番をしていはるお人とは、全く存じまへんどした」

「そんなことはどうもあらしまへん。わしがきいているのは、どうしてこないな事態になったのかということどす」

安助は湖賊たちが入れられている雑居牢の方に注意を向けながら、かれにたずねた。

牢番と入牢者が個人的な話をするのは、固く禁じられていたからであった。

「どうしてとおたずねになられたかて、答えようがありまへん。わたしは元この浜大津で船大工をしておりました。そやけど転げてきた太い材木の角で右足を打ってから、足が不自由になり、船大工として役に立たんようになったんどす」

岩吉は両膝の間から顔を上げ、低声《こごえ》で語りつづけた。

「家は大津からあまり離れていない桶屋町《おけやまち》の裏店《うらだな》にございました。息子が一人おりましたけど、貧乏を嫌って家を出ていき、いまは行方不明。病弱な娘と病勝《が》ちな女房を抱え、わたしは不自由な身体ながら、あちこちの家に大工仕事を頼まれておりましたけど、大工仲間から苦情が出て、それも出来んようになったんどす。それで扇差しの手内職を始めましたけど、娘と女房の薬料でみんな消えてしまい、食べるにも事欠くありさま。そのため浜大津に出かけ、米蔵に運ばれてくる米俵からこぼれ落ちる米を、拾うようになったんどす。ときには粥《かゆ》や雑炊にすれば、家族三人が一日食えるほどの量がございました。これは乞食《こつじき》に似た行い。それでもわたしは、ときどきそうするしかありまへんどした。そんなわたしを哀れんでか、ご牢番さまみたいに、わざと米俵を乱暴に担ぎ、米を一ヵ所にこぼしていってくれる人足はんもおいでどした」

岩吉は重い口調で語りつづけた。

「こんなお人のお慈悲に救われ、なんとか暮らしておりました。ご牢番さまからいただいたお金は、お医者さまの支払いに充《あ》てたため、食うものがまるでなく、今朝早く浜大津に出かけたのでございます。そしたら若狭蔵の重い扉がなぜか開いており、つい中に入ってしまいました。蔵番がいないのを見定め、積み上げた米俵に手を強く突っ込み、持っていた小袋に米を入れたのでございます。そこへ蔵番がいきなり戻ってきて、わたしは六尺棒で叩き伏せられ、縄で縛られました。米盗人として、大津代官所に引き渡されたのでございます。身から出た錆《さび》で、これは当然のご処置。誰を恨む筋合いでもなく、みんなこのわたしが悪いのでございます」

安助が話をきき、まず不審に思ったのは、岩吉が訥々《とつとつ》とこれまでの次第を語るその口調であった。

貧乏長屋に住む船大工だった人物とは、とても思えなかったのである。

「ちょっとききますけど、岩吉はんの親御はんは、やっぱり船大工やったんどすか」

「いいえ、そうではありまへん。父は三井寺《みいでら》に男衆《おとこし》として勤め、時刻になると、鐘撞《かねつ》きなどの雑役をしておりました。祖父もそうやったそうどす。わたしは船が大好きで、自ら望んで船大工になったのでございます」

「それで口利きが丁寧なんどすな。扉が開いてる米蔵に入り、少しの米を盗んだぐらい、重い罪にはならしまへん。お代官さまにかて、お慈悲はございますさかい。牢屋は寒おすけど、まあ、暫く我慢しておいやす。何回か糺を受けるだけで、すぐ牢屋から出していただけますわ」

安助は岩吉を安心させるためにいった。

「やい牢番、新入りの老い耄《おいぼ》れと、何をごちゃごちゃ話をしているんやな。そんな老い耄れは、死んでしまったらええのや。それとも無事にここから出られたら、わしらの仲間に入り、飯炊《めした》きでもしたらどうやな。琵琶湖には黄金をのせた船が、うようよ行き来しているねんで。おまえ船大工をしてたそうやけど、そないい思わへんか」

雑居牢の方から、そんな乱暴な声が遠慮なく届いてきた。

「これ静まれ。静まらねば、牢役人を呼ぶぞよ」

「へん牢番の親爺《おやじ》、牢役人を呼んで困るのは、てめえだろうが。新入りと何やごちゃごちゃ長話をしてたと告げ口したら、おまえが咎められるのとちゃうか――」

古めかしい牢格子を摑み、居丈高にいわれると、安助は黙るしかなかった。

四

その日の正午《ひる》すぎから、この冬一番といえるほどの寒波が、湖国に襲いかかってきた。

琵琶湖が荒々しく波立つ音が、大津代官所にまできこえ、比叡山や比良山には鉛色の雲が重く垂れ込め、ときどき雪が横殴りに激しく吹き付けてきた。

大津代官所の牢舎は古びて隙間だらけ。厳しい寒さが、牢舎の中を凍えさせていた。

「牢の隅に集まって莚《むしろ》で背中を覆い、身を寄せて暖め合うんや。この寒さ、そうして凌《しの》がなあかんわい。これくらいの寒さで、死んでたまるかいな。間もなく寝る時刻になるけど、みんな固まって寝たらええんじゃ」

雑居牢から太々《ふてぶて》しい声がひびいていた。

岩吉は独居牢で一人。膝切りに素足のかれは、汚れた薄布団一枚で、冷たい隙間風から身を守るしかないありさまだった。

夕刻になり、冷えが更に厳しくなってきた。

安助とは別の牢番が運んできたのは、いつもの物相《もっそう》に盛り切りにした飯。寒いからといい、温かい汁などは付けられていなかった。

「ちえっ、相変わらずこんな物相飯を食わせよってからに。仕置きがすんだら、船を何十艘か集めて近くに乗り付け、火矢を放って大津代官所を焼き打ちにしたるわい」

「ほんまに生温かい味噌汁でかまへんさかい、こんなとき、飲ませてくれたらええのになあ」

雑居牢の湖賊たちは、牢番にきこえよがしに悪口《あっこう》を並べ立てていた。

岩吉はといえば、身体を震わせて正坐し、曲物《わげもの》に入れられた物相飯を、行儀よく食べていた。

牢番が土瓶で木鉢に注いでいった冷めた出涸《でが》らしのお茶を、ありがたく飲み、両手を合わせて辞儀をすると、また独居牢の隅に戻り、身体を丸く縮めた。

古い牢舎には、湖の方から隙間風が絶えず吹き込んでくる。ぐっと腹に力を込めていなければ、耐えられない寒さだった。

琵琶湖が波立つ音が大きくきこえていた。

こうして夜が更けた頃、牢舎の大錠がことりと開けられた。

いつもの見廻りに相違ない。こんな見廻りが毎夜、四回行われていた。

牢番は黙って大錠を開けて入り、牢舎に収容される罪人のようすを確かめ、また黙って大錠をかけて去っていく。

岩吉には初めての経験だった。

二度目、その牢番がきたとき、岩吉は六尺棒で身体を軽く突《つつ》かれた。

外は寒さが一段と厳しくなり、天候は大荒れに荒れ、酷寒の夜となっていた。

——なんでございましょう。

薄布団の中で縮こまり、膝を抱えて寝ていた岩吉は、項《うなじ》を上げ、口に出かかった声をあわてて呑み込んだ。

自分を六尺棒で突いたのは牢番の安助。かれは岩吉を無言で小さく手招きすると、ぼろ布に包んだ物をそっと手渡してくれた。

それは火で熱く焼いたそこそこの大きさの石だった。牢番の安助は、これを抱いて寝ろといっているのだ。

岩吉にこれを手渡した安助は、何事もなかった顔で大錠をかけ、寒い廊下に消えていった。

安助の厚意は、内密なものなのは明らかであった。

こんな夜が二晩つづいたが、岩吉に対する糺は、一度も行われなかった。

「やい米泥棒、てめえが盗んだ米は、一万石とか二万石とかではあるめえ。せいぜい一合か二合。それくらい盗もうとしただけで、大津代官所や町奉行は、てめえを咎めるのかよう。この雪の中、若狭の酒井さまのところまで使番を走らせ、どのように処置すればようございましょうと、お伺いを立てているのかいな。ふん、お役人のやることは、手間暇がかかってならねえ。全く始末が悪く、反吐が出るわい」

顔は見えないが、雑居牢から岩吉に口汚く同情する声が飛んできた。

だが大津代官所としては、些少の米とはいえ、捜査をなおざりには出来ない。まず岩吉の身《み》許《もと》を洗い、若狭・小浜《おばま》藩の指示を仰ぐ必要もあり、直接の取り調べが遅くなっていたのである。

寒波はまだ治まっておらず、こうして三晩目になった。

そしてとんでもない事態が、ついに起ったのだ。

牢番の安助が、独居牢の岩吉の許へ毎晩、厚布に包んだ焼け石を届けているのを、同僚の牢番の一人に気付かれてしまったのである。

「牢番頭にお目付役さま、これは大変なことどすわ。わしが何か変やなあと、注意して見てましたところ、安助はんがこっそり囲炉裏《いろり》で石を熱うに焼いてはりました。そして厚布に包んだその焼け石を、お牢を見廻るふうを装い、独居牢の岩吉に届けたんどす。焼け石は灰の中に石を埋め、じっくり焼いた物どす。そう簡単には冷めしまへん。岩吉はただの小盗人のようどすけど、ほんまは浜大津に幾つも並ぶ米蔵をうかがい、仰山、詰め込まれてる米を、一挙に奪おうとしている盗賊の手下かもわかりまへん。そう考えると、安助はんかてその一味の一人やないかと、疑われますわ」

安助と馬の合わない牢番は、かれの行為を悪《あ》し様《ざま》にいい立てた。

牢番と収容者の直接の接触は、破獄を招く恐れがあり、厳禁されている。司法の権威を根本からゆるがすそんな事態を避け、牢番は収容者に一線を引いた態度で臨まなければならないのだ。

また寒さぐらい我慢させ、罪人や収容者には厳しく当らねばならない。人間は油断を見せたらどこまでも付け上がってくる。容赦なく臨んでこそ、権威が保たれるというのが、幕府の基本方針であった。

一方、安助は身分こそ牢番だが、司法権力の末端に連なる存在。そうした者を安易に咎めるのも躊躇《ためら》われ、大津代官所と町奉行所は処置に困り、あげく京都所司代と東西町奉行所に相談をかける結果になったのだ。

「法の裁きにもさまざま考えの違いがあり、人たる者、いくら権威を持つ者でも、明確に割り切れるものではあるまい。民意を踏まえて裁かねばならぬ場合とてある。幸い、京都所司代や町奉行所が、直《ただ》ちに京へ押送してまいれと仰せくだされた。岩吉はそのまま代官所に留め置き、捕えておる安助をすぐさま京へ送るがよい」

大津代官所はこれとともに、牢屋に閉じ込めている罪人や被疑者たちが温かく寝られるようにと、各自に布団一枚を加えて与えた。

そして唐丸籠を仕立てさせ、目付の田宮孫六に宰領《さいりょう》を命じたのであった。

「お目付さま、ここは大宮通り、公事宿が多く建ち並んでいるところどす。こんな道筋を唐丸籠が堂々と通っていったら、公事宿から文句が出るのと違いますか——」

堀川を渡ってすぐ、唐丸籠を担ぐ小者の一人から、田宮孫六に異議が呈された。

「かまわぬ。通常の道ではなく、この通りをゆっくり行くのじゃ。わしに一つの考えがある」

孫六は小者たちに怯《ひる》まず命じた。

こうして菊太郎は四半刻《しはんとき》（三十分）ばかり、今朝からの騒ぎの詳細をきき、それから開口一番、いまその安助はどうしておりますと、同心目付の天野三左衛門にたずねた。

「安助はこの東町奉行所の牢舎に入っておる。安助の奴を大津代官所から送り届けてきた田宮孫六ともうす目付も、舌でも嚙み切って死なれたら困るともうし、奴とともにお牢の中にいるわい。愚直な目付ともうせばよいのか、まあ、あれは変わった男じゃ」

「天野さま、愚直でも変わった男でもなく、知恵のあるまっすぐなお人なのでございましょう。その孫六どのは、明らかに安助は無罪と考えておられまする。いま公事溜りに集まる公事宿の主たちに、この経緯《いきさつ》をきかせたら、安助の岩吉への対応に感じ入りましょうな。さればもう結論は出たのと同じではございませぬか——」

菊太郎にいわれ、役部屋に顔を並べたみんなが、それぞれ複雑な表情を浮べた。

「いや、それはまだ早いぞよ。これだけの事案に同情を寄せ、安易に結論を出してはなるまい。法を犯した者に徒《いたずら》に温情をかけていては、法は次第に桶の箍《たが》のように緩《ゆる》んでまいろう」

強硬な意見を唱えたのは、同心目付の天野三左衛門であった。

一同の見解がおおむね固まったと見たのは、どうやら菊太郎の思い過しのようだった。

「天野さま、しかればどういたされまする」

「公事溜りにいる公事宿の主たちには、解散を命じて店に戻らせる。そなたたちの職域を犯して通った大津代官所の誤った押送については、当方から詫び、一件はこちらできちんと処置いたすともうしてじゃ」

「はてさて、それですみましょうかな」

菊太郎は少し戸惑いながら、後の言葉を濁した。

「誰にいたせ、法は厳正に守らねば、世の中は立ちゆかぬものじゃ」

「その法に行過ぎや過ちがあってもでございまするか」

菊太郎の三左衛門に対する態度が、急に険しく変わった。

「君子は豹変《ひょうへん》するとは、高い身分の人物、即《すなわ》ち人格や徳が高く、品位を備えた人物は、己の過ちに気付いたら、それを正すため急変するのが、この諺《ことわざ》の真意でございまするぞ。徒に法の厳守を主張されるのは、いかがなものでございましょう」

菊太郎の気迫が、三左衛門をうっとたじろがせた。

かれは眦《まなじり》を吊り上げ、無言で菊太郎を睨《にら》み付けた。

返す言葉に窮した体《てい》であった。

「火鉢に炭を足させていただきます」

このとき、用人付きの小姓が炭籠を携え、部屋に入ってきた。

「吟味役頭どのにお願いもうし上げます。それがしを、安助を閉じ込めた牢舎に行かせていただけませぬか。そこには大津代官所の田宮孫六どのとやらが一緒におられるとか。それがし、その孫六どののご意見もきいてみたいのでございます」

緊迫した二人のやりとりを見守っていた吟味役頭の酒井弥大夫が、顔にほっとした色を浮べた。

手を大きく打って使番を呼んだ。下僚の一人に菊太郎を牢舎へ案内させるためであった。

東町奉行所の牢舎は、拷問蔵の東に構えられている。

拷問される男女の悲鳴や叫び声が、囚人たちの耳にも届き、それなりの効果を生ませるのを期待してであった。

「幾度訪れても、かような場所は好きになれませぬわい」

菊太郎は案内する吟味役の下僚につぶやいた。

かれが御用部屋から敢えて退いてきたのは、自分がそのままそこにいては、役儀に当る当事者たちが、結論を出しにくいと思ったからだった。

「ここが東町奉行所の牢舎でございます」

棟の長い冷えびえとした建物にくると、案内してきた人物が説明した。

さすがに牢舎だけに、陰々滅々とした雰囲気であった。

牢は向かい合って六部屋。すべてに入牢者がいるわけではなく、空いている牢も見られた。

安助は一番奥の獄舎。菊太郎がそこに立つと、着流しの妙な男が何用かといわんばかりに、両膝を抱え蹲る安助の前から、精悍《せいかん》な面構えをした武士が立ち上がった。

唐丸籠の先頭に立っていたあの人物だった。

「大津代官所の田宮孫六どのでございますな。それがしは田村菊太郎ともうし、お通りになられた大宮通りに店を構える公事宿の者でござる。ご案内人、牢の鍵を開け、それがしを中に入れていただきたい」

「な、何といわれました」

「手の鍵を使い、それがしを牢内に入れろともうしている」

菊太郎の声は急に威嚇的になっていた。

「さようなことは命じられておりませぬが――」

「そうだろうが、それがしが開けろともうしているのじゃ。二人を牢外に出すわけではない。それがしが中に入ったら、扉をしっかり閉めればよいのだわさ」

かれは相手をいたぶるようにいった。

菊太郎が牢内に入ると、その扉が閉められ、また鍵がかけられた。

「公事宿の用心棒どのが、なにゆえここに――」

「それがしは公事宿の用心棒か。まあ、そう見られるのは当然でござろう」

「ご無礼があれば、お許し願いたい。それがしは田宮孫六ともうす」

「関の孫六はよく斬れると評判が高いが、そなたはまさに名の通り、よく斬れるお人じゃ」

「何を仰せでございます」

「安助を助けるため一計をめぐらし、公事宿が櫛比《しっぴ》いたす大宮通りを、唐丸籠で通ってこられたことでござる。公事宿に物議を醸《かも》させるとは、なかなかのお知恵。いまここの公事溜りには、公事宿の主たちが集まり、町奉行所に異議を唱えようとしている最中でござる」

「それがしの一計、思った通りに運んでおりますのじゃな」

「いかにも。それがしは訳あって町奉行所の枢要たちに招かれ、そこにおいでの安助どのの処分について、意見をきかれましてござる。もうすまでもなく、安助どのの行いは、法に照らせば咎められるが、強いて咎めるべきではござらぬ。せいぜいお叱りぐらいですませる事柄。それを大津から京まで大袈裟《おおげさ》に騒ぎ立てるとは、事なかれを専《もっぱ》らといたす役人どもの悪癖にござる。それがしが少々意見を述べてきた御用部屋では、いまも枢要たちがいったいどう結論を出すべきか、議論しておられようが、それがしの腹は一つ。安助どのを厳しく咎める結果となれば、目付や吟味役どもを派手に斬ってくれる覚悟でございますわい。さすればそなたが企《たくら》まれた通り、集まった公事宿の主たちが、一層強く異議を述べ立てましょう。孫六どのもそのお心づもりでおられたい」

「骨のあるお人が、思いがけぬところにおられるものじゃ。いま世の中は少しずつ変わろうとしておりまする。人の慈悲とは、この世で最も尊いもの。それを失っては、人ではございませぬ。さればそれがし、田村どのともども斬り死にしたとて、悔いはございませぬわい」

二人はともにそれぞれ刀を携えていた。

これを抜くことになれば、大騒動に発展し、洛中洛外の評判となる。

「それで何流を嗜《たしな》まれる」

「神道無念流《しんとうむねんりゅう》をいささか——」

「それがしが見るところ、いささかではござるまい。これ安助、さよう心配いたさずともよいぞ」

菊太郎がかれに慰めの言葉をかけたとき、牢舎の大錠ががちゃんと開かれた。

冷たい牢舎の長廊に、吟味役頭・酒井弥大夫と同心目付・天野三左衛門が現れた。

二人の前を牢番が歩いていた。

菊太郎たち三人は息を詰め、これを迎えた。

「田村菊太郎どのに田宮孫六どの、そなたたちはどこまでも厄介なお人だが、眩《くら》んだわれらの目を、よくぞ覚ましてくだされた。安助はお構いなしといたす。これまで通り、大津代官所の牢番として励むがよい。公事宿の主たちも、これを告げると、歓声を上げておったわい。さあ、外に出て、温かい火にでもゆっくり当ってくだされ。安助には一番苦労をかけたのう」

弥大夫の労《いたわ》りの声が、菊太郎と孫六の胸を激しく打った。

ぎぎっと音を立ててきしみ、牢舎の扉が開いた。

弥勒の報い

一

この冬、京はまことに寒かった。

師走《しわす》の二十九日から雪になり、正月は雪に埋もれた中で、人々が挨拶を交すほどだった。

二月の節分の折、吉田神社や各社寺の鬼遣らい《おにやらい》（追儺《ついな》）の儀式も、降り積んで固まった雪をそばに見ながら行われ、見物人はいま一つ盛り上がらなかった。

「この冬の寒さは厳しいわい。いつになったら暖こうなるのやろ」

「さあなあ。この寒さやさかい、梅の咲くのも遅いのとちゃうか。蕾《つぼみ》もまだ固いままやがな」

町の人々は暗い顔でいい合っていたが、三月になると、一転して暖かい日がつづき、にわかに春が訪れてきた感じであった。

そんな日の夕暮れ、田村菊太郎は数日泊まり込んでいた祇園《ぎおん》・新橋の団子屋「美濃屋《みのや》」を、お信《のぶ》に見送られて後にし、公事宿「鯉屋」に向かっていた。

三条大橋を西に渡り、寺町通りを北にたどりながら、かれはふと本能寺の広い墓地の中に、美しい紅椿が咲いていたのを思い出した。

それを一枝手折《たお》って持ち帰り、居間の床の間に据えた信楽《しがらき》の筒花入《つつはないれ》に、活《い》けることを思い付いたのだ。

本能寺はいまでこそ御池・寺町通りに構えられているが、明智光秀による〈本能寺の変〉で焼失した当時は、油小路・蛸薬師《たこやくし》に建っていた。

織田信長が自刃したのは同所で、豊臣秀吉が天正二十年（一五九二）、現在地に再建したのである。

同寺はすでにその前にも、天文法華《てんぶんほっけ》の乱で焼失していたため、本能寺の「能」にヒの文字が二つ重なっているのを嫌い、寺僧たちは本能寺ではなく、「本䏻寺」と書き、門前の石標にもそう記されている。

築地塀《ついじべい》で隔てられた墓地には、何本かの松の木が、墓石をおおうように太い枝を大きく広げていたが、陰気な感じはしなかった。

菊太郎は境内《けいだい》を横切り、墓地を囲んだ築地塀の間を抜け、閼伽桶《あかおけ》を並べた板屋根の井戸に近付いた。

そして何気なく墓地の東南を眺め、おやっと眉を翳《かげ》らせた。

粗末な身形《みなり》をした中年の痩せた男が、麻縄を手に持ち、松の枝を眺め上げていたからであった。

その態度は、どの枝に麻縄をかけて首を吊ろうかと、選んでいるとしか見えなかった。

おそらく京の住人ではない。きものの後ろ裾をからげた下に脛巾《はばき》が見え、どこか土の匂いを漂わせる男であった。

男は首を吊る枝を選んでいるつもりだろうが、菊太郎が見る限り、その物腰には躊躇《ためら》いが濃くうかがわれた。

陽《ひ》が西に沈み、辺りに薄闇が這い始めてきた。

菊太郎は紅椿を手折るのも忘れ、板屋根の細い柱に隠れ、男の振舞いをじっと注視した。

やがて男は適当な松の枝を決めたのか、その下に立ち、改めて枝振りを眺め上げた。

そのすぐ下には、古びた墓石が建っている。

かれは松の枝に麻縄をかけたうえ、その墓石の狭い基壇に足を乗せ、首を吊るつもりらしかった。

次いで男は、麻縄の一端を松の枝に投げ上げた。

だが麻縄は枝の向こうに飛んだものの、かれが手をのばしても届かない高さにしか引っかからない。そのため同じ試みが数度なされた。

ようやく一方の麻縄を手にしたかれは、それを手許《てもと》に引き下ろし、右手に持っていた麻縄と結び目の調整にかかった。

「あ奴、やはり首を吊る気なのじゃ」

口の中で菊太郎はつぶやき、板屋根の下から墓地の中にずいっと足を運び始めた。

首を括《くく》ろうとしている男を見たからには、放置しておくわけにはいかない。一旦、死のうと決めた者は、いずれ死ぬかもしれないが、せめてその理由をたずね、止められるものなら止めてやりたかった。

「おいそなた、首を吊る用意はできたのじゃな——」

菊太郎が声をかけて近付くと、男はあっと小さな驚きの声を迸《ほとばし》らせ、その場にへなへなと崩れ込んだ。

そして声もなく泣き出した。

かれが泣くすぐかたわらには、黒羽織が丁寧に畳まれ、その上に小さく折り畳んだ遺書らしい紙切れが、石を載せて置かれていた。

その黒羽織と紙切れが、ひどく印象深く菊太郎の目に映った。

「わしがたまたまこの墓地に来合わせ、そなたには具合が悪かったかな。まあ、袖振り合うも多生の縁ともうす。そう死に急がずとも、どうして死ぬ気になったのか、このわしに話してみぬか。されば事と次第では、わしが相談に乗ってやらぬでもないぞよ」

菊太郎はかれの前に屈《かが》み込み、穏やかに切り出した。

死ぬ覚悟を決めた直後に、温かい言葉をかけられたせいか、すすり泣いていた男は、急に大声を上げて泣き始めた。

その号泣の激しさは、人が危ぶみ、駆け付けてきそうなほどであった。

「おいそなた、四十をすぎているはずの男が、さように大声で泣くものではない。場合によっては寺僧にでもきき付けられ、大騒ぎになろう。わしが困るではないか。そなたに意趣を抱き、首吊りを迫っていたと、見られかねぬのでなあ」

いくらか狼狽《ろうばい》し、菊太郎は男の肩を優しく叩いた。

「すんまへん。首を吊って死のうと決意したとき、お武家さまが温かいお言葉をかけておくれやしたさかい、胸の中が熱うなって、つい大声で泣いてしまいました。どうぞ、許しておくんなはれ」

男は両手で涙を拭い、菊太郎に詫びた。

それでもまだ喉《のど》をひくひくと鳴らしていた。

「許すも許さぬもない。これから首を吊ろうとしている者を見て、どうして黙って放っておかれよう。わしでなくても、誰でも声をかけるわい」

「そのお言葉の一つひとつが、いまのわしにはありがとうおす」

「早春とはもうせ、かような墓地の中に坐り込んでいては、身体が冷えてまいる。わしはある店の居候だが、そこに行って、死なねばならぬほどの事情をきこうではないか。幸い、その店は公事宿をしており、わしはいわばそこの用心棒。店の名は鯉屋、主は源十郎といい、人の悩み事やさまざまな相談に、気楽に乗ってくれる男じゃ」

「公事宿とはどんな旅籠《はたご》なんどす」

男は幾らか元気を取り戻してきたようだった。

「公事宿とは、地方から訴訟のため出てきた者たちを泊める、ご公儀から認められた宿。この京だけではなく、大坂や江戸にもあるぞ」
「へえっ、そんな宿がこの京に――」
「ああ、京にはさまざまな店屋、職業があるのでなあ。公事宿を知らぬそなたは、名は何とい
い、どこからきたのじゃ。見たところ、京の者とは思われぬが――」
「へえ、わしの名前は百蔵《ももぞう》、丹波の亀岡からきた者でございます」
「丹波の亀岡ともうせば、西山の老ノ坂《おいのさか》を越えた先にある亀山藩。かつて明智光秀公が領され
ていた土地じゃな。いまの藩主は確か青山豊前守《ぶぜんのかみ》さま――」
「はい、さようでございます」
「亀山藩領の百蔵か。百蔵のももは百と書くのだな」
「へえ、百と書いて百蔵ともうします」
「ならば親が名付けた通り、百まで命を全《まっと》うせねばならぬのではないか。その歳《とし》で首など吊っ
て死んではなるまい。されば立って鯉屋へまいろう。そこに置かれた立派な羽織、拾うて胸に
抱えるがよい。それでそなたが苦労してかけた麻縄、このままにしておいたら物騒じゃ。切り
落させてもらうぞ」
菊太郎は百蔵の前からすっくと立ち上がると、松の枝にかけられた麻縄に、腰から抜いた刀
を一閃《いっせん》させた。
ばさっと音を立て、麻縄が墓石の上に落ちてきた。

それとともに、数羽の鴉《からす》が不気味な鳴き声を上げ、近くの墓石の陰から飛び立った。

「百蔵、あの鴉どもはそなたが首を吊って死んだら、その眼《まなこ》を嘴《くちばし》で突《つつ》いて食おうとしていたに相違ない。あきらめて飛び立っていったわい」

菊太郎は黒羽織を拾い立ち上がった百蔵に、苦笑して説明した。

百蔵が黒羽織の上に置いた小さな紙切れを素速く拾い、さっと懐に入れたことには、何もいわなかった。

「されば百蔵、まいろうぞよ」

菊太郎は紅椿を手折るのをあきらめ、かれをうながし、本能寺の築地塀内の墓地から出た。

境内を横切り、御池通りに向かった。

「わしと肩を並べて歩くのじゃ」

墓地を出た後、かれは百蔵にこういい、百蔵はそれに従っていた。

お店《たな》勤めの男たちが、今日一日の仕事を無事に終え、速足でそれぞれの長屋に急ぐらしい姿が、幾度も見かけられた。

「お武家さま、いま向こうてはりますその公事宿は、どこにあるのでございます」

元気付いた百蔵が、再び菊太郎に問いかけてきた。

「この御池通りをまっすぐ西に行けば、堀川ともうす川に突き当る。その西に二条城が構えられ、周りには京都所司代や東西両町奉行所、組屋敷、長屋などが建ち並んでいる。そのかたわらにのびる大宮通りや姉小路の界隈《かいわい》に、公事宿がずらっと建ち、暖簾《のれん》や看板を掲げているのじゃ。その数は四十軒ほどもあろうかなあ」

「四十軒もでございますか――」

「京は徳川家が最も重要視いたす町。天皇《みかど》がおわし、大きな社寺が多数構えられ、大坂と同じように、物の売り買いもさかんで繁華じゃ。それだけに、人の諍《いさか》いも多く、近頃では増えるばかり。お城や陣屋が設けられている土地では、諍いの裁きもそこでできようが、旗本領や寺社領などでの諍いは、京の東西両町奉行所へ出入物《でいりもの》として、公事訴訟を起さねばならぬ。京から遠く離れた場所に住むお人たちは、どうしても何十日、いや何ヵ月も泊まりがけで、諍いを決着させねばならぬのよ」

菊太郎は歩きながら、ときどき百蔵を眺めて語りつづけた。

「それゆえ公事宿の主に目安《めやす》を書いてもらい、相手を訴える。町奉行所はその相手に返答書を出させ、黒白《こくびゃく》を付けるために、対決（口頭弁論）と糺《ただし》（審理）を重ねた末、やがて双方をお白洲《しらす》に呼び出し、裁許（判決）をいい渡すのじゃ。何年がかりの公事訴訟も、決して珍しくないわい」

「何年にもわたるのでございますか。一つの諍いでそないになったら、えらい物入りでございますなあ」

「ああ、十日や二十日の公事宿代は、さして負担にもならぬが、半年、一年ともなれば、相当な物入りだわなあ。訴訟人がそれだけ泊まっていてくれたら、公事宿は儲《もう》かる理屈じゃ。されど公事が長引きそうな場合、町奉行所は双方の公事宿の主たちを呼び付け、訴訟人と訴えられた両者に、示談を勧めてとらせよと、賽《さい》を投げて寄こすこともあるわい。人の欲にからんだ公事になど、いくら町奉行所でも長々と関わっておられまいでなあ。結果、公事宿の主たちが動き、示談にしてしまうのよ。人は公事宿を恐れながら一面、軽んじるが、公事宿があってこそ諍いは円《まる》く収められる。わしは田村菊太郎ともうすが、父親は元東町奉行所の同心組頭を務めており、弟の銕蔵《てつぞう》がその跡を継いでおる。わしは早くにぐれ、いまは公事宿の用心棒というわけさ」

菊太郎は自嘲気味にいったが、これは事実ではなかった。

かれは異腹弟に家督を継がせるため、ぐれたように装い、組屋敷を出奔したにすぎなかった。また上役の機嫌を取り、人に阿《おもね》ることができない気性のため、素知らぬ顔で公事や吟味物といわれる事件に介入し、それを解決することで満足していたのだ。

それだけに鯉屋の用心棒どころか、京都両町奉行所にとってもまことに貴重な人物であった。

そんなかれの身辺には、不思議にあれこれ事件が吸引されてくる。

事件を嗅《か》ぎ付ける嗅覚を、かれが備えているともいえそうだった。

二人は堀川に突き当ると、道を少し下った。姉小路橋を渡り、大宮通りに着いた。

この頃になると、百蔵の顔付きが暗く変わってきた。

「百蔵、その顔はなんじゃ。公事宿の仕組みをきき、少しは安心したのではないのか。まだ詳細は不明ながら、そなたは首を吊って死のうとするほどの問題を、胸に抱え込んでおる。わしと知り合い、それがうまく片付くかもしれぬと思えぬのか。この世で起きたことは、いかなる結果にいたせ、この世で片が付くものじゃ。それでそなたはわしが連れてきた客。鯉屋が公事宿にいたせ、宿賃など払わせようとは思うておらぬぞ」

「へえ、お世話になったうえ、ありがたいことでございます。そやけど——」

百蔵はここで言葉を濁した。

「そやけどとは、なんじゃ。遠慮なくいうがよい」

「へえ、わしが抱えている問題は、いまきかせてくれはった公事宿でも、おそらく解決できしまへんやろ。並みの諍いではありまへんさかい。鯉屋の旦那さまも、厄介を持ち込んできたと、思わはるのとちゃいますやろか」

「厄介をだと。非は死のうといたしたそなたにあるとは考えられぬ。それは相手の側にあるに決まっている。そなたはわしと鯉屋の主を信じ、もう楽な気持になっていればよいのじゃ」

菊太郎は強い口調でいい諭した。

公事宿鯉屋の表では、丁稚《でっち》の鶴太が暖簾を取りはずそうとしているところだった。

「菊太郎の若旦那さま、お戻りやす。お連れさまもご一緒どすか——」

鶴太は暖簾をくるくると巻きながら、大きな声でいった。

「ああ、連れはわしの懇意じゃ。尤もつい先ほどからのな」

菊太郎はかれに小さく含み笑いをして伝えた。

鶴太の大声は、帳場にいた主の源十郎や下代《げだい》の吉左衛門、手代の喜六たちの耳にも届いていた。

「百蔵、ここが公事宿の鯉屋じゃ。さあ、遠慮いたさず店に入るがよい」

「ほな、厄介にならせていただきます」

百蔵は表口に立つ鶴太にぺこりと頭を下げ、鯉屋の土間に入った。

「よくおいでくださいました」

菊太郎が連れてきた懇意ときき、源十郎と吉左衛門は帳場の結界から床に出て、両手をついて百蔵を迎えた。

「亀山藩の領民で百蔵ともうします。ここで用心棒をされているという田村さまのお勧めに従い、ついついお供してまいりました」

「菊太郎の若旦那さまは、また鯉屋で用心棒をしていると、名乗らはったんどすな。ほんまにしょうもないことを吹聴しはって、わたしどもは困っております。あのお人は店の用心棒ではなく、大切な相談役なんどす。寝起きしていただく部屋もきちんと拵え、扱いも家族と同じどっせ」

源十郎は百蔵に苦笑いを浮べた。

「鶴太に正太、それに喜六にもじゃが、今日は美濃屋から団子の手土産はないぞ。なぜかみんな売り切れてしもうたのじゃ」

「若旦那さま、奉公人にそんな断りなんか、しはらんでもよろし。それより百蔵はん、足を濯《すす》ぎ、床に上がっとくれやす」

鶴太が手早く運んできた濯ぎ盥《だらい》に目をやり、源十郎は百蔵をうながした。

菊太郎は右手でぱたぱたときものの裾を払い、そのまま帳場にすっと上がった。

「源十郎、客をわしの居間まで案内してもらいたい」

かれは普段の声で源十郎にこういい、次に顔を耳許に近付け、あの百蔵は本能寺の墓地で首を吊ろうとしていたのじゃと、小声で囁いた。

脛巾を脱ぎ、草鞋《わらじ》の紐を解いている百蔵には、きこえないほどの小声だった。

「それでは若旦那さまのお部屋で、今夜はいっぱい酒でも飲みまひょか」

源十郎は明るい大きな声でいい、その旨を下代の吉左衛門に奥の台所へ伝えさせた。

「吉左衛門、お膳はおまえの分も拵えてもらっておきなはれ」

「はい旦那さま、畏《かしこ》まりました」

菊太郎と源十郎のようすから、吉左衛門は来客の百蔵を挟み、何事か相談がなされると早くも察していた。

それは長年、公事宿に下代として奉公しているかれの勘からであった。

「足をお濯ぎやしたら、若旦那さまのお部屋にわたしがご案内いたします」

足を濯ぎ終え、床に坐ろうとした百蔵を、源十郎がうながした。

百蔵は足を濯ぐ最中でも、腰を下ろしたそばに黒羽織を置き、それに度々《たびたび》気を配っていた。

中暖簾をくぐり、菊太郎の居間に案内されるときには、ひっしと胸に抱いていた。

その黒羽織には、何か深い意味があるようすであった。

「さあ、こちらにどうぞ――」

百蔵は、ここでは菊太郎の若旦那さまと呼ばれている人物の居間に、源十郎に襖を開けられて入った。

そこには燭台《しょくだい》が二つ点《とも》され、部屋の隅々まで明るかった。

菊太郎はと見ると、かれは江戸琳派《りんぱ》を興した酒井抱一《さかいほういつ》筆の「草花図」をかけた床に向かい、信楽の筒花入に活けられた紅椿を、じっと見つめていた。

これを見て百蔵は、首を吊ろうとした墓地の中に、紅椿が鮮やかに花を咲かせていたことを、はっと思い出した。

若旦那さまと呼ばれるかれは、あの紅椿をそこに活けるため、一枝手折ろうと墓地に入ってきて、自分の哀れな姿を発見したに相違ないと、考えをめぐらせた。

「百蔵、まあそこの座布団に坐り、くつろぐがよい。今夜の馳走《ちそう》は焼魚に若竹煮、酒の肴《さかな》は若竹の白和《しらあ》えだそうな。それでその前に、そなたが本能寺の墓地で、わしの目を掠《かす》めるように懐に仕舞った紙切れを、ここで見せてもらえまいかな」

百蔵に向き直った菊太郎は、有無をいわせないほど強い口調だった。

「わしがこっそり懐に入れた書き置きでございますか――」

一瞬、顔に苦渋の色を浮べた百蔵は、おずおずと懐に手を入れた。

いま菊太郎にいわれた小さな紙切れを取り出し、かれに差し出した。

――仏さまを盗まれてしまい、死んでおわびをさせていただきます。何卒《なにとぞ》、お許しください。

村年寄ご一同さま　百蔵。

紙にはつたない文字でこう書かれていた。

「仏さまを盗まれただと。これはなんじゃ。盗まれた仏にどんな意味があったのじゃ」

菊太郎の口調が厳しくなっていた。

二

居間の雰囲気が急に重苦しく変わった。

「若旦那、その話はこれからここで夕飯を食べながら、ぼちぼちおききしまひょうな。百蔵はんが身体を震わせてはりますがな。あんまり怖がらせはったらいけまへん」

源十郎がゆったりした口調で菊太郎をたしなめた。

「ああ、そうだな。わしは何事にも独断がすぎ、事を誤ることがある。義母上《ははうえ》さまがついこの間、仰せられていた。父上は庶子のわしに田村家を継がせ、銕蔵を懇意にしていた西町奉行所同心の阿部弥左衛門《あべやざえもん》どのの独り娘お妙《たえ》どのの許に、婿としてまいらせようと、ひそかに相談をされていた。それをわしが、銕蔵に家督を継がせようと勝手に考え、放蕩無頼《ほうとうぶらい》を装い家から飛び出したため、阿部家のお妙どのは、泣く泣く他家から婿を迎えられたそうじゃわい。あれは悪いことをしてしまったのかもしれぬのう」

「その話なら、わたしは早くから存じておりました。それでもこうなって、かえってよかったのと違いますか」

源十郎は明るい顔でいった。

「それはまたどうしてじゃ」

「それはどすなあ、若旦那みたいなご気性のお人が、田村家を継いで東町奉行所に出仕してはったら、事あるごとに上役に逆らい、やがては大騒動を起してはりましたやろ。あげく、田村家がお取り潰しになってたかもしれんからどすわ。何もかもこれでよかったんどす」

「ああ、いかにもじゃ。人は一生のうちに誰と出会い、どんな道を歩くかによって、思いがけない生き方をいたすことがある。人の出会いこそ、人には大事ではあるまいか」

菊太郎は茫々《ぼうぼう》とした過去を振り返るように、しんみりした口調でつぶやいた。

その間に居間には、源十郎と吉左衛門、菊太郎と百蔵のお膳四つが、お多佳《たか》たちの手で運ばれてきていた。

「まあ、冷めんうちに、百蔵はんも箸を付けておくんなはれ」

「これは鰤《ぶり》の照焼じゃな。それに若竹の白和えとは、豪勢なものじゃ。百蔵、猪口《ちょこ》（盃）を持つがよい。わしが酌をしてとらせよう。そなたはわしと出会い、ともかく一応、生き返ったのだからな」

百蔵は菊太郎から注《つ》がれた酒を、ゆっくり飲み干した。

「菊太郎の若旦那さまにくらべ、わたしの人生など、人の諍いごとに毎日、関わってはいるものの、平々凡々としたもんどすわ。父親の宗琳《そうりん》と若旦那のお父上次右衛門さまの敷かれた道を、すんなり歩いていているんどすさかいなあ」

鯉屋は武市《ぶいち》と名乗っていた先代の宗琳が、次右衛門の手下として働いていて贔屓《ひいき》を受け、商い株を買い与えられ、開いた公事宿であった。

「百蔵、このように人には、歩いてきたそれぞれの道があるもんだわ。尤も一見しただけでは、相手がどんな道をたどってきたのかわかるまいがな。ちょっとしたことで、とんでもない道に踏み込んでしまう者もおれば、最初は人から曲がった道に行きおってと謗《そし》られたとて、ひたすら懸命に歩き、やがては誰もが認める道を拓《ひら》いたお人とて、おいでになる。人は死ぬ気になればなんでもできると安易にいうが、死ぬ気になったとて、できることとできぬことがあるわい。それでそなたが死ぬ気になった理由はなんじゃ。仏さまを盗まれてしまい、死んでおわびをさせていただきます。何卒、お許しください。村年寄ご一同さまとは、尋常でない書き置きだぞ。そもそも仏さまとはなんで、村年寄ご一同さまとは、いかなる関わりがあるのじゃ。それをわしらに話してみる気にならぬか――」

「わたしには仏さまを盗まれたというのが、まず解《げ》せしまへん。百蔵はんはお寺を預かるお坊さまではございまへんやろ。まあ、酒を茶碗ででもぐっと飲み、少し肩の力を抜いて、事情をきかせておくんなはれ。どんな悩みでも人にきいてもらったら、幾らかは楽になるもんどすさかい」

二人に勧められ、それまで黙っていた百蔵は、銚子に手をのばして茶碗に酒を注ぎ、それを一気に飲み干した。

どうやら話す気になったようだった。

「仏さまいうのは、高さ一尺ほどの弥勒菩薩《みろくぼさつ》さまどす。なんでも聖徳太子さまが生きてはった時代に造られた金銅仏さまやそうどす」

百蔵はようやく口を開いた。

弥勒菩薩は釈迦入滅の五十六億七千万年後に、衆生《しゅじょう》を救済するため、この世に下生《げしょう》する仏だといわれている。

平安時代末から末法思想の流行にともない、弥勒信仰が盛んになった。

京の広隆寺や奈良の興福寺などの弥勒菩薩像が有名で、指を優しげな顔に当て、軽く足を組んで何か物思いに耽《ふけ》る姿は、誰にでも親しめる仏像として評判されていた。

「その仏像がどうしたのじゃ」

菊太郎の表情が真剣になってきた。

「そないな弥勒菩薩さまどしたら、大変な値打ち物どっしゃろなあ」

「へえ、鍍金《ときん》が厚うかかって、それはええものどした」

「そんな古い鍍金仏が、どうしてそなたの許にあったのじゃ」

「村の古びた辻堂の中に、置かれていたのでございます。八十年ほど前のことやそうどす。お供を従えた立派なお武家さまが、そのお堂の前を通りかかり、その弥勒菩薩さまを手に取ってご覧になりました。そして村の年寄衆に、この金銅仏を三百両で譲ってもらえまいかと、お頼みになったともうします。そやけど村の年寄衆は、これは村を守ってくれはるありがたい仏さまどすさかい、折角のおもうし出ではございますがと、丁重に断ったそうどす」

百蔵は覚悟を決めたのか、落ち着いた声で語りつづけた。

「するとそのお武家さまは仰せられたといいます。弥勒菩薩は好きゆえ幾多拝してきたが、これまで見たことがないほど立派な金銅仏。かように優れた仏像を、村の辻堂に無造作に祀《まつ》っていて、もし盗まれでもしたらいかがいたす。村の年寄衆が順番に、大切に祀るのがよいのではないかと忠告され、お引き下がりになりました。その後、辻堂には年寄衆の一人が大事にしていた木造の蔵王権現《ざおうごんげん》さまを祀り、弥勒菩薩さまは年寄衆が一年ごと順番に預かり、大切にしてまいりました。ところが村で金の要ることが持ち上がったんどす。わしを含めた年寄衆が集まり、何遍も相談をぶった結果、その弥勒菩薩さまを京に持っていき、しかるべき店で買うてもらうことになったのでございます」

「村で金の要ることができたとは、どういうことじゃ」

「へえ、大雨が降るたび川の堤防の同じ場所が崩れ、村が水浸しになるため、そこを補強するのに、大量の石を買わなならんのどす」

「そなたの村はそれほど貧しいのか。亀山藩の郡《こおり》奉行所に訴えるなり、郡廻りの役人に相談したりしたのか」

「勿論、あちこちに相談いたしました。そやけどわしの村は枝村《えだむら》、戸数はわずか二十五軒。石高は村人が食うのがやっとぐらいで、どうにもならしまへん」

百蔵の顔は悲痛に歪《ゆが》んでいた。

枝村とは、本村《もとむら》から枝分れした村をいう。だが歳月を経ると、本村から全く別な村と変わり、どんな援助も受けられなくなっているのが普通だった。

村の成立は地方によって異なるが、最小の場合、本家から分れた分家、枝家《えだや》、又家《またや》、付家《つけや》から成り立つこともあり、身分制社会の中で更に厳しい階層社会を、自分たちで作り上げていた。

最下層の付家ともなれば、土地が全く与えられないため、本家以下四家の土地に小さな小屋を建てさせてもらう。四家の農地の耕作を手伝い、全く〈農奴〉にひとしい暮らしをつづけなければならなかった。

「枝村ではそうなるのか――」

菊太郎は嘆息してつぶやいた。

「村を流れる川は、どうしていつも堤防の同じ場所が崩れ、村が水浸しになるんどす」

源十郎が嘆息する菊太郎の顔をちらっと眺め、百蔵にたずねた。

「それは境川が村の近くで蛇行しているからどす。そこに仰山の石を敷き詰めたり積み上げたりせな、もうどうにもならへんのどす。そやさかい、相談の末、ありがたい弥勒菩薩さまを売って、なんとか石を買おうと決めたんどす」

「いっそ郡奉行所に棄村《きそん》を願い出たらどうなのじゃ」

菊太郎が焦《じ》れったそうにいった。

「棄村いうたら、村を捨てたらどうかといわはるんどすか」

「ああ、さようもうしている」

「とんでもない。そんなことを願い出たら、村年寄など首謀者が探し出され、ずらっと磔《はりつけ》にされてしまいますわ」

「磔にだと。それは酷《むご》いものじゃな」

「所詮《しょせん》、わしらは村から離れんと、そこでなんとか生きていかなあかん者たち。強訴《ごうそ》をとの意見も出ましたけど、ここは穏やかに金になる弥勒菩薩さまを売り、しっかりした堤防を拵えるのが良策となったのでございます」

村年寄四人の中で一番若いのは百蔵だった。

かれにはおもよという女房と一男一女がいた。

若い頃に三年ほど、京の染屋に奉公していたため、弥勒菩薩を売却するのに京へ出かけるのは百蔵に限ると、他の村年寄たちは決め込んでいた。

事実、そうなってしまった。

「三百両にもなる金銅仏というても、それは八十年ほども前に、通りかかったお武家さまが売って欲しいと付けはった値段で、実際にはどうなるやらまるでわからしまへんえ」

百蔵は抵抗気味に他の村年寄にそういった。

「わしらはこの金銅仏が、三百両になるとは決して思うてまへん。そやけど半分にしたところで百五十両。それだけあったら、堤防はしっかり築けるのとちゃうか。みんなで頼むさかい百蔵、それを京へ売りに行ってくれへんか。おまえを除いてわしら三人の年寄衆は、もうよぼよぼの爺《じじい》やさかいなあ」

「みんなはわし一人に行ってくれといわはるんどすか」

かれは三人の顔を見廻した。

「いや、そうやないわいな。誰か若い衆を一人付けてやるさかい、そいつを供にして、行ったらええのやがな」

「茂助《もすけ》はん、若い衆を一人と無造作にいわはりますけど、この供はよくよく勘考して決めなあきまへんえ。質《たち》のよくない男やったら、もし金銅仏が売れた場合、大金を目《ま》の当りにして、何を考えてくれるかわかりまへんさかい」

「そしたら粂松《くめまつ》を連れていってもらおか。あれは少々、鼻息が荒くて生意気やけど、質の悪い男やないさかい」

村年寄の中で一番高齢の七兵衛《しちべえ》が、両手で金銅仏を転がしながら提案した。

「七兵衛の父《と》っつぁま、それはええ考えや。お供は粂松でどうやな」

茂助が百蔵にいい、こうして二人の同行がすんなり決まってしまった。

金銅仏は銅製鍍金の仏像をいい、鋳造の物と押出仏《おしだしぶつ》の二種がある。前者では高さ数センチの物から、奈良時代に造られた東大寺の大仏のように巨像まで見られる。

日本では飛鳥《あすか》・奈良時代に盛んに造られ、法隆寺金堂の釈迦三尊像、薬師寺金堂の三尊像などが代表作である。

法隆寺伝来の四十八体仏はいずれも小像だが、名作といわれる物が多く、ほとんどが蠟型《ろうがた》による鋳造であった。

そのとき、七兵衛が両手で転がしていた弥勒菩薩も、蠟型によって造られた物。村の辻堂にどうしてそれだけの尊像が祀られていたのか、その由来を正確に知る者は誰もいなかった。

ただ不確かだが、こう伝えられていた。

「村の辻堂に祀られていた弥勒菩薩さまは、西国巡礼をしてはったお年寄りが、背中の笈摺《おいずる》の中に入れてはった物やわ。巡礼はんがあの村辻で倒れはったさかい、村の衆がお世話をして、最期にはあの世に送らせてもらいました。それであそこに辻堂を拵え、弥勒菩薩さまを祀ったときいたことがあるなあ」

いかにも尤もらしい話であった。

村の辻で倒れた西国巡礼の人物が、死ぬまでの世話を受けた村に、大枚の金になる金銅仏を残していってくれた。その金銅仏を売れれば、村が度々の難儀から救われる。

どこか因縁めいた話を思い出し、村人たちの間には不思議な昂揚感《こうようかん》が生れていた。

「立派なお武家さまが三百両で売って欲しいと頼まはった物やさかい、おそらくそれぐらいで売れるやろ」

「そしたら境川の堤防を頑丈に直せ、わしらのこれからの暮らしが安定するわなあ」

百蔵と粂松は、不安と昂揚感をないまぜにした気持を抱き、村を出発した。

かれは背中に握り飯の風呂敷包みを斜めに負い、大切な弥勒菩薩は白い布で包み、七兵衛が貸してくれた黒羽織の下、前脇腹にしっかり縛り付けていた。

二人が歩く丹波・亀岡の野山の木々は、青く芽吹き始めていた。

三

村を発《た》ったのは早朝。山陰道を京に向かい、正午《ひる》すぎには老ノ坂の関所を通った。それまで街道の左手の遠くに、京と丹波にまたがって聳える愛宕山《あたごやま》が絶えず見えていた。老ノ坂を下るにつれ、前方に京の町が次第に大きく広がってきた。

北東に比叡山が聳え、東山の連嶺がずっと南にのびている。大きな寺の伽藍《がらん》や五重塔があちこちに見られた。

「粂松、わしはおまえを供にして、こうして村から出てきたけど、腹に縛っている弥勒菩薩さまを、どこに持っていって買うてもらったらええのか、まるで思案に暮れているのやわ」

桂大橋を渡り、いよいよ洛中に入るとき、百蔵は自分と同様、背中に握り飯を負った二十六歳の粂松に話しかけた。

「そんなんでは、どないにもなりまへんがな。わしは京にきたのは初めて。そやけど古い都どすさかい、どこかにそんな店がありまっしゃろ。百蔵はんは京の染屋に三年余り、奉公してはったそうどすさかい、わしはそれらしい店の一軒ぐらい、ご存じやと思うてましたわ」

粂松は意外だといわんばかりに、口を尖《とが》らせた。

「そら、全く知らんわけやない。京には茶道具屋や古物商、がらくたばかり扱ってる古道具屋があるわいな。そやけど何百両にも売れそうな弥勒菩薩さま。古物商や古道具屋へいきなり持っていったかて、目を白黒させて戸惑うばかりやろ。それにくらべ、茶道具屋は立派な店を構え、有名なお坊さんの書《しょ》などを店先にかけ、貴重な茶碗や書画など、あれこれ大きな商いをしてはるそうや。売り買いの相談やったら、やっぱりそんな店やろなあ」

「そしたら、思案に暮れてはるわけではありまへんがな」

「そらそうやけど、そんな店のどこへ行ったらええのか、わしは迷うてるねん」

「ほんならそんな店を一軒一軒、根気よく当るしかありまへんやろ」

「伝《つて》もなく、これだけの品物を買うてもらうのや。そうするしか方法はないやろなあ。この弥勒菩薩さまが売れんことには、わしらは村に帰られへんのやさかい」

「百蔵はん、ほんまにそうどっせ」

粂松は尖らせていた口を元に戻し、強くいった。

「そこでの相談やけど、京の丹波口の辺りに泊まってたかて、意味があらへん。泊まるならやはり、京で一番賑やかな四条町の辻か、三条河原町の安宿にするわ。その界隈の安宿なら、あんまり銭を使わんでもすむのと、その近くに弥勒菩薩さまを買うてくれそうな立派な構えをした茶道具屋が多いからや。丹波口に並んでいる旅籠からでは、町中《まちなか》のそんな大店《おおだな》へ相談に行くにも、ときがかかるさかいなあ」

「百蔵はん、それでええのとちゃいますか。それで京に滞在するのは、どれくらいと考えてはります」

「そんなん、いまわからへん。都合よう早く売れたら、安宿に二晩泊まるぐらいで、すぐ金を持って村に帰れるけどなあ。なかなか売れなんだら、十日を期限として一度、戻ってこいと、村年寄衆にいわれてる。京で駄目やったら、次には大坂いうことになるのやろ。それとも亀山藩に願い出て、寺社奉行さまにご相談を持ちかける手もあるわ」

「買うてくれはる店がなかったら、それも方法どすなあ。物が物どすさかい、寺社奉行さまが年寄衆をお役所かお屋敷に呼び出さはって、相談に乗ってくれはるかもしれまへん。そやけど、こんな勿体《もったい》ない物をどうして貧乏な村が持っているのや、藩に献上せいと、命じられるかもわかりまへんで」

「もしそんなことになったら、藩へ献上する代わりに、堤防の補強を普請《ふしん》奉行さまにお願いするわ。それならむしろ村には好都合やがな。ともかく、この弥勒菩薩さまは何の知識もないわしらが見たかて、鍍金の厚いええ物や。村の辻を通りかかったお武家さまが、三百両で譲って欲しいと頼まはったほどやわ。そないあちこちに数ある物やないことだけは、確かなこっちゃ。まあ、掘り出し物やとよろこび、意外にすんなり買うてくれる店があるかもしれへん」

「そうどすなあ。三百両といわはったお武家さまは、五百両、千両出したかて、欲しかったのかもしれまへん。ただ出せるのが三百両だったんどっしゃろ」

　あれこれ結果を案じているせいか、百蔵は綿でおおって白布で包み、更に真新しい白布で腹に縛り付けた弥勒菩薩が、次第に重く感じられてきた。

同時に、三百両の金はこんな重さだろうとも考えた。

売りに行った店で、盗品ではないかと疑われた場合に備え、村年寄衆の連判状も懐に入れていた。

「もし疑われることがあったら、丹波・亀山藩の京屋敷に連絡を付けてもらうのじゃ。京屋敷は松原・室町西入ルにあるそうな。藩の御用商人は、三条・室町東の越後屋利兵衛さま。ことと次第によっては、その越後屋さまにご相談をかけてもええのやわ」

村年寄頭《がしら》の七兵衛がそういっていたのを思い出し、百蔵と粂松は希望を抱いて京に入った。

そうして高瀬川に沿う三条・木屋町《きやまち》（樵木町《こりきちょう》）の安宿「淀屋《よどや》」を、当座の宿と決めた。

淀屋の宿代は相部屋だけに、朝・夕食付きで三百文であった。

東海道筋の旅籠屋なら二食付きで二百文から三百文。中山道筋なら上旅籠でも百五十文から二百五十文。当時、相部屋は普通で、東海道筋の旅籠にくらべ、安宿でも淀屋の宿代が比較的高いのは、場所が京でしかも三条大橋に近い地の利からだった。

朝食は一汁一菜。ご飯に汁、香の物が付いた。夕食はそれらに焼魚か煮魚、または野菜の煮物が添えられた。

江戸期に限っていえば、京はいつのときも物価が高く、それは現在もつづいている。

「さて粂松、今夜は早うに寝よ。明日はゆっくり起き、適当な店を当ってみよか。茶道具屋なんかは朝の早い商いやないさかいなあ」

その夜、二人は木屋町筋の賑わいをききながら、行灯《あんどん》の火を吹き消し、早々に寝床にもぐり込んだ。

幸い、その日は相部屋ではなく、部屋には二人だけだった。

暖かい布団の中に入ると、百蔵は染屋に奉公していた三年余りの間に歩いた京の町筋を、あれこれ思い浮べた。

金銅で造られた古い時代の弥勒菩薩を、買ってくれそうな茶道具屋を、胸裏で探し始めたのであった。

河原町通りや烏丸《からすま》通りに何軒か、そんな店があったようだが、なんといっても三百両もの値の金銅仏を買ってくれそうなのは、烏丸通りに店を構える裕福な茶道具屋に決まっている。

弥勒菩薩は信仰の対象だが、床の飾り物にもなるだろう。

烏丸通りの一筋西は室町通り。金持ちの呉服問屋が櫛比《しっぴ》し、諸国から呉服物を買い付けにきた人々などが盛んに往来していた。

茶道具屋は床掛けにできる書画を扱っており、鑑賞物ともなる弥勒菩薩は、その商いの対象になるに違いないと思った。

それにしても、村の辻で病に倒れた諸国巡礼の老爺《ろうや》は、どうしてあれほどの弥勒菩薩を持っていたのだろう。

笈摺を背に菅笠《すげがさ》をかぶり、脚絆に甲掛《こうがけ》、草鞋《わらじ》をはき、ご詠歌を門付《かどづ》けして銭を乞いながら、その老爺はいったいどこからきて、どこへ行くつもりだったのだ。

重くなった瞼の奥で、汚れた白装束姿の巡礼が、ちりんちりんと鈴の音を寂しげに鳴らし、やがて百蔵を深い眠りに誘い込んでいった。

翌朝、遅めに起きた百蔵と粂松は、一汁一菜の食事をすませ、すぐ四条烏丸通りに向かった。

河原町や四条通りに面したさまざまな店は、すでに商いを始めていた。

店に品物を納めるため、荷車から積荷を下ろす人足や、出入りの商人たちの姿があちこちで眺められた。

粂松はそんな光景に目を奪われ、ときどき道を行き交う人々に突き当りそうになった。

「おい粂松、あんまりうろちょろ脇見をするんやない。京・大坂はだいたいこんなもんや」

「そやけど、いつも野山や田圃《たんぼ》ばっかり見ているわしには、朝からこんな賑わいは驚きどすわ。これだけ人が動いて活発に商いをしてたら、一日に取り交される銭も、大変な額どっしゃろなあ」

「そら、当然のこっちゃ。丹波の村で植えられた米麦や粟《あわ》や稗《ひえ》、大根や葉物の野菜が毎日、少しずつ育っていくのとは違うわい。商人は扱う品物をいらっているのではのうて、実際には金をいらっているのやさかい。一、二両で買うた品を三、四両で売るのは普通。わしらは土地を耕して成り物を植え、地味にこつこつ働くしか知らんけど、商人のすることはもっとでっかいわいな」

「丹波の山間《やまあい》の村にいては、やっぱり金儲けはできへんわなあ」

「そらそうやけど、生き馬の目を抜くといわれる大きな町で、金に追われて暮らすのも大変やで。貧乏してもきれいな山や野を眺め、穏やかに過すほうがええわい。わしらのご先祖さまは、ずっとそうして生きてきはったのや。今度、この弥勒菩薩さまが上手に売れ、境川の堤防の石積みができたら、水害にも遭わんと、荒れた土地も耕せる。まあまあの暮らしができるようになるのや。それを楽しみに励むこっちゃわいさ」

「そやけど百蔵はんがいわはるように、そんなにうまく運びますやろか」

条松は村を出てから何かと懐疑的であった。

「立派なお武家さまが、三百両で譲って欲しいといわはった弥勒菩薩さまや。三百両は無理でも百五十両、いや百両ぐらいには売れるやろ。それで枝村に住むわしらの暮らしも楽になるのや。希望を持たな、何事もできへん。それは大きな望みでなくてもええのや。寒い冬がすぎ、暖かい春になったら、ああ生きていてよかったと思うやろ。そんなささやかな希望でもかまへんのやわい」

百蔵の説教を条松は黙ってきいていた。

四条通りを西に進み、烏丸通りに達した。

少し先の町辻は、四条町の辻とも札《ふだ》の辻ともいい、京の中心地であった。

ここには呉服問屋が建ち並び、どの店も漆喰塗《しっくいぬ》りの蔵を背後に構えている。

その蔵の中には、千両箱が積まれているはずだった。

ここが四条札の辻といわれるのは、室町時代から幕府や所司代、町奉行所などが、ここの竹囲いをした小さな高札場《こうさつば》に、市民に知らせる大事なお触れを貼って告知したのと、京一番繁華な町筋のためであった。

北には、雪の消えた北山や樹々に包まれた禁裏御所が眺められた。

右側に立花で名高い池坊頂法寺の六角堂の宝珠が目に付いた。

この烏丸通りに店を張っているのは、京でも指折りの大店《おおだな》ばかりだときいていた。

昨夜、百蔵は寝床にもぐり込んでから、その烏丸通りを少し上がった饅頭屋町《まんじゅうやちょう》に、表の虫籠《むしこ》窓《まど》を黒漆塗りにした茶道具屋があったことを、急に思い出したのである。

その店には大きな梲《うだつ》看板が揚げられ、「東本願寺　並《ならびに》各家元御用達　茶道具商俵屋《たわらや》」と書かれていたはずだった。

かれは奉公していた染屋の主に従い、この店に一度だけ、注文の大暖簾を届けにいったことがあった。

勿論、店の中に入った覚えはなく、外でひかえさせられていた。

三枚割りの暖簾の右に梲看板通りの文字が、黒地に白く大きく染め抜かれ、中央は「蔦《つた》の葉紋」、左に俵屋と記されていた。

——店がそのままにあればええのやけど。

百蔵がそう心配するまでもなかった。

かつての佇《たたず》まい通り、俵屋はそこにでんと間口八間余りの構えを張っていた。

だが店の中がどうなっているのか、かれは全く知らなかった。

ごめんやすと気楽に入るのが躊躇《ためら》われるほど、立派な店構えだった。

百蔵と条松はそんな俵屋を左にちらっと見て、一旦、そこを通りすぎた。

「百蔵はん、この店へ行かはるつもりなんどすか——」

「ああ、そうやわい。そやけど立派すぎて、入りにくい店やなあ」

「それでも入らんことには、相談にもならしまへん」

二人は俵屋の前を通りすぎて立ち止まり、そこの梲看板を眺め、小声でつぶやき交した。

前掛けをかけた手代らしい男が、小僧を供に従え、黒暖簾から出てきた。

二人は思わず目を背け、手代と小僧をやり過した。

手代は胸許に縞模様の高価そうな風呂敷包みを、後生大事に抱えていた。

「あれはきっと茶会に使われる茶碗やわいな。織田信長さまは茶碗や茶入に銘を付け、勿体ぶって一国一城に代わるもんやと、多くの武将たちに与えはったというわ。武将たちもそれをありがたがって、命をかけて戦場で戦ったというさかい、世の中とはおかしなもんや。人の命一つと、どこで焼かれたかわからへん茶碗一つと、ほんまはどっちが尊いか、当時の侍たちには判断できんようになってたんやろなあ。一国一城に代わる茶碗なんか、この世にあるはずがあらへんわい。そんな茶碗があったら見てみたいけど、ほんまは歯の欠けた爺さまが、大根漬けをかじりながら、濁り酒でも飲んでた茶碗だったかもしれへん」

百蔵は自分に踏ん切りを付けるためか、俵屋を少し離れて見ながら、饒舌《じょうぜつ》に話しつづけた。

「世の中で権勢を振るうお人が、これはこうやといわはったら、大概のお人たちはさようでございますと従ってしまう。一国一城に代わる茶碗や茶入の類《たぐい》も、どうせこんな風にしてできたのやろ。そやけどこの弥勒菩薩さまは、そんな軽々しい物やあらへん。見るからに古びて荘厳、聖徳太子さまの時代に造られた金銅仏やと、はっきりしている。この弥勒菩薩さまこそ、一国一城に代わる物やろ。ほな勇気を出し、俵屋はんに寄せさせてもらうとするか」

百蔵は旅籠から着てきた黒羽織の襟《えり》を正し、両手にした白布包みを一度、持ち直した。

「ごめんくださりませ」

暖簾をくぐり、広い土間に入る。

店には誰もひかえていなかった。

勇を鼓してきただけに、何かはぐらかされた気持だった。

見れば広い床には、茶道具屋らしい品物が並べられ、それらしく設《しつら》えられていた。

「ごめんやす――」

百蔵は自らを奮い立たせ、また奥に訪《おとな》いの声をかけた。

「どなたはんでございまっしゃろ」

奥の中暖簾の向こうから声がひびき、番頭らしい中年の男の顔がのぞいた。

かれは土間に立つ百蔵が羽織姿なのを見て、急に態度を改めた。

急いで店先に進み出てくると、正坐して両手をついて低頭した。

「よくおいでくださいました。初めてお目にかかりますが、どないなご用でございましょう。

わたくしはこの店の番頭で、彦九郎《ひこくろう》ともうしますが——」

顔を上げた彦九郎の目に、百蔵が抱くように持つ白い布包みが映った。

「へえ、わしは丹波・千代川村の枝村の村年寄で、百蔵ともうします。長年、村の宝物として
きたこれを、俵屋さまで買うていただけないかと、持参した次第でございます」

「村で宝物としてきた物——」

彦九郎は百蔵が持つ白い布包みを改めて見つめた。

わざわざ黒羽織まで着て、丹波から持ってきたのだ。品物は不明ながら、そこそこの物に違
いなかった。

「お売りになりたい物は何でございまっしゃろ」

彦九郎は来客の二人を店の別室に通し、坐りながらたずねた。

「聖徳太子さまが生きてはった時代に造られた、金銅の弥勒菩薩さまでございます」

百蔵は白布に包んだそれを目の前に進めた。

「そんな古い物を――」

「へえ、これを銭に替え、村を流れる境川の堤防を直そうと、村年寄一同で決めたのでございます」

百蔵は茶を勧めてくれた小女《こおんな》が、別室から退いていくのに軽く頭を下げ、番頭の彦九郎に説明した。

村の近くを流れるあの境川の堤に、多くの石を積んでしっかり補強すれば、川の氾濫《はんらん》はなくなる。村の西に広がる畑も荒れずにすみ、荒蕪地《こうぶち》を耕すこともできる。

そうなれば、村の暮らしも楽になるはずだった。

「古い時代の弥勒菩薩さま、そら相当な物でございましょう。そのような物、てまえ独りでは見極められしまへん。店の旦那さまにも見ていただきまひょ」

かれは手を叩いて小女を呼び、旦那さまにおいで願うようにと伝えた。

その後、俵屋の主善兵衛《ぜんべえ》が絹物を着た姿をすぐ現した。

大店の主らしく、清爽《せいそう》な顔付きをした品のある人物だった。

「年代物の弥勒菩薩さまやそうどすけど、ええ物どしたら是非、買わさせていただきまひょ」

番頭彦九郎の説明をきいた後、善兵衛は白い小さな布包みに目を這わせた。

「ありがとうございます。ほな、ご覧になってくださりませ」

百蔵は弥勒菩薩を包んだ布包みを、そのまま善兵衛の前に滑らせた。

後ろにひかえた粂松は小さくなっていた。

善兵衛は布包みの結び目を解き、次いで綿にくるまれた弥勒菩薩を両手で取り上げ、しげしげと眺め始めた。

金銅仏の底から顔や頭部、全身を詳細に眺め尽した。

そのようすを見る百蔵の顔は、真剣になっていた。

——これは飛鳥時代に造られた本物の弥勒菩薩やわ。こんなんは滅多にある物やないわい。物が物やさかい、お寺にもお大名にも数寄者《すきしゃ》にも向き、置き物には打って付け。仲間の市に出したら四、五百両、ひょっとしたら三千両、五千両にも跳ね上がるかもしれへん、これを持ってきたお人には、ほんまのところはわからへんやろ。これは本物に似せた贋物《がんぶつ》やといい、安う買い取ったらどうやろなあ。そやけどあんまり安かったら、止めときますわと断られるかもしれへん。ともかくこれだけの品、ゆっくり客を探したら、一万両にもなる弥勒菩薩やわ。

善兵衛は何食わぬ顔を装いながら、全く不埒なことを考えつづけていた。

百蔵は百蔵で、相手の表情を読み取ろうと目を凝らし、二人の間に長いときが経ち、やっと善兵衛が口を開いた。

「お二人は亀岡の千代川村の枝村から京に出てきはって、どこのお宿にお泊まりどすか」

「はい、三条・木屋町を少し北にいった淀屋さまに泊まっております」

「ああ、あの淀屋に——」

どうやら善兵衛には心当りがありそうだった。

「百蔵はん、それでご覧の通り、いましっかり改めさせていただきました。残念どすけどこの弥勒菩薩さまは、鋳《い》られてからまだ四百年ほどしか経っていない贋物、模造品でございます。そうどすけど、広い世の中には、こんな模造品でもええさかい、欲しいといわはるお人もいてはります。そんなお人に当って二、三両どしたら、買うてくれはりまっしゃろ。この俵屋が買わせていただくわけにはまいりまへんけど、それでよかったら、買い取ってくれはるお客はんを探させてもらいまひょか」

主のその一言をきき、百蔵は期待が大きかっただけに、がっくりと肩を落した。

一方、粂松は急にふてくされた顔に変わっていた。

「た、たった二、三両――」

「そないいわはりますけど、実際には一、二両になるかもしれまへん。もしそれでもかまわなんだらお世話させていただきまひょと、もうし上げているんどす」

善兵衛は落ち着き払った態度で話しつづけた。

「普通、こないに不都合なときには、道具屋は正直に値を付けんと、大事に伝わってきた物どすさかい、これからも大切にお守りしておいやすと、お客はんにいうもんどす。けどついわたしは、ほんまのことをもうし上げてしまいました。あんまりがっかりせんと、元気を出しておくれやす」

「ありがたいお言葉をきかせておくれやして、感謝しております。それでも贋物やそうどすけど、これだけ立派にできているんどすさかい、せめて三、四両で買うてくれはるお人はいてしまへんやろか」

百蔵の声はほとんど哀願に近かった。

「さて三、四両どすか。よほど物好きなお人しか、お買いにならはらしまへんやろけど、数日、余裕をくれはりましたら、当るだけ当らせていただきますわ」

「それではこの弥勒菩薩さまを、こちらさまにお預けしておきますさかい――」

「いや、とんでもない。三条の淀屋にお泊まりどしたら、どうぞ、お宿のほうへ持ち帰ってくれはりますか。ここ二、三日でええ知らせができましたら、店の者を淀屋へ呼びに行かせますさかい――」

善兵衛は清爽な顔でいい、百蔵に弥勒菩薩を持たせ、粂松とともに帰らせた。

「旦那さま、あの弥勒菩薩さまはごっつう（大変）ええ物やったんと違いますか――」

二人が店から去った後、番頭の彦九郎が主の善兵衛にたずねた。

「おまえは何も見なんだことにしてたらよろし。あれだけの金銅仏でしかも弥勒菩薩。一生に一度、出会うかどうかというほどの品どす。相手には何もわかっていいしまへん。そやさかいこれは千載一遇の機会。けどなあ、二、三千両も出すのは惜しおすわ。相手を騙《だま》して手に入れるしかありまへん」

「騙して手に入れる――」

彦九郎は短くつぶやき、生唾をごくりと呑み込んだ。

「おまえ今日の夕方、どっかの料理屋で旨い物を折詰にしてもらい、三条小橋のそばの淀屋へ、差し入れに行ってくれまへんか。旦那さまは気の毒がって早速、客を探してはりますというて、あの百蔵はんのようすを見てきてくんなはれ。他の店に相談され、そっちで正直に買われてしもうたら、折角の儲け話がぱあになってしまいますさかい。しっかり足止めをしておかななりまへん。おまえ、この話を誰にもしたらあきまへんのやで――」

善兵衛は番頭の彦九郎に強く念を押した。

それからかれは急いで外出の支度にかかった。

夕刻、淀屋へ折詰を届けに行った彦九郎は、落胆した顔で店に戻ってきた。

「彦九郎、どうしたんどす」

「へえ、淀屋へ訪ねていったら、百蔵はんのお連れの若いお人が、いてはらなんだんどす。どうしはりましたのやとおききしたところ、若いお人は淀屋から飛び出し、どこかへ行ってしまわはったそうどす。あの仏さまが三両や四両で売れたかて、わしらの村はどうにもならへん。幸い、わしは村年寄が出してくれた旅手形を持ってる。こうなったら大坂か江戸にでも出て、一旗揚げるつもりやと、いい捨てていかはったとききました」

「若いお人には先の希望が必要やさかい、仕方のない成り行きやなあ」

なぜか善兵衛は、これには関心を抱いたようすで一言だけつぶやいた。

善兵衛が、百蔵たちが店から去った後、用ありげに外出したのは、かれの手足となって動く男に話を付けるためだった。

今夜、その男に旅人を装って淀屋を訪れさせ、百蔵たちと相部屋となり、白い布包みをひそかに盗み出させる腹だったのだ。

それは御池・車屋町の長屋で根付師《ねつけし》をしている男だが、十分に恩を売り付けていた。

「わたしの店の棚に置いていた古い鍍金仏を盗み出した男が、三条小橋のたもとの安宿淀屋に泊まり込んでいるのを、ようやく探り当てたんやわ。お奉行所に訴え出たら、後の糺が面倒やさかい、面倒をみている下っ引きに、こっそり行方を探してもろうてたんじゃ。今夜、そいつとなんとか相部屋になり、白い布包みの小さな仏さまを取り戻してくれへんか」

善兵衛は根付師の仁三郎《にさぶろう》に言葉巧みに相談を持ちかけ、かれはすでに淀屋へ向かっているはずであった。

この結果、百蔵が千代川村の枝村から、売却するため京へ持ってきた貴重な弥勒菩薩は、茶道具屋俵屋善兵衛によって巧みに盗まれてしまったのである。

——仏さまを盗まれてしまったうえ、粂松には見放され、わしはもうどうしようもあらへん。こうなったら、首でも括って死ぬしかないわ。どの面《つら》下げて村に帰れよう。

深い絶望の死神が、百蔵に死ぬのだと囁いた。かれには幾らか躊躇いはあったが、やがて前途に見切りを付け、本能寺の墓地に生える太い松の枝に、麻縄を投げかけていたのであった。

自分が知っている限りを鯉屋の居間でようやく語り尽し、百蔵はほおっと深い溜息をついた。

このとき庭で餌を啄《ついば》んでいた雀が、ぱっと飛び立っていった。

四

「なんだ、結局はそんなことだったのか――」

菊太郎は一通り百蔵の話をきき、酒をぐっと飲み干した。

「仏さまを盗まれたと書き置きにありましたけど、それは相部屋の男が、茶道具屋の俵屋の主に頼まれ、掠め取っていったに決まってます。こんな公事宿みたいな商いをしていると、相手の考えることぐらい、自分の掌《て》を見るようにわかるもんどす。俵屋は烏丸の饅頭屋町に大きな店を構える茶道具屋。茶道具だけではなく、書画や置き物も商いますさかい、聖徳太子さまの時代に拵えられた弥勒菩薩さまなら、恰好の商品になりますがな。裕福な大名に話を持っていき、一万両にでも売りまっしゃろ。店を立派に構えている商人ほど、形《なり》は上品にしてますけど、腹黒いもんどっせ。そうでなければ、大金儲けなんかできしまへんさかい――」

「わしはその弥勒菩薩を見たわけではないが、枝村の村道で倒れた巡礼の笈に納められていたとききき、これは飛鳥・奈良時代に造られた本物に相違ないと、すぐぴんと思うたわい。俵屋ほどの茶道具屋になると、品物を得るため、思いがけない手先を幾人か抱えているものじゃ。よい物には贋物などとあれこれけちを付け、安く買い叩く。これが茶道具屋や古道具屋といわれる商人の実態なのじゃ」

「お客はんがもう少し高く売りたいと、他の店を廻りそうなら、その店は儲けを幾らか分けますさかいといい、親しい店に手を廻し、買い取らないようにまでさせるんどっせ。利益になるなら、幾つかの店が一丸となって当り、商品は廻し合って売る。自分の大切にしている客は、同業者といえども絶対に明かさない。そんな汚い商いをしているのが、茶道具屋や古道具屋など書画を扱うている商人どすわ」

「百蔵、全く源十郎がいう通りなのじゃぞ。相部屋の男に弥勒菩薩を盗ませたのは、俵屋の主に決まっておる。そなたが正直に泊まっている宿を打ち明けたのは、迂闊だったのう」

「そやけど菊太郎の若旦那さま、相手がそのつもりでき出したのやさかい、止むを得なんだのと違いますか――」

「それはそうだが、百蔵ほどの歳になれば、もっと慎重でもよかったと、わしはもうしているのじゃ。盗人は盗人らしい顔をしておらぬわ。優しい顔をして、人にぐっと近付いてまいる」

菊太郎は舌を鳴らしてつぶやいた。

「そうどすわなあ。百蔵はんは店構えに惑わされ、何もかも正直に話しすぎたのかもしれまへん。まあ、この事件は極めて単純、その筋書きをすっと胸に描くことができますわ。欲に目を眩《くら》ませた俵屋善兵衛が、人を使って打った一芝居どす。それにしても、これでその弥勒菩薩さまが相当な値打ち物とわかり、かえって百蔵はんには好都合どしたがな。これを金に替えたら、村の抱える問題が片付き、明るい将来が開けてきますわ。後はわたしらに委せといたらよろしゅうおす」

源十郎は楽観的にいった。

「きのう事件の種が撒《ま》かれ、今日本能寺の墓地で表沙汰《おもてざた》になったわけで、明日にでも俵屋へ乗り込めば、盗み取られた弥勒菩薩も、まだそこにあるであろう。そう早く人手に渡るとは、考えられぬのでなあ。それにしても百蔵、どうしてそなたはうれしそうな顔をいたさぬのじゃ。わしらが後ろ楯になって解決してつかわすと、もうしているであろうが。問題が面倒になりそうなら、東町奉行所で同心組頭をしているわしの異母弟の銕蔵の奴を、引っ張り出してよいのじゃぞ」

菊太郎は不審そうな表情で百蔵を眺めた。

「何もかもご厄介になり、悩み事が解決されそうで、わしはうれしゅうございます。村年寄や村の衆にこの経緯《いきさつ》を話したら、みんな泣いて喜びまっしゃろ。ただわしは、粂松に失望されたまま逃げられたのが、残念なのでございます。旅手形と少しぐらい銭は持っておりましょうが、あれのことを考えると、心配でなりまへん。貧乏な村で一生、粟飯や草木の根をかじって生きていきたくない気持は、わしにもようわかります。そやけど何もいまの歳で行方を晦《くら》まさんかて、ええと思われしまへんか。世間のことをよう知らん男が、向こう意気だけで飛び出していったかて、碌《ろく》なことにはならしまへん。粂松は向こう意気が荒く、人のいうことをきかん奴どすけど、そのうち年を重ねたら、物分りのええ男になるのやないかと、わしは思うてました」

百蔵は目に涙を溜めているようだった。

「百蔵、さように勝手な奴は放っておくのじゃな。そ奴は自分が神仏から見放されたのを、知らずにいるのじゃ。どこでどうなろうと、そなたの知ったことではあるまい。村人たちも奴が逃亡した経緯をきかせれば、必ず納得してくだされよう。情に篤いのもよいが、ときには薄情にならねばならぬ場合とてあるわい。その粂松、大切な土壇場で神仏に見放されたのじゃ。尤も、もう少し辛抱すればよかったと、思わぬでもないが——」

菊太郎はしみじみとした声でいい、源十郎や吉右衛門の顔を眺めた。


翌日、源十郎を先に立て、菊太郎と鶴太、正太、それに東町奉行所から組頭の銕蔵と配下の曲垣染九郎《まがきそめくろう》の六人が、饅頭屋町の茶道具屋俵屋を訪れた。

一行の後ろには、百蔵がやや離れて付いてきていた。

鶴太と正太を同行させたのは、事件の始末を見学させるためであった。

六人が一挙に店を訪れたため、番頭の彦九郎が驚き、奥でくつろいでいた主の善兵衛を大きな声で呼んだ。

かれは主の不埒な行いをすべて承知し、腹の底にぐっと納めていただけに、四人の後ろにひかえる鋏蔵たちの姿を一目見て怯《おび》えたのである。

町奉行所の同心だと即座に察せられたのだ。

番頭彦九郎のただならぬ呼び声に、幾らか不安を覚えた主の善兵衛は、すぐさま表に出てきた。

そして鋏蔵たちの姿を見るなり、へたへたとその場にへたり込んでしまった。

きのうの朝、かれは三条・木屋町の淀屋で百蔵と相部屋になった仁三郎から、盗み取ってきた弥勒菩薩を、満足そうに受け取っていた。

そのときご苦労賃を一両しか支払わなかった。

「俵屋の旦那、これだけの大仕事をして、わしのもらい分はたったの一両どすかいな。わしが危ない目をして盗み取ってきた金銅仏。あれがどれだけの値打ちの物か、素人のわしにかてだいたいわかりまっせ。工合よう売ったら一生、左団扇《ひだりうちわ》で暮らせるほどの物どっしゃろ。それを一両の報酬でとは、あんまり阿漕《あこぎ》ではございまへんか。まあ、今日のところはこれで引っ込みますけど、これからはもう旦那のいわはる通りには動かしまへん」

かれは善兵衛に強い捨て科白《ぜりふ》をはき、店から出ていった。

これまで善兵衛は、かれにさまざまな悪行をさせてきた。

同業者の悪口を触れ廻らせたり、大切な茶碗を客の許に運ぶ他の茶道具屋の手代に、わざと突き当らせ、その茶碗を疵物《きずもの》にさせたりした。そしてどちらにしようかと迷っていた買い主に、自分の店の茶碗を買わせたのである。

それだけに銕蔵たちの姿を見ただけで、仁三郎がきのうの一件を町奉行所に垂れ込んだと、勝手に思い込んだのだ。

「やい俵屋の善兵衛、そのありさまでは白状したのも同じじゃな。おそらくそなたはいままで奥の部屋で、涎《よだれ》でも垂らし、うまく騙し取った弥勒菩薩を眺めていたのであろう」

「さあ俵屋はん、その弥勒菩薩さまをここに持っておいでやす。そうしてそれを千両でお買いやすな。それやったら普通の売り買いになりますさかい。それともお役人さまにすべて打ち明け、お縄にされはりますか。わたしは公事宿鯉屋の源十郎という者どす。徒《いたずら》に揉め事は好みまへんさかい、そないにするのが一番と違いますか。外にいてはる百蔵はん、店に入っておいでなはれ。長年、公事宿の主をしてますと、ことの成り行きをきいただけで、すぐ筋書きが見えるんどすわ。肝心な物を見んかて話をきけば、その弥勒菩薩さまの値打ちぐらいわかります。千両ぽんと出さはったかて、俵屋はんにはおそらく損にはなりまへんやろ」

店に入ってきた百蔵は、善兵衛の顔を憎々しげに睨《にら》み付けていた。

「わ、わかりました。鯉屋はんのいわはる通りにさせていただきます」

善兵衛は四つ這いに近い恰好で奥に入っていった。

「百蔵、そなたはこれでよかろうな」

「へえ、百五十両ぐらいに値切られても仕方がないと思うてた物が千両とは、ほんまにありがたいことでございます」

「銕蔵、これは正しい売り買いじゃな」

菊太郎は終始、黙っていた銕蔵に笑いかけた。

「千両の金を丹波の千代川村の枝村まで百蔵が運ぶのは、危険極まりない。町奉行所の許しを得て、それがしたちが護衛してまいりまする」

「ああ、さようにしてくれ。それについては、わしからご用人さまに断りを入れておこう」

このとき、俵屋善兵衛が弥勒菩薩を抱いて現れ、店の小僧たちが蔵から千両箱を運び出してきた。

百蔵はどっと疲れが出たのか、土間にへたり込んでいた。

金銅の弥勒菩薩一体。これを売れば、一生安楽に暮らせるに決まっている。おそらくそれを知りながら、巡礼として回国していた人物は、どんな過去を背負い、生涯歩きつづけていたのだろう。

菊太郎はそう考えると、胸の奥がちくりと痛んでならなかった。

それから十日ほど後、百蔵の許から村の行く末を見切って逃亡した粂松が、東海道の鈴鹿山で身ぐるみ剝《は》がれ、痩せさらばえて村に戻ってきた。

「旅手形がなかったら無宿者とされるやろ。これだけは返したるわい」

盗賊の頭はこういい、粂松に旅手形をぽいと投げ返してくれたそうだった。
粂松の戻った村には活気が湧いていた。

鬼面《おにづら》の女

一

桜の花の蕾が、あちこちでふっくらほころんでいた。京はこれから百花繚乱《ひゃっかりょうらん》の季節になるのである。

公事宿「鯉屋」では、丁稚の鶴太と正太が表の拭き掃除をすませ、店の床を拭きにかかっていた。

「今年の冬は寒かっただけに、やっと春らしゅうなってきて、ほっとするなあ」

「拭き掃除をするのも楽になってきたわ。わし、桶の冷たい水で雑巾をすすぐのが、ほんまはひどく嫌なんや。そのときだけ、お店奉公《たなぼうこう》なんかするもんやないと思うねん」

「鶴太、おまえ何をいうてるのや。お店奉公は拭き掃除から始まる、というくらいのもんなんやで。それをいつまでも嫌うてたら、辞めさせてもらうしかないがな」

「おまえは簡単にそういうけど、ここを辞めてどないするねん。わしらこの鯉屋で丁稚を始めて長いのやで」

「七、八年になるわなあ。おまえとわしは、ほぼ一緒にこの鯉屋へ奉公にきたさかい」

「十年丁稚というらしいけど、丁稚働きも長うなると、飽きあきするわ」

「おまえはそないにぶつくさいうてるけど、ほかの商いとは違って鯉屋は公事宿。扱ってるのは、人の諍《いさか》いごとなんやで。それをどう上手に処置するかが仕事やさかい、きものや下駄を売り買いするのとは、まるで異質やわいな。人とは厄介なもので欲を持ち、都合が悪くなれば、誰にでも平気で嘘をつく。それだけに、店に持ち込まれてくる相談を商品と考えれば、ほんまに面倒で手間のかかる商品やわ。相手と一度会って、だいたいの人柄を見分けられるようにならな、こんな商いはできしまへんと、いつも旦那さまと下代《げだい》の吉左衛門はんがいうてはるやろな」

正太は雑巾の手を止めたまま、鶴太に語りつづけた。

「そうならなあかんさかい、普通のお店奉公と違い、公事宿の丁稚は長くなるわけや。おまえもここでのご奉公がほんまに嫌やったら、人相見ぐらいできるやろ。陰陽頭《おんみようのかみ》の土御門《つちみかど》家さまに願い出て、職札を頂戴したらええのやさかい。わしはやがて鯉屋から暖簾分けをしていただき、公事宿の主になりたいと思うてる。そやさかい、丁稚働きが十年、十五年つづいたかて平気やわ。それだけ人を見る目が肥えてくる理屈やさかい——」

「正太、おまえは賢い奴ちゃなあ。なるほど、そないに考えればそうや。人を見るのはほんまに難しいさかい。それが見分けられるようになるには、長い月日が要る道理やわ。手代《てだい》の喜六はんなんか、ぼやっとしてはるようやけど、この鯉屋で十四年も丁稚をしてたというてはった。丁稚は丁稚でもほかの店とは違うて、喜六はんは人を観察していはったんやろなあ」

二人が小声ながらこんな話をしていられるのは、店の帳場に誰もいないからだった。

主の源十郎と下代の吉左衛門は朝から用足しに、手代の喜六と手代見習いの佐之助の二人は、東町奉行所の公事溜りに出かけている。

お店さま（女主《おんなあるじ》）のお多佳は奥に引っ込み、居候の田村菊太郎は、自分の居間でまだ眠っていた。

鶴太たちは間もなく髪上げの時期なのであった。

「やれやれ、これで一通り拭き掃除をすませたわけや。一生懸命したさかい、少し汗をかいたようやわ」

「誰もいいへんさかい一度、代わるがわる帳場に坐ってみよか――」

「それもええなあ。わしらもやがてはあそこに坐らせてもらえるようになるのやさかい」

かれらがこんな話をしているとき、表の暖簾をかき分け、年若い女が入ってきた。

彼女は急いできたとみえ、息を弾ませていた。

「ごめんやす――」

「へえ、何のご用でございまっしゃろ」

正太が身形《みなり》のいい彼女にたずねかけた。

髪は手まり髷《まげ》、十四、五歳の聡明そうな顔に、まだいくらかあどけなさを残すうら若い女だった。

「はい、うちは祇園・新橋で団子屋を営む美濃屋の娘で、清《きよ》ともうします。この鯉屋さまに、田村菊太郎さまはいてはりまへんやろか――」

　お清ははっきりとした声で正太と鶴太にたずねた。

「ひゃあ、おまえさまが美濃屋のお清ちゃん。しばらく見んうちに、大きくならはったもんやなあ。すっかり綺麗にならはって――」

「町で出会うたら、まるでわからへんわ。お清ちゃんが鯉屋にきはるなんて、びっくりしてしまうがな」

「正太、もうお清ちゃんやのうて、お清はんと呼ばなあかんのとちゃうか。わしは鶴太、こいつは正太どす。覚えていはりますか」

　鶴太が正太をたしなめた。

「ほんまにそうや。以前、何度かお会いいたしましたなあ。お清はん、わしらを覚えていてくれはりますかいな」

「はい、一目見てすぐにわかりましたえ」

「いつも菊太郎の若旦那さまに、美味しい団子を土産にことづけてくれはって、ありがとうございます」

　正太がすかさずお清に礼をいった。

「いいえ、そんなんたいしたことではあらしまへん。それより菊太郎さまにご用があってきたんどすけど――」

「菊太郎の若旦那さまにご用が――」

「はい、そうどす」

表のやり取りが届いていたらしく、このとき中暖簾を分け、お多佳が現れた。

「こ、これはお清はん」

お多佳は驚いた声でつぶやき、正坐して両手をつかえた。

「いま鶴太はんと正太はんにもうし上げましたけど、母にいわれ、菊太郎さまにご用があってまいりました」

お清は両手を前でそろえ、丁寧な口調で説明した。

「さようどすか。ほな早速、若旦那さまにそない伝えますけど、まずは上がってお茶でも一服いかがどす」

お多佳にそう勧められると、お清ははいとうなずき、客間に案内されていった。

「ああ、驚いた。幼かったお清ちゃんが、あんなに大きくなっているとはなあ」

「可愛い、いや、綺麗な娘はんになってはるがな。女の子は蛹《さなぎ》が蝶になるみたいに、ある時期、ころっと変わるもんなんや」

「ほんまにそうやなあ」

鶴太と正太が互いに驚き合っているとき、主の源十郎が下代の吉左衛門を従え戻ってきた。

「おまえたち、何をそんなに驚いているんどす」

源十郎は店の中のようすをうかがいながら、二人にきいた。

吉左衛門は土間の隅に草履を脱ぎ、帳場にと上がっていた。

「実は旦那さま、たったいま祇園の新橋から、美濃屋のお清はんがおいでになったんどす」

「何、美濃屋のお清はんが。わざわざどすかいな」

「へえ、なんでもお信さまにいわれ、菊太郎の若旦那さまにご用がおありだそうで――」

「それはそれは。いったい何があったんどっしゃろ。それでお清はんはどこにいはるんどす」

源十郎も驚いた口振りで正太たちにたずねた。

「へえ、お店さまがまずはと、客間にご案内していかれました」

「どうして若旦那の居間に、直《じか》にご案内せえへんのどす」

お多佳が客間に案内したと鶴太からきかされ、源十郎はすぐさまたずねた。

「菊太郎の若旦那さまはゆうべ遅くお帰りどした。お店さまはまだ寝てはるはずやと、思わはったからと違いますか」

「そうどしたなあ。それにしても、お清はんが直接、鯉屋に使いにきはるとは珍しおす。きっと美濃屋で何事かあったんどっしゃろ」

源十郎はふと不安なことを口にし、急いで床に上がり、客間に向かった。

かれが中暖簾をくぐり、客間の襖《ふすま》を開くと、火鉢のそばにお清がちょこんと正坐していた。

「お清はん――」

「鯉屋の旦那さま、いきなりお訪ねしてすみまへん。不躾《ぶしつけ》をどうぞ、堪忍しておくれやす」

彼女はしっかりした口調でいい、手をついて頭を下げた。

すっかり大人び、もう間もなく一人前の娘であった。

「お母はんにいわれてきはったそうどすけど、美濃屋で何か起ったんどすか――」

源十郎は不安を感じながらたずねた。

彼女が突然、ここにきたからには、美濃屋に何事か問題が生じたに違いない。そのため菊太郎を呼びにきたのだろう。

かれが胸の中で勝手にそんな憶測をしている背後で襖が開き、妻のお多佳が茶を運んできた。

「おや旦那さま、お帰りになってはったんどすか」

お盆を持って坐りながら、お多佳が小声でたずねた。

「いま帰ってきて、お清はんがこうしてきてはるときいたところどす。若旦那さまはまだ寝てはるそうどすけど、それでお起ししたんどすな」

「はい、声をかけてお起ししました。お清はんがお信さまにいわれ、迎えにきはったとお伝えすると、びっくりして飛び起きはりました。急いで身形をととのえ、もうここにきはるはずどす」

「それならよろしゅうおす。それでお清はん、改めておたずねしますけど、美濃屋に何か変わったことが起ったわけではありまへんやろなあ。もしそうなら、こんなところで呑気《のんき》にお清はんからお話をきいてんと、すぐ店の者を誰か、美濃屋へ走らせなあきまへんさかい」

源十郎は思わずお清ちゃんといいそうになる自分を抑えながら、先を考え、彼女の顔色をうかがった。

「鯉屋の旦那さま、店に何も変わったことはあらしまへん。突然、お母はんのお知り合いのお人がおいでになりました。それで菊太郎さまのお知恵をお借りしたいということやと、うちは見てます」

お清はお清で、菊太郎の小父《おじ》ちゃんと思わずいいそうになるのを、避けながら答えた。

「それならさほど急がんでもよろしゅうおすなあ。それにしても、ちょっと見んうちに、お清はんもすっかり娘はんらしゅうならはったもんどす」

源十郎は感嘆する顔付きでつぶやいた。

美濃屋は祇園・新橋の白川の流れるかたわらに店を構え、店頭で焼団子を拵えて売っている。団子の垂れは胡桃醬油《くるみじょうゆ》で特別に旨《うま》いと評判になり、界隈で知らぬ者がないほどであった。

その美濃屋には、主お信の旧知の右衛門七《えもしち》が、いまでは温和な初老となって住み込み、店頭に立って働いてくれている。

かれは、かつてお信が奉公していた鴨川沿いの料理茶屋「重阿弥《じゅうあみ》」の朋輩《ほうばい》・お絹《きぬ》の夫だった。元は料理人だが、若い頃、飲む打つ買うの悪癖をそなえていただけに、源十郎はそのかれか、かれに関わる誰かが、何かとんでもない事件を引き起したのではないかと、一瞬、危ぶんだのである。

そうではないときき、源十郎はほっと胸を撫《な》で下ろした。

菊太郎はお信と、彼女が美濃屋の主になる前から理無《わりな》い仲になっていた。

いまでは鯉屋と美濃屋で、半々に過すありさまであった。

正式に夫婦になったらどうかと、隠居した実父の次右衛門や義母の政江《まさえ》、また東町奉行所に同心組頭として務める異腹弟の銕蔵に勧められていたが、自分はこのままがいいのだと強硬にいい、なかなかみんなの意見をきかなかった。

それだけに、美濃屋に住んでいてくれる右衛門七は、店には頼りになる用心棒でもあったのだ。

お清の物腰を見る限り、店は繁盛して問題は何もなさそうだった。

だが菊太郎の知恵を借りたいと、お清が迎えにきたのはどうしたことだろう。お信を訪ねてきた知り合いが、面倒な問題を持ち込んできたに違いなかった。

お信は自分ではどうしようもなく、それを解決するため、菊太郎の意見をきこうとしているのだ。そうすることで、難がいくらかでも避けられる。

それはそれで賢明な判断といえた。

客間の外から行儀の悪い足音がひびいてきた。

菊太郎の心を急《せ》かせた足音だった。

次に客間の襖が断りもなく、さっと開かれた。

顔を手拭いで拭きながら、菊太郎がようやく現れたのだ。

鬢《びん》の毛がまだ少し濡れていた。

「おお、やはりお清ちゃんじゃ。いきなり鯉屋に使いにくるとは、どういうわけじゃ。わしはきのうの夕刻まで、美濃屋にいたではないか」

「菊太郎の小父ちゃん、それが今朝早く、お母はんが以前にいた重阿弥で、台所働きをしていたおふさはんというお人が、何か相談事があるというて、訪ねてきはったんどす」

「重阿弥で台所働きをしていたおふさはん。わしは重阿弥のお人たちはだいたい知っているが、おふさという名前は、きいたことがないなあ」

「なんでも、お母はんが重阿弥を辞めはる少し前に、奉公を始めはったそうで、お母はんよりずっと年の若いお人どす」

「それではわしの知るはずがないなあ。何か相談事とは、いずれにしたところで福禄《ふくろく》は少なく、碌でもない話に決まっておる」

菊太郎は急に眉をひそめた。

かれがいま口にした福禄とは、天から与えられる幸いをいう言葉として、江戸時代には日常的に用いられていた。

「碌でもない話なら、金を貸して欲しいとか、男なら女、女なら男についての相談どっしゃろ」

「そやけど鯉屋の旦那さま、うちがお母はんの部屋に呼ばれたとき、そのおふさはんはお母はんの前に、仰山の小判を積むようにずらっと並べ、話をしてはりました。そやさかい、お金を借りにきはったんではないと、うちは思います」

悪意を含んだ源十郎の言葉を、お清はきっぱりと否定した。

「お信の前に小判を積むように並べてじゃと。それはいったいいかなる金であろうな。まさか美濃屋を、居抜きで売ってくれと頼むのではなかろうなあ」

「若旦那、何をいうてはりますのや。相手は重阿弥さまで台所働きをしていたお人どっせ。いくら長く働いていたかて、美濃屋を居抜きで買い取るほどの金は、貯められしまへんわいな。金持ちの旦那が付くなり、富籤《とみくじ》にでも当ったら別どすけど——」

「そうだろうが、さればその仰山の金とは何であろう。どこかで盗んできたとも考えられぬ。ともかくお清ちゃんの話だけでは、事情がさっぱりわからぬわい。そこでじゃがお清ちゃん、お母はんを訪ねてきたおふさはんという女子は、どのようなお人じゃ。お清ちゃんも寺子屋に通い、やがては女学者か、ご公儀に許されるなら、公事宿の主になりたいというほどの娘ゆえ、およその人柄ぐらい見分けられるであろうが——」

菊太郎は表情をゆるめて彼女に問いかけた。

「はい、身形は並みどしたけど、きりっとしたお顔をしてはり、そこにいてはる鯉屋のお店さまみたいな雰囲気のお人どす。ただお履物がひどく粗末で、どこかちぐはぐな感じがいたしました。菊太郎の小父ちゃん、ここであれこれ詮索《せんさく》してたかて、どうにもなりまへん。ともかく美濃屋へ戻っておくんなはれ」

彼女ははっきりした口調で菊太郎に迫った。

二人の関係は父娘《おやこ》も同然。菊太郎は菊太郎の小父ちゃんであり、お清は幾つになっても、菊太郎にはお清ちゃんであった。

「ここであれこれ詮索してたかてどうにもなりまへんとは、道理どすわ。菊太郎の若旦那、お信さまの相談事どしたら、わたしも一つ乗らせていただきます。いまからお清はんと一緒に、美濃屋へ急ぎまひょか」

「源十郎、一緒にとはすまぬなあ。されば美濃屋まで行ってくれるか」

「ああ、行かせていただきまっせ」

源十郎は気楽にいい、すぐ腰を浮かせた。

お多佳が運んできたお茶には、結局、誰も口を付けなかった。

二

春の空は今日も晴れ上がっていた。

近江の瀬田からきた蜆《しじみ》売りが、空籠を天秤棒《てんびんぼう》で担ぎ、東に歩いていく。

その姿を見て、人の好い菊太郎は、おい全部売り切れてよかったなあと、つい声をかけたい気持になった。

瀬田にはかれが蜆売りのこつを教え、いまは蜆の佃煮屋を営んでいる若者がいたからだ。

佃煮は魚介類や野菜、海苔《のり》などを、醬油、味醂《みりん》、砂糖で味濃く煮しめた保存食。江戸の佃島で製造され始めたため、この名が付けられている。

諸国を遍歴してきた菊太郎は、蜆売りをしていた少年に蜆の佃煮を作り、竹皮に包んで売ったらどうかと勧めたのだ。

それが当り、少年は瀬田大橋の近くに、店を一軒持つまでになったのであった。

姉小路の鯉屋から祇園・新橋の美濃屋までは、急けば四半刻《しはんとき》（三十分）で行けた。

お清と源十郎を従えた菊太郎は、お信からの相談事とあり、飛ぶように速く歩いた。

「菊太郎の小父ちゃん、もっとゆっくり行っておくれやす」

お清が二度も甘えた声を、かれの背にかけたほどだった。

菊太郎が美濃屋にいつづけているとき、父娘同然の二人は、きっとこんな調子で楽しくやっているのだろう。後ろを歩く源十郎はそう思い、二人を微笑ましく見ていた。

お清は母親と菊太郎がどんな関わりにあるのか十分わきまえ、それを容認できる年頃になっており、何よりかれに強い信頼を寄せていた。

御池通りから三条に入り、やがて三条大橋を渡る。

川風が頬に心地よく、比叡山から如意ヶ岳、さらに南にのびる東山の峰々が、いまや若葉を萌え立たせようとしているのが、はっきりうかがわれた。

三条大橋をすぎ、縄手道に入る。

伏見から荷駄を運んでくる大八車《だいはちぐるま》や牛車が、正午《ひる》前だけに大分、減っているようすだった。

比叡山麓から曲がりくねりながら南に流れ、やがて鴨川に流れ込む白川の手前の新橋通りで、三人は道を左に折れた。

その少し先に辰巳《たつみ》稲荷《いなり》の小さな祠《ほこら》があり、近江・膳所《ぜぜ》藩の京屋敷の豪壮な屋根がのぞいている。白川がやはりここで蛇行しており、石造りの新橋を渡った先に美濃屋があった。

「おお、団子を焼く旨そうな匂いが、ここまで漂ってくるわい」

菊太郎が鼻孔をふくらませていった。

「ほんまに旨そうな匂いどすなあ」

すかさず源十郎が同調した。

お清にはやはりなんとなく嬉しかった。

やがて新橋を渡り、美濃屋に到着した。

店頭では、数人の子どもが小銭を握り、団子の焼き上がりを待っていた。

店のかたわらでは白川が潺々《せんせん》と流れ、水に揉まれる川藻が青々と美しかった。

「これは鯉屋の旦那さまに菊太郎の若旦那さま――」

団子を焼いていた右衛門七が、三人の姿に気付き、大きな声を浴びせてきた。

「右衛門七どの、いつも頑張ってはりますのやなあ」

「小さな団子屋どすさかい、あんじょう廻っていくように、精を出させて貰うてますねん」

かれは源十郎に如才のない言葉を返した。

美濃屋は白川に沿って小座敷を設け、木格子の衝立《ついたて》で隣の客との間を隔てていた。

「お店さま、お清はんが菊太郎の若旦那さまを、呼んできてくれはりましたえ――」

右衛門七は奥に向かい大声を飛ばした。

「はい、すぐ行きますさかい」

かれの大声をきき、お信の弾んだ声が返ってきた。

「おまえたち、右衛門七のおっちゃんはええお人だろう」

菊太郎が、団子を焼いて垂れ甕《かめ》に浸し、それをまた横に長い火床に置いている右衛門七を見て、子どもたちにきいた。

「うん、ええおっちゃんやわ」

「十本買うと、必ず一本おまけしてくれはるさかいなあ」

「それどころやないがな。一本買うても、それに一本おまけをしてくれはるときもあるわ」

他の子どもがいきなりいった。

右衛門七は、一本の団子を兄妹で半分ずつ分けて食べる子どもを見たりすると、臨機応変にそうしているのを、女主のお信も菊太郎もすでに承知していた。

尤もお信自身もそうであった。

「そうかそうか、よい子ばかりじゃ。喧嘩をせずに、みんな仲良くいたすのだぞ」

「美濃屋のお侍さん、わしら喧嘩などしいしまへんで」

「白ばくれたらあかんがな。喧嘩をせいへん代わりに、悪戯《いたずら》はいつもしているやないか。お侍さんはそれも含めていうてはるのやわ」

一人の子どもが、喧嘩を否定した子どもを、揶揄《やゆ》するようにいった。

「悪戯か、少々の悪戯は許されるが、大袈裟なやつはやってはならぬわなあ」

「そんなん、わしらかてわきまえてます」

喧嘩を否定した子どもが笑顔を見せて力《りき》んだ。

「みんな、いつも美濃屋の団子を買うてくれはって、おおきに——」

奥から急いで現れたお信が、源十郎や菊太郎に軽く会釈した後、まず子ども客たちに声をかけた。

それから源十郎に向き直り、改めて挨拶した。

「お清に鯉屋さまへ菊太郎さまを迎えに行かせたんどすけど、源十郎の旦那さままできてくれはったんどすか。ご足労をおかけし、ほんまにありがとうございます。むずかしい相談で、うちでは何とも思案がつかしまへんのどす。鯉屋の旦那さまのお考えもきけるとは、大助かりどすわ。まずはどうぞ、中に入っとくれやす。お清ちゃん、お使いおおきになあ」

お信は娘のお清にも礼をいい、源十郎を奥に案内した。

菊太郎にとって、鯉屋だけではなく、美濃屋も勝手知ったる我が家も同然。源十郎の先に立って進んだ。

長い土間を通りすぎると、奥にお信の居間が設けられていた。

右衛門七は小座敷に接した小部屋を、自分の部屋としているのであった。

「おふさはん、菊太郎さまだけではなく、公事宿鯉屋の旦那さまも、おいでくださいましたよ」

お信が一声かけて縁に上がり、板戸を開いた。

板戸の先は二畳ほどの上がりの間になっており、その奥が彼女の居間であった。

そこには地味な身形をした年増の女が、床を背にして坐っており、源十郎と菊太郎の姿を見ると、急いで座布団から退いた。

両手をついて深く頭を下げた。

「うちがふさでございます。この度はお信さまにいきなりとんでもない相談事を持ちかけ、ご存じのお人まで呼んでいただき、恐縮いたしております。どうぞ、お許しになってくださいませ」

おふさは手をついたまま顔を上げ、二人にはっきりした口調で礼と詫びをいった。

「お信はん、お清はんに菊太郎さまが、お客はんはどんなお人やとたずねたところ、わしんとこのお多佳みたいな雰囲気のお人どすと、教えてくれはりました。ほんまにその通りどすなあ。わたしが公事宿鯉屋の主源十郎、そばにいてはるのが田村菊太郎さまどす。お信はんとの関わりは、すでにご当人さまからきいてはりまっしゃろ」

「はい、おききいたしております」

「おふさどのとやら、さように固くなられず、手を上げられたらいかがでござる。わしが田村菊太郎。この美濃屋と鯉屋の双方で、居候をいたしているけしからぬ男じゃ」

かれは微笑を含んだ顔でおふさに名乗った。

おふさは確かに鯉屋のお多佳に似た感じの女性であった。

それだけに一目見ただけで、菊太郎たちは親しみやすさと信頼を覚えた。

「ごめんやす――」

襖の外からお清の声がかけられ、彼女がお盆に茶をのせて運んできた。

「お清ちゃん、すまぬがわしに団子を五、六本、右衛門七から貰ってきてくれまいか。わしは朝寝をしていたため、まだ朝飯を食うておらなんだのにいま気付き、急に腹が空いてきたのじゃ」

「はい、では早速、右衛門七の小父ちゃんに頼んできます」

「菊太郎さま、朝御飯をまだお召しではなかったんどすか。もうすぐ正午。そうまで朝寝をしておられたんどすね。きのうは夕刻、鯉屋さまにお戻りのはず。いったいどこで道草を食うてはったんどす」

お信の声がにわかに少し険しく変わった。

「いやいや、たいしたところに寄り道したわけではないぞ。鯉屋に戻る途中、今日は非番だともうす銕蔵配下の曲垣染九郎に、御所八幡近くでばったり出会うたのじゃ。近くの居酒屋で一飲みのつもりが、つい深酒になってしまい、鯉屋への戻りが遅くなったのよ」

源十郎の目には、お信の小さな悋気《りんき》がうかがわれ、菊太郎が彼女にとっちめられているようで、微笑ましい光景であった。

「それより、おふさどののご相談とは何でござる」

菊太郎はお信の追及を逸らすように、話を本題に戻した。

おふさのかたわらには、金を包んできたらしい布包みがそっと置かれていた。

「鯉屋の旦那さまと菊太郎さまに、最初にもうし上げておきます。このおふさはんは以前、重阿弥で台所女中をしてはりましたけど、二十代半ばの頃、器量のよさや人柄を見込まれ、五年程前に三条・桝屋町《ますやちょう》の紙問屋『砧屋《きぬたや》』に嫁がれたんどす」

「桝屋町の砧屋というたら、品数を多くそろえた紙問屋で、京の書肆《しょし》（書店・出版社）でもある大店《おおだな》どすなあ」

公事宿稼業をしているだけに、さすがに源十郎は砧屋を知っていた。

全国に流通している多数の読本《よみほん》や娯楽本、専門書などは、主として京都で印刷され、諸国の貸本屋を経て、人々に届けられている。

こうした読本などには、決まって扱った地方の貸本屋の印が捺《お》されているものだ。

その本の紙の多くは、砧屋から売られた物だと考えてもいいほど大きな紙問屋であった。

「立派な看板を掲げたあの店じゃな」

「若旦那、そうどすわ」

「されどしばらく後に、その砧屋から離縁されたと先程、お信がわしの耳元でささやいたが、それから何年になりますのじゃ」

「そろそろ四年どす」

おふさは三十歳、聡明そうな顔ではっきり答えた。

「砧屋から離縁された理由を、嫌でなければ、わたしらにきかせておくれやすか」

眉をひそめてたずねたのは源十郎だった。

「帳場のお金をうちが誤魔化し、誰かに貢いでいたに相違ないと、ご隠居のお浪《なみ》さまに厳しく咎められました。全く身に覚えのない汚名をきせられ、一方的に離縁されたんどす」

「誤魔化していたという金は、どれくらいの額でござる」

「ご隠居のお浪さまには、嫁いで半年余りも経つのやさかい、何百両やろといわれました。そやけど店内《みせうち》から縄付きを出したくないさかい、温情で離縁にするのやと――」

正坐したまま、毅然とした態度で答えるおふさの顔に、哀しみの色が濃くにじんでいた。

「おふさどのはいかなる縁で、砧屋に嫁がれましたのじゃ」

労《いたわ》しそうな声で菊太郎が質問した。

砧屋の跡継ぎ息子の栄太郎《えいたろう》は三代目。

かれには三つ年下の芳次郎《よしじろう》と、更に三つ年下のお通《みち》がいた。

砧屋の若旦那の栄太郎は、同業者の会合などで、幾度か料理茶屋の重阿弥の客となっていた。

おふさが明るい気性と聡明さを見込まれ、台所働きから座敷女中に格上げされたのは、砧屋二代目の大旦那・栄左衛門《えいざえもん》が死に、長男の栄太郎が店を継ぐ少し前だった。

栄太郎は同業者仲間（組合）の接待や挨拶、また仕入れ先や京都にやってきた顧客を迎えるため、重阿弥を頻繁に用いるようになり、座敷女中をしていたおふさに、心を惹かれ始めたのだ。

だが母親のお浪は、長男の栄太郎より次男の芳次郎を溺愛し、弟に店を継がせたいと考えていた。

夫の栄左衛門が生きている頃から、彼女は次男にはっきり自分の意思を伝え、身内にもいざの場合にそなえ、それらしい根回しをしていたほどであった。

だが二代目栄左衛門は心臓麻痺で亡くなり、突然のその死去は、彼女がひそかに抱いていた望みを打ち砕いた。

「お母はん、こうなるとこの砧屋の三代目は、やっぱりあの薄鈍《うすのろ》の兄さんどすか。それでは店が塩梅ようぃかへんのと違いますかぃな」

かれは腹立しげな顔で、盛大に営まれる父親の弔いの最中にも、こっそり母親に迫っていた。

喪主はお店さまであるお浪と、長男の栄太郎の二人が務めた。

「おまえ、うちは栄太郎を喪主の一人にさせましたけど、それは世間さまへの手前。いまでもおまえを、この砧屋の三代目にしたいと思うてます。親戚の主立つ者や同業者仲間の年寄衆に、それなりに根回しもしてますさかい、安心してたらええのどす」

彼女は小さく北叟笑《ほくそえ》んで芳次郎に答えた。

長男の栄太郎は、物事をじっくり考えて慎重に運び、口数は少なく、おっとりした性格なだけで、決して愚鈍ではなかった。

一方、芳次郎は何事にもてきぱきと対応して調子がよく、奉公人には口喧《くちやかま》しかった。それらがやり手だとの評判を呼んでいたのだ。

商いの勘にも優れていたが、両親に隠れてこっそり賭場《とば》に通っており、博奕《ばくち》好きなのが難であった。

酒こそあまり飲まないが、女にも手が早く、一部の人々に顰蹙《ひんしゅく》を買っていた。

栄太郎の性情はこれとは全く異なり、かれは書画の鑑定を好んだ。十代の末から好きな絵の蒐集《しゅうしゅう》を始め、中世（鎌倉・室町期）の絵画については、特に造詣《ぞうけい》が深かった。

あるとき同好者が、茶道具屋から買った画幅を、自慢げに持ってきて見せた。

するとかれは、絵はよう描けてますけど、これは偽物でございますと、遠慮がちな口振りでいった。

そこそこの金を出して買った相手は、驚いた顔で栄太郎を見つめた。

「これほどの山水図が贋物《がんぶつ》。秋月居士《しゅうげつこじ》等観《とうかん》と、落款《らっかん》もちゃんとありますえ」

落款とは落成の款識《かんし》の意で、書画に筆者が署名して印を捺すことをいい、その署名や印をこう呼んでいる。

等観は諱《いみな》で、字《あざな》を秋月といった。

元は薩摩公に仕えた武士で俗姓は高城氏。権頭《ごんのかみ》と称した。後に雪舟《せっしゅう》に仕えて画筆を学び、かれに従い中国に渡った。師の手法を踏襲したが、やがて画風は装飾化し、室町漢画から桃山障壁画へと発展する橋渡しの役割を果した。晩年はますます妙境に入り、薩摩に帰っている。

「わたしが偽物と判断しますのは、この絵の紙どすわ。うちは紙問屋どすさかい、よう知ってますけど、秋月等観が生きてはった頃、まだこんな紙はどこでも漉《す》かれていまへんどした。印は当人が死んだ後でも残りますさかい、これは後印、朱肉も違います。秋月等観と署名するぐらい、その手のお人どしたら簡単に真似はります」

栄太郎は淡々とした口振りで相手に説明した。

紙にも画布にも、それぞれ作られた歴史がある。それを根拠に指摘されたら、等観の絵を持ってきた当人は、もうどうにも反論できなかった。

当時、京都には雪舟、狩野探幽《かのうたんゆう》、伊藤若冲《じゃくちゅう》など、高名な画家たちの偽物ばかりを描き、暮らしを立てていた絵師の脱落者が何人もいたのであった。

「紙問屋の砧屋の総領はんは、本物と偽物の絵をはっきり見分けはるそうどすなあ」

栄太郎は一部の人々にそう驚かれるほどだった。

親は何人かの子どもを、同じように慈《いつく》しんで育てたつもりでも、三人いたとすれば三人が、各々、性格や気質を違《たが》えるものだ。

人はこの世に生れるとき、目には見えない「魂」と名付けてもいい「珠」を摑んでくるのか、同じ魂を育《はぐく》む者はほとんどいないのである。

ましてや砧屋の女主お浪が育てた兄弟は、彼女が弟の芳次郎を溺愛しただけに、顔や身体付きに似たところはあっても、全く異なる人格になっていた。

砧屋二代目栄左衛門の葬儀の後、跡目相続を話し合うため、親族が集められた。

女主のお浪から、各自に意見が求められたが、彼女が根回ししておいたにも拘らず、誰からも商い上手な芳次郎に跡目をとの発言はなされなかった。

お浪の身内までが、跡目はやっぱり長男の栄太郎はんがよろしゅおすなあといった。

余りのことに、お浪は顔色を変えて身体を震わせ、かれらの一人に迫った。

何かに付けて金を与えてきた夫栄左衛門の弟・小間物屋をしている平左衛門《へいざえもん》にだった。

「お義姉《ねえ》はんは芳次郎を砧屋の三代目に据えたそうどすけど、わたしがきいたところによれば、芳次郎は酒はあんまり飲まんものの、女子と博奕が好きやそうどすわ。女子はともかく、博奕はいけまへん。あれは一度嵌《はま》ったら、決して抜け出せへん魔性の穴やといいますえ。初代の祖父《じい》さまが小さな紙屋から問屋にまで育て、兄さんが二代目を継いで更に大きくした砧屋を、芳次郎では潰してしまうかもしれまへんさかい」

「芳次郎はんは博奕をしてはるんどすか――」

一座の間に驚きの声が広がった。

「以前、栄左衛門はんがこっそりわたしに愚痴らはりましたけど、あれほどに嘆かはるとは、芳次郎の博奕は相当なものなんどっしゃろ」

「みんなして、芳次郎に店を継がせたら、砧屋を潰してしまうといわはるんどすか。これまで仰山の金を出してきてやったのに、なんという恩知らずたちどすな」

お浪は美しい顔に暗い翳を浮ばせ、思わず叫んだ。

彼女は五十歳近いが、いまでも目鼻立ちが整い、人が見返るほど玲瓏《れいろう》とした美しい女子だった。

若作りのためか、まだ四十そこそこにしか見えない。そんな女子が憤《いきどお》り顔になると、能面で鬼に変わる途中の「生成《なまな》り」の面のように、凄みのある魔性の者に見える。

「お義姉はんには、確かにたびたびお金を頂戴し、わたしは幾度も窮地を助けていただきました。けどそれと、砧屋の跡目相談は別どすわ。わたしはいまは小間物屋をしてますけど、実家の紙問屋砧屋を誇りに思い、なんとしても潰れてもらいたくないんどす」

平左衛門は彼女に小さく詫び、毅然とした態度でいった。

「わたしもいろいろお義姉はんには助けていただきました。そやけどお義姉はんが可愛がってはる芳次郎はんは、色街なんかでもあんまりいい話はきかしまへんさかいなあ」

錦小路で川魚問屋をしている亡き栄左衛門の妹婿・利兵衛《りへえ》がいった。

そこに円くずらっと居並んだ親戚たちは、眦《まなじり》を吊り上げた目で自分たちを睨み付けるお浪を、怖いものに感じ始めていた。

自分たちは何かに付けて彼女の懐を当てにしてきた。一族の中心になる紙問屋の砧屋を、いわば頼りになる本家だと考えていた。

盆・正月、女主のお浪は、子弟にたっぷり小遣いやお年玉をくれ、ありがたかった。

娘が嫁ぐとなれば、嫁入り道具を選ぶのを手伝い、過分な支払いまでしてくれた。

冠婚葬祭、その他についてもお浪の出す金は大きかった。

しかしいざこの際になって考えれば、その真意が透けて見えてきた。

彼女は自分たちを金で味方に付け、溺愛する芳次郎に砧屋を継がせるため、営々と企んできたのが、はっきりわかったのである。

彼女に甘えてきた自分たちの愚かさ。本家と考える砧屋を永続させるためには、どうすればよいのか。

慎重に物事を進める栄太郎のゆっくりさが、どんなに貴重なものか、いま改めて一同の胸裏に浮び上がりつつあった。

この結果、砧屋の跡目を継ぐのは、やはり長男の栄太郎だと、親戚一同の入れ札によって決められた。

——ちえっ、兄貴の鈍《どん》くさい商売振りでは、砧屋は一、二年で行き詰まってしまうわい。今夜はどっか賭場へ出かけ、気晴らしに大勝負をしたろ。

芳次郎は親戚一同からのいい渡しを、兄の栄太郎とともにきき、腹の中で舌打ちをした。

紙問屋仲間は、すでに栄太郎の相続に賛成していた。

この夜、芳次郎は寺町筋の安楽寺で開かれる賭場で、二百両余りの金を負けた。それでやけ酒を飲みすぎ、数日、寝込んでしまった。

店に戻ってからの嘔吐《おうと》がひどかった。

三

砧屋の商いは、栄太郎が三代目を継いでからも順調につづき、更に発展するようすさえうかがわれた。

大番頭の八兵衛《はちべえ》の采配はしっかりしており、栄太郎の奉公人にもゆったりとした丁寧な物言いが、かれらの気持を明るくさせ、その双方がみんなに一層の働く気を起させていたのである。

こんな中で、芳次郎だけが苦々しい顔で店を手伝っていたが、どうかするとかれは旋毛《つむじ》を曲げ、ぷいと姿を晦ましてしまった。

色茶屋や賭場に出かけていたのだ。

そんな日は決まって戻りが遅かった。

「おまえ、少しはまともになってくれまへんか。お母はんはこの砧屋をおまえに継がせようと、長年、親戚たちに手を打ってきたつもりどしたけど、それが叶えられまへんどした。代わりにいまは暖簾分けをして、一軒お店を持たせたいと思うているんどすさかい」

「暖簾分け、それはええわ。わかりました。この家で冷や飯を食わされて扱《こ》き使われているより、そのほうがずっと増しどすさかいなあ。それもそれどすけどお母はん、兄貴の奴、近頃、何かに付けて三条・木屋町の料理茶屋の重阿弥へよう出かけますやろ」

芳次郎は顔に奇妙な笑みをたたえ、母親にいった。

「そら、お得意さまたちを接待せなあきまへんさかいな」

「そうやけど、わしの友だちや腰巾着《こしぎんちゃく》の吉助《きちすけ》の奴らによると、それが違うねん。兄貴はその重阿弥の座敷女中に気に入った女子がいて、そのため頻繁に通うているらしいわ」

「重阿弥の座敷女中に――」

お浪は思わず美しい顔に険を浮べた。

「そうやがな。おふさという名の女子で、大津街道（東海道）で人足をしている男の娘やそうや」

かれは相手を嘲笑するようにいった。

「街道人足の娘で座敷女中――」

彼女の表情が一段と険しさを増していた。

「そやけど親っさんは真面目な男で、酒も飲まず、一切の遊びをせえへんらしいわ。おふさも綺麗な女子で、どこで躾《しつ》けられたのか、行儀作法もきちんとしているときいた。重阿弥の旦那は、そんなんを見込んで座敷女中にしたんやろけど、兄貴はそのおふさにぞっこん惚れているそうや。いまにきっと兄貴は、重阿弥で女中をしているおふさという女子を、この砧屋の嫁にしたいのやけどと、お母はんに手をついて頼むはずやわ」

「氏素性の知れへん街道人足の娘なんかを、砧屋の嫁になど、とんでもありまへん」

「兄貴のこっちゃ。そんな氏素性などどうでもええ。問題は人柄。もし家柄が悪いというのなら、一度、平左衛門の叔父さんの養女にでもして、それから店へ嫁にきてもろたらどうどすやろと、いい出すに決まってます。鈍な兄貴でも、意外に世間知はしっかり持ってますさかい。平左衛門の叔父さんは兄貴贔屓《びいき》。人柄さえよければそれでええと、賛成しはりまっしゃろ」

芳次郎の話を暗い顔できいていたお浪は、やがてその顔を次第にほころばせてきた。

「お母はん、いったいどうしはったんどす」

「その話、うちは自分やおまえの都合のええように考えることにしますわ。栄太郎がそのおふさはんを砧屋の嫁にと頼むんどしたら、平左衛門はんにも相談して、あっさり承知しまひょ」

「そ、そないいうて、それでええんどすか」

「ああ、すぐではありまへんけど、そのうちにいびり出すつもりどすさかい。それにはちょっとした細工、いや濡れ衣をきせななりまへん。そして出の悪い女子はやっぱりどうにもなりまへんと、追い出してしまうのどす。そしたら栄太郎はがっかり気落ちし、砧屋をあっさりおまえに譲る気になるかもしれまへん。それとも女子をよっぽど好きどしたら、一緒に家を出て行くかもわかりまへんがな」

彼女は満面に怪しい笑みを浮べていった。

「お母はん、名案やわ。それで実際にはいったいどうしはるんどす」

「呑気にうちにたずねてんと、うちらには一《いち》か八《ばち》かの大勝負。そないにできるええ方法を、うちと一緒に考えなはれ」

「一か八かといわれたら、そうやわなあ」

「お母はんはいまふと思い付いたんどすけど、半年か一年後に、手癖が悪いといい立てたらどうどっしゃろ」

「手癖どすか。それには賛成どすけど、それでどう手癖が悪いといい立てるんどす」

「店の帳場からちょいちょい小金を誤魔化し、盗み出しているといい立てれば、造作ありまへんわ。それにはあれこれ少し、細工をせななりまへんけどなあ。嫁の簞笥《たんす》の奥などに、そんな金を隠しておけばよろしゅうおっしゃろ。それとも居間の畳の下か天井裏にでも、一朱銀や二朱銀を布袋にどっさり入れ、隠しておくという手もあります。おまえもぼやっと負けてばかりいる博奕なんかしてんと、お母はんに何かと協力せなあきまへんのやで——」

「うん、わかった。とりあえずわしは、あんまり夜遊びに出んようにするわ」

「砧屋の主になった暁《あかつき》には、博奕と女遊びをきっぱり止めなあきまへんえ」

「わかってます。それくらいわきまえてますわいな」

「その企みが不成功に終っても、暖簾分けだけはきっちりしてもらわなあきまへんさかいなあ。そしたらうちは、この砧屋の顧客の半分をいただき、おまえの店に移りますわ。うちがおまえの店で暮らすようになったら、親戚や商い仲間の間で栄太郎の評判はがた落ち。いびり出したとでも、悪口をいわれまっしゃろ」

母子《おやこ》はここでにやっと笑いながら、互いの顔を見合わせた。

その日から半月後、事態は急速に動いた。

栄太郎の告白、小間物屋をしている平左衛門への相談。お浪は席を設けておふさと会った後、よさそうな女子はんやないかと、かれに答えた。日柄のいい日を選び、盛大に祝言を挙げさせた。

「栄太郎はんが見初《みそ》めはったほどやさかい、ほんまにええ嫁はんやわ。砧屋ほどの大問屋の主が独り身では、何かと恰好が付かしまへんさかいなあ。嫁御寮はんのお父はんは、街道人足をしてはったそうやけど、今後は砧屋の庭だけをいじってもらうことにしたときいたわ」

「お連れ合いを早くに失い、すでに大工さんの許に嫁いではる姉さんとの二人を、男手一つで育ててきはったそうやないか」

「街道人足をしてはったのを卑下もせんと、町年寄や商い仲間の前で、古武士みたいに堂々と挨拶しはったのは、なかなかのもんどすがな。きちんとした立派な挨拶どしたわ。世の中、やっぱり仕事に貴賤はありまへんえ。心に貴賤があるんどすわ」

町役や町年寄、商い仲間の人たちは、嫁御寮の父親六蔵《ろくぞう》について、多くがこう評していた。

「栄太郎はんはぐずに見えましたけど、さすがに砧屋の三代目になるだけのお人や。好きな絵を鑑定しはるように、人をしっかり見てはったのやわ。これで死なはった栄左衛門はんも、安心して往生できまっしゃろ。お母はんのお浪はんも、よろこんでいはりますがな」

「結構結構、何やら次男の芳次郎はんも、この頃では夜遊びにも行かんようにならはって、店の奉公人と一緒に汗を流して働いていはるそうどっせ」

「砧屋はこれで盤石《ばんじゃく》どすなあ。端《はた》から見ていても気持がよろしゅうおす」

祝言の席には、おふさが働いていた料理茶屋重阿弥の主・彦兵衛《ひこべえ》まで招かれていた。

こうしてみんなから祝福され、春に祝言を挙げた砧屋の嫁御寮おふさ。その彼女に醜聞が持ち上がったのは、その年の秋になってからであった。

「嫁御寮はんが、帳場の金をちょいちょいこっそり懐に入れてはるそうやわ」

「おまえ、それは金を誤魔化してはるということかいな」

「ああ、はっきりいうたら、帳場の金を盗み出してはるということやがな。大番頭はんに困ったようすは見えへんで。おふさきは砧屋のおいうこっちゃ」

「無茶いうたらあかんわい。大番頭はんに困ったようすは見えへんで。おふささまは砧屋のお店さまにならはったんやさかい、帳場に入らはったかて当然。むしろ八兵衛はんが、努めて坐ってもらっているようすやわ。おふささまは奉公人のわしらにも優しい声をかけてくださり、ほんまにええお人やがな。やがては自分の店になるのやさかい、そんな小っちゃな悪事なんかしはらへんわい」

「そやけどご隠居さまの目がこの頃、妙に強《きつ》うなってきてはるわなあ」

お浪はおふさが嫁いできて程なく、隠居していた。

「火のない所に煙は立たぬというさかい、こりゃあきっと何かあるねんやわ」

店の奉公人は老若男女合わせて十二人いる。

まずかれらの間でこうささやかれ始めた。

噂を流した首謀者は、お浪の命《めい》を受けた芳次郎だった。

かれは奥働きの女中に三両の金を握らせ、噂の種をわずかに蒔《ま》かせたのである。

芳次郎の腰巾着の吉助は、紙屋で働く博奕好きの一人。悪い噂を広めるには打って付けであった。

かれは当初からお浪や芳次郎の悪巧みを耳打ちされ、芳次郎が店の主に納まったら、高い給金で手代としてきてもらうと約束されていた。

それだけに、ここぞとばかり世間にそんな悪い噂を撒き散らした。

「栄太郎におふさはん、ちょっとうちの居間にきてくんなはれ」

栄太郎夫婦が、隠居のお浪から険しい口調で呼ばれたのは、それから間もなくであった。

二人はいったい何事だろうと、ともに顔に不審の色を浮ばせ、お浪の前に坐った。

「うちはこんな話はしたくありまへんけど、近頃、どこでともなくおふさはんについて、妙な噂がささやかれてますなあ。おふさはんはその噂を耳にしてはりますか」

彼女は息子の顔も見ずに、いきなりおふさにたずねた。

「へえ、承知してますけど、うちは自分には関わりのないことやときき流してます」

おふさは柔らかい声で義母に答えた。

「そしたら栄太郎にききますけど、おまえはどうどす」

「おふさが店の金を誤魔化しているという噂やろと思いますけど、そんな阿呆なものは無視してます。あり得へん話どすさかい」

かれは断固とした口調でいった。

「そやけど、その噂をきけば、砧屋では店で盗人を飼うているようなもんどすわなあ。世間体が悪うて困ります。店の信用にも関わりますがな。栄太郎は嫁はんに鼻毛だけではなく、おいど（尻）の毛まで抜かれていると、いわれているのも同然なんどっせ。こうなったら一度、おふさはんの居間を、うちと大番頭はんの目で、確かめさせていただかなあきまへん。何もなかったら、それでええのどすさかい。そしたら妙な噂も、そのうち立ち消えまっしゃろ。これから早速、そうさせてもらいますさかい、おまえも立ち会いなはれ――」

お浪は険しい顔でいい、すっくと立ち上がった。

「お義母《かあ》はん――」

「お母はん、何をおいいやすのや」

おふさが哀しげな声でいうのと、栄太郎がかれには珍しく、怒りをにじませた声で叫んだのは同時であった。

居間の雰囲気は一挙に険悪化したが、それでもお浪は二人の制止を無視し、おふさの居間に向かっていった。

「大番頭の八兵衛と芳次郎が店にいたら、おふさはんの居間にきてもらいなはれ」

彼女は目に付いた小女に尖った声でいい付けた。

「お義母はん、どうぞ止めておくんなはれ」

おふさはまた哀しげな声で訴え、彼女の後に付いて走った。

だが一旦、動き出したお浪の足の勢いは、もう止めようがなかった。

「おふさはんが居間に置いてはる箪笥や葛籠《つづら》などすべてを、調べさせていただきますえ」

彼女は冷たい声でいい放ち、まず箪笥の把手《とって》に手をかけた。

「ご隠居さま、何でございまっしゃろ」

「お母はん、わたしにご用どすか」

大番頭の八兵衛と芳次郎が、何事かといいたげな顔で、おふさの居間に現れた。

「変な噂を立てられてますさかい、それがほんまかどうかを、これから確かめさせてもらうんどす。おふさはんにとって、えらく迷惑なことぐらい、うちにもわかってますけどなあ。そやけどうちも、はっきり納得せなりまへんさかい。何も妙な物が出てこなんだらこの件は落着。うちはそれを願いながらしているんどすわ。おまえと大番頭はんは、立ち会い人というわけどす」

悪巧みの仕込みは、すでにしっかりしてあった。

芳次郎は百三十両余りの金を、薄汚れた麻袋二つに分けて入れ、おふさの居間の天井裏に隠しておいた。お浪は箪笥と鏡台の引き出しの奥に、それぞれ二朱銀二十数粒を、きのうのうちに入れておいたのであった。

「お義母はん、何卒《なにとぞ》、止めておくれやす」

おふさは震え声でまた哀願した。

「お母はん、いくらなんでもそれはやりすぎどっせ。酷すぎますわ」

芳次郎が母親の動きを止めるように咎めた。

芝居とはとても思われない声色であった。

栄太郎は母親をもう呆然と見つめていた。

「芳次郎、おまえと栄太郎は黙って見ていたらええのどす。大番頭はん、うちを手伝い、あちこち改めておくれやす」

お浪の目はもはや血走り、声は掠《かす》れていた。

おふさの居間は、見るみるうちにさまざまな物が引っくり返され、足の踏み場もないありさまになってきた。

「ありました、ありましたえ。箪笥の奥に隠されていたこの二朱銀、これは何どす。おふさはん、こんなところにどうして二朱銀を仰山、仕舞っておかなならんのどす。さあ、いうてみなはれ。やっぱり噂はほんまどしたんやわ」

直後、小僧に脚立《きゃたつ》を持ってこさせた大番頭の八兵衛が、天井裏から薄汚れた麻袋を見付け出した。それをどさっとおふさと栄太郎の足許に投げ下ろした。

かれは憤懣《ふんまん》やるかたない顔であった。

こうした結果、おふさは砧屋を不縁となり、いまは六角通り槌屋町《つちやちょう》の長屋で、機織りをしながらひっそり暮らしているのであった。

街道人足をしていた父親は、おふさに何もたずねずに再び元の仕事に戻り、誰とも口を利かず、黙々と働いていた。

そうしてそれから四年の月日が経っている。

当時、紙問屋砧屋では、一騒動も二騒動もあったようだが、栄太郎は三代目を弟の芳次郎に頑として譲らなかった。黙って働き、店の商いを更に大きくのばしていた。

再婚話があちこちから持ち込まれていたが、かれはそれを全く受け付けなかった。

おふさが困ったのは、その栄太郎が不本意ながら離縁したことを詫び、長屋をこっそり訪れることであった。

そしてその度、十両ほどの金を好きなように使うておくれと、置いていくのだ。

芳次郎はまたやくざな暮らしに戻り、吉助を腰巾着に連れ、遊び惚《ほう》けていた。

「これはわたしの金どすさかい、誰にもとやかくいわれるものではありまへん。わたしは生れ育ってきた砧屋の店を、ただ弟の芳次郎に譲って潰したくないだけどす。そやけど、向いてへんこんな商いをつづけ、これでええのかと、いつも自分に問うてます。わたしはいずれ砧屋を出ます。古筆家《こひつけ》に入門して勉強し、古画の鑑定を生業《なりわい》として、静かに暮らしたいと思うてますのや。もしそのときおまえが嫌でなかったらもう一度、嫁にきてもらえしまへんやろか」

幕府の職制に寺社奉行支配として、「古筆見」があるほどだった。

古筆――とは、書画の鑑定を家職とした歴《れっき》とした姓。京都には了雪とか了仲といった古筆見がおり、同家から分かれた大倉好斎や建部了幽など、別姓を名乗って鑑定をする家が、何軒か存在していた。

「うちは栄太郎はんが好きどす。そやけど砧屋のお浪さまはまだご健在やそうで、この世の中、どう転ぶかしれへんと、いまも不安に思うてます。またまたどんな難癖を付けられるか、わからしまへんさかい。それでいまでは三百二十両ほどにもなるこのお金を、なんとか始末したいんどす。昔、重阿弥で親切にしてくれはったお信はんを思い出し、相談に乗っていただこうとおうかがいした次第どす」

おふさは目に涙を浮べ、長い話をようやく語り終えた。

右衛門七が菊太郎に持ってきてくれた団子は、すべてかれの腹に納まり、皿には一串も残っていなかった。

近くの桜の枝に鶯《うぐいす》が飛んできて、美しい声でしきりに囀《さえず》っている。

外はすっかり春であった。

四

「厄介な物を預かってしまいましたわ」

源十郎が美濃屋を後にしてつぶやいた。

「さように愚痴るところをみると、この一件を解決するのは、難儀だと思うているのじゃな」

菊太郎はふと足を止め、かれにたずねた。

「いいえ若旦那、決してそうとは思うていいしまへん。おふさはんの汚名をそそぎ、この件を解決するのは、ちょっと苦労が要りますけど、簡単なことどすわ。わたしがいうてるのは、この三百二十両ほどの金。こんな金を預かるのが厄介なんどす」

「ならば白川の流れの中に捨ててしまったらどうじゃ」

「預かり物どすさかい、そうもできしまへんがな」

「されど、証文一枚書いてきておらぬぞ。おふさどのは自分には不要な金、砧屋の栄太郎に返すなり、勝手にしてくだされと、いうておられたであろうが」

「そういわれたかて、勝手にはできまへんわ。これはおふさはんの汚名をそそぐために、必要になるかもしれまへん。おふさはんは、もらっても筋の通らへん金は使わはらしまへん。そない潔癖なお人だと、この金が証明してますさかい。それに白川に捨てるには惜しい額どすわ。そな江戸の小石川養生所のような場所が、この京にあったら、篤志家からの寄付だというて、届けてやれますのになあ。そしたら貧しい人たちの病気を治すのに、役立ててもらえまっしゃろ」

かれは深い溜息をつき、顔に薄笑いを浮べた。

江戸の小石川養生所は亨保《きょうほう》七年（一七二二）、徳川吉宗によって小石川薬園内に設けられた療養施設であった。

京都にもそれらしい施設として、丹波に通じる長坂口関所の鷹ヶ峰に薬草園があったが、そこは薬草を栽培しているだけで、療養施設は備えていなかった。

その代わりのように、貧しい人たちを収容し、治療する大寺があった。だが当初の理念はともかく、同寺の僧侶たちの乱脈ははなはだしく、また長逗留の療養者を当て込む旅籠も、阿漕《あこぎ》な商いをしており、評判は芳しくなかったのだ。

「三百二十両余りの金か。おふさどのがもしわしに託されたら、先斗町《ぽんとちょう》遊廓か北野遊廓の何十軒かを借り切り、通りかかる男たちを存分に遊ばせてつかわすのになあ。その後、遊女たちを一ヵ月間、休息させてやるのよ」

「若旦那、冗談とわかってますけど、それにしても、無茶をいわんといておくれやす。この金の始末を早急《さっきゅう》に付け、おふさはんが盗人として砧屋から追い出された汚名、濡れ衣を晴らさないけまへんのやで」

「それくらいわしも承知しているわい。それを考えるについて、思い浮んだことを口にしたまでじゃ」

「そうどっしゃろけど、人にきかれて品の悪い冗談は、やっぱり慎んでおくれやすか」

「わかったわい。わしはこの問題をどういたせば穏便に解決できるかを、あれこれ思案していたのじゃぞ」

白川沿いの道端に生えていた枯れ草を毟《むし》り取り、それを口に咥《くわ》えていた菊太郎は、ぺっと吐き捨てて真顔に戻った。

「穏便に解決といわはりますけど、ここは銕蔵さまの手を拝借し、ちょっと手荒な真似をせなりまへんなあ」

「わしだけでは不足で、やはりまた銕蔵か」

「そないに僻《ひが》まんでもよろしゅうおすがな。東町奉行所の同心組頭のお立場は、何かに付けて強おすさかい」

「それで銕蔵に何を頼むのじゃ」

「先程、おふさはんの話の中に、砧屋の次男芳次郎の腰巾着として、吉助という紙屋の奉公人の名前が出てきましたなあ。その男を、銕蔵さまに難癖を付けてしょっ引いていただき、知ってる砧屋の内情を、すべて吐かせるんどす。芳次郎みたいな軽率な男、悪知恵は廻ったかて、腰巾着の吉助には、さまざま喋《しゃべ》ってるに決まってます。それをきき出すんどすわ。吉助かておそらく叩けば埃の出てくる身どっしゃろ。砧屋のあれこれを正直に話したら、これまでの不埒は許してとらせるといえば、何でも明かしますやろ」

「おお、それはよい考えじゃ。わしはそこまで思い至らなんだわい。そなたはたいした知恵者じゃ。銕蔵たちにしょっ引かせ、一晩、鯉屋の牢座敷にでも放り込んでおけば、わが身かわいさの余り、洗いざらい吐くというわけじゃな」

「へえ、そういう寸法どすわ」

「それはよい。店に帰って早速、銕蔵の奴を呼び付けねばなるまい。わしもよい弟を持ったものじゃ」

「そうでございまっしゃろ。それにしても、若旦那も現金なお人どすなあ」

菊太郎と源十郎は、にわかに元気な足取りになると、縄手道を上がり、三条大橋を西に渡っていった。

「お戻りやす。それでお信さまの相談事とは何でございました」

帳場に坐っていた吉左衛門が、座布団から立ち上がり、愁い顔で二人にたずねた。

「ああ、まずお信さまに直接関わりのないことで、わたしはほっとしましたわ。それで相談事は三条・桝屋町の砧屋に関わること。これはやり甲斐のある仕事どすわ。早速どすけど、東町奉行所へ誰か走らせてもらえまへんか。銕蔵さまにちょっときていただきたいんどす」

「そうじゃ、銕蔵の奴にじゃ」

菊太郎が明るい声でいった。

それに僻みの気配は全くうかがわれない。あれはただ口からつい出たにすぎない言葉だったのだ。

手代の喜六が吉左衛門にいい付けられ、すぐさま東町奉行所に走った。

四半刻ほど後、かれは銕蔵とかれの配下の岡田《おかだ》仁兵衛《にへえ》を伴い、店に戻ってきた。

「兄上どのに源十郎、何の相談でございましょう」

鋏蔵は生真面目な顔で切り出した。

「事件ではございまへんけど、ちょっと鋏蔵さまのお手をお借りしたいんどすわ」

源十郎がいい始め、菊太郎がときどき口を挟み、二人はおふさからきいた紙問屋砧屋の一切を、半刻（一時間）ほどかかってようやく語り終えた。

「なるほど、芳次郎の腰巾着をいたしている吉助なる男に目を付けられたとは、賢明でございますな。確かな証拠となりますれば。その吉助、いずれ脛《すね》に傷を持つ男。因縁を付けてひっ括《くく》るのは、造作もございませぬ。ではすぐさま動きまする」

「鋏蔵、お信を頼ってきたおふさなる女子の濡れ衣を晴らし、栄太郎たちのこれからのためにも、よろしくいたしてくれよ」

菊太郎はいつになく低姿勢で、異母弟の鋏蔵に頼んだ。

「菊太郎の兄上どの、さように気を遣われずともようございます。お話をきいた限り、主の栄太郎を除き、砧屋は全くけしからん奴らばかり。特に姑《しゅうとめ》のお浪なる老女。なかなか企みごとに長《た》けた女子でございますなあ。されどその老女がいくら口を噤《つぐ》んでいたとて、腰巾着の吉助を落せば、芳次郎がすべてを吐きましょう。さればいかな悪女だとて、白を切り通すわけにはいきますまい。それがしは結果を楽しみに、これよりお頭さまと吉助を捕えにまいりまする」

仁兵衛は鯉屋の土間に脱いだ草履を足で拾うと、菊太郎に慇懃《いんぎん》に低頭した。

二人を送り出し、店の中がなにか静まった感じだった。

「若旦那、落しどころを考えておかななりまへんなあ」

「落しどころだと。そなたは何を考えているのじゃ」

「勿論、砧屋のこれからどすわ。三代目の栄太郎はんは、ほんまのところ自分に商いは向いていない、できれば古筆見になりたいと、いうてはるんどっしゃろ。おふさはんは事態がどう動いても、砧屋には戻られしまへんやろ。そうすると、誰に店を継がせるか、そこが問題になりますわ。おふさはんの汚名をそそぎ、一切が終るわけではございまへん。道楽息子の芳次郎では、砧屋を一、二年で潰してしまいまっしゃろしなあ。それでは栄太郎はんがあまりに気の毒どす」

「源十郎、そなたは他人の家の釜の飯まで心配しているのか」

「へえ、心配してまっせ。これはいわば鯉屋の商いの延長どすさかい」

かれはけろっとした顔でいった。

「いわれれば、そうじゃわい。源十郎、栄太郎の妹お通、そのお通にしっかりした婿を取らせ、四代目に据えたらいかがであろう。婿は店の中から選ぶなり、同業者に相談をかければ、適当な者がいるに相違ない。それで芳次郎には暖簾分けではなく、そこそこの金を手切れとして渡して店を開かせ、鬼婆のお浪ともども、砧屋から去らせるのじゃ。もし真っ当になったら、砧屋への出入りを許してつかわすというてなあ」

菊太郎が弾んだ声で源十郎にいった。

「それは結構なお考えどす。まあ、それが最良どっしゃろなあ」

「わしは父上の次右衛門どのが、買い集められた蕪村《ぶそん》、大雅《たいが》といった多くの絵を見て育ってきた。やがて古筆見になる栄太郎と、妻に戻るおふさの幸せそうな姿を思い浮べたら、そう思い付いたのよ。店を妹婿に譲る栄太郎には、十分、食っていけるだけの金を、わしが分捕ってつかわす。それがよいのではなかろうか」

菊太郎は胸の中に砧屋一家のこれからの絵図を、楽しく描いていた。

「そやけど若旦那、わたしらはおふさはんに、濡れ衣を晴らしていただき、自分の暮らしを案じてくれる元の夫に、三百二十両ほどの金を、返してもらえしまへんかと頼まれただけどっせ。砧屋から今後、どうするかと、相談を受けたわけではありまへんえ」

「源十郎、今更、何をいうのじゃ。先程、そなたは他人の家の釜の飯まで心配しているのかとたずねたわしに、そうだとはっきり答えたではないか」

「ああ、そうどしたなあ。そしたらやっぱりこれからまた一働きせなあきまへん」

「わしなら一働きでも二働きでもいたしてくれるわい」

菊太郎は意気軒昂《けんこう》であった。

四半刻ほど後、銕蔵と仁兵衛が狡《ずる》そうな顔をした若い男に縄を打ち、引っ立ててきた。

「砧屋のことどしたら、何もかも正直にいいますさかい、お奉行所のお役人さま、どうぞ許しておくんなはれ。おふさはんに濡れ衣をきせるため細工をしたのは、砧屋のご隠居はんと芳次郎の若旦那。若旦那は酒に酔い、面白そうにわしに話してくれはりましたわ」

吉助は銕蔵から十手で軽く一打ちされたのか、頭から一筋、血を流していた。

「そなたが腰巾着の吉助じゃな」

鯉屋の土間に引き据えられたかれに、菊太郎が重々しい声でたずねた。

「腰巾着の吉助、腰巾着とはあんまりな——」

「余分な口は利かずともよい。それでは確かに吉助じゃな」

「はい、さようでございます」

「砧屋の一件について、そなたには証人になってもらうぞ。否やというのであれば、そなたの旧悪をすべて洗い出し、島送りにでもいたしてくれる。よいな——」

「へえ、何一つ隠さずにもうし上げます」

「源十郎、吉助はこういうておる。砧屋の家族一同と主立つ親戚、同業者仲間の年寄衆を、この鯉屋に集めるのじゃ。みんなの前でお浪と芳次郎を問い詰め、今後の方策を決めねばなるまい。そのときこの広い土間は、奉行所のお白洲同然となる。銕蔵たちにも立ち会ってもらおう。銕蔵、それでよいな——」

「それがしは兄上どのの仰せに従いまする」

かれが軽く頭を下げるのに、仁兵衛もつづいた。

「今夜一晩、吉助を牢座敷に放り込んでおこう。喜六、こ奴を牢座敷に引っ立ててまいれ。明日、砧屋の鬼面《おにづら》のお婆《ばば》が白を切ったとき、いきなり吉助を奥から連れ出してくればよい。どのように美しかろうと、心根が腐っておれば、それは鬼面としかいえぬわい。ともあれそのお婆と芳次郎の奴は、どんな驚きの声を発するだろうな。面白そうじゃ」

「明日はこの土間がお白洲になるんどすか。まだ土間は冷えますさかい、莚《むしろ》でも用意しとかなりまへんなあ」

源十郎が明るい顔でつぶやいた。

台所から夕飯の魚でも煮ているのか、旨そうな匂いが漂ってきた。

阿弥陀の顔

一

「戦《いくさ》だ――」

「戦が始まるぞ。早く逃げるのじゃ」

突如、はっきりした叫び声がひびいた。

三条・富小路《とみのこうじ》の四辻にいた人々は、ぎょっとして立ち竦《すく》み、怯《おび》えた目で辺りを見廻した。

「戦が始まるというてたなあ」

「早く逃げるのじゃと叫んでいましたな」

かれらはその声をきいて同じように立ち止まり、不安そうな顔をしている見知らぬ相手にたずね合った。

「どこで戦が始まるんどっしゃろ」

「さあ、どこでどっしゃろなあ」

「早く逃げろというてるのやさかい、この近くとちゃいますやろか――」

「寺町筋に煙が上がってるのが見えますがな。政《まつりごと》のことはわしらにはまるでわかりまへんけど、公・武さまの間になんぞ、大変な揉め事が起ったんどっしゃろ」

公・武とは公家と武家、即ち朝廷と幕府を指していた。

京の人々は何かに付け、両者の間にいつか必ず何か起ると、長年、ひそかに危惧《きぐ》してきた。そのため戦ときけば、それに相違ないと考えた。

戦が起れば町並みが破壊され、決まって火が放たれる。白昼でのそれともなれば、一般の人々が巻き込まれ、命を失うことになる。

おそらく公・武の軍勢は、どこかにひっそり隠れていて、何かをきっかけにいきなり戦を始めたのだ。

累はそこからすぐ、京の町全体に大きく広がるに違いなかろう。

「戦が始まるぞ、早く逃げるのじゃ」

不穏な叫び声が、またどこからともなく届いてきた。

そのとき田村菊太郎は、三条・富小路に近い文具問屋の「竹賢堂《ちくけんどう》」にいた。

筆を購入した後、古馴染みの主友右衛門《ともえもん》から、店先で抹茶を一服、馳走されたところだった。

茶碗は織部の沓形《くつがた》、白い干菓子が添えられていた。

かれは自身のものも含め、居候を決め込んでいる公事宿「鯉屋」で用いる筆硯《ひっけん》の類を、長年、この竹賢堂で購入しており、主の友右衛門とはただの古馴染みではなかった。

友右衛門は、菊太郎の父次右衛門や、東山・高台寺の近くで隠居暮らしをしている鯉屋の先代宗琳と、碁仲間だったのである。

「戦が始まるのだと――」

菊太郎はかたわらに置いた差料を摑み、すっくと土間に立ち上がった。

外の騒ぎは一旦治まり、その後、妙にしんとしている。人々が戦の工合を確かめる気配が濃厚にうかがわれた。

一方、竹賢堂の主友右衛門は、なぜか呻《うめ》くような叫び声を上げ、店の奥へ走り込んでいった。

「どないしたんや。ま、また誰かが、悪戯口《いたずらぐち》を教え込んだのやな」

奥に消えた友右衛門が咎め声を上げている。

それを不審げな顔でききながら、菊太郎は竹賢堂の暖簾をかき分け外に出た。

辺りを見廻し、中でも寺町筋に目を這わせた。

寺町筋の煙は大きいものの、それでも穏やかに上がっていた。

人々はちょっと驚いたが、騒ぎ立つまでには至っていなかった。

そのまましばらく眺めていると、町筋はまた平常に戻ってきた。

「どっかの酔っ払いが、とんでもないことをいきなり叫んだんやろ。戦が始まるさかい早う逃げなあかんとは、途方もない無茶をいうたもんやなあ」

「ほんまに人騒がせやで――」

通行人のこんな言葉をききながら、菊太郎は再び竹賢堂の暖簾をくぐった。

帳場に主友右衛門の姿はなく、総番頭の吉兵衛が奥から腰を屈めて出てきた。

「田村さま、ご面倒をおかけいたしますけど、主がちょっと奥においでいただきたいというております。お願いできしまへんやろか」
「友右衛門どのがそれがしに奥にきてほしいのだと――」
「へえ、是非ともというてはります」
「先程、戦だ、戦が始まるぞ、早く逃げるのじゃと叫び声がいたしたとき、主どのはすぐさま奥へ走り込まれた。それと何か関わりでもござるのか」
「へえ、田村さまだけには承知しておいていただかなあかんと、主はいうております。どうぞ、こちらに――」

総番頭の吉兵衛は低腰のまま、菊太郎を土間から床にとうながした。

菊太郎は左手の差料を右手に持ち替え、吉兵衛の後につづいて中暖簾をくぐり、奥に通っていった。

磨き込まれた歩廊がのび、庭が美しく整えられている。

雨上がりの晩春の陽が、青い苔《こけ》を輝かせていた。

幾つかの部屋を過ぎ、離れらしい部屋に案内された。

「きれいだな、きれいだな、ええ子やなあ」

部屋の中で誰かが歌うようにしゃべっている。先程の、戦が始まるぞ、早く逃げるのじゃ――と同質の声だと菊太郎は察した。

これはいったいどうしたことだろう。

かれは不審に思いながら、部屋を囲うように屛風《びょうぶ》を大きく引き廻したその離れに入った。

「菊太郎さま、お騒がせしてもうしわけございまへん。どうぞ、許しておくんなはれ」

屛風の奥にいた友右衛門が、平伏してかれを迎えた。

かたわらに大きな鳥籠が置かれている。

その鳥籠の止り木に一羽の鸚鵡《おうむ》が止まり、まさに人の声でまた、きれいだな、きれいだな、ええ子やなあと、今度は小声でつぶやいた。

「菊太郎さま、この通りでございます。何卒、勘弁しておくれやす」

菊太郎が部屋の中に進むと、友右衛門が改めてかれに低頭した。

「戦だ、なんだのと叫んでいたのは、この鸚鵡の奴でございましたのか。今になればあの声、どこか平板で、妙には思うておりましたが。まんまといっぱい食わされましたわい」

かれは苦笑いしながら友右衛門の前に坐った。

「この鸚鵡、人から新しい言葉を教えられると、すぐさまそれを真似るんどす。いつもはこの離れでそっと飼っているのでございますが、今日は天気が良いため、少し陽に当ててやろうと、庭先の枝に鳥籠を吊したんどす。そしたらいきなり、あのように物騒な言葉を叫びまして。いったい誰がいつ教えたのやら。ともかく大きな騒ぎにならずにすみ、わたくしはほっといたしました」

「人から新しい言葉を教えられるとすぐさま真似るとは、利口な鸚鵡でございますなあ。されどもあれは穏やかではございませぬぞ。万一、町奉行所の知るところともなれば、ただではすまなくなりましょう」

菊太郎は苦笑いを引っ込め、真面目な顔付きで鸚鵡を睨み付けた。

「ほんまにそうどす。いつもは気を付けているのでございますが——」

「友右衛門どのは、かように鸚鵡を飼うご趣味をお持ちでございましたのか」

先程から抱いていた疑問を、菊太郎は友右衛門にたずねた。

「いや、わたくしにさような趣味はなく、妻と二人の娘たちとて同じでございます。この鸚鵡、ある日突然、どこからかわが家の庭に飛んできましたさかい、仕方なく飼い始めたにすぎませぬ。当初は町番屋に届け、早く元の飼い主の許に戻さななららんと考えておりました。けど珍しいため、それを一日のばしにして怠り、今に到った次第。まことに迂闊でございました」

「鸚鵡は他の鳥とは違い、買えば高価。おそらく珍し物好きの大店《おおだな》の主か、高瀬川筋に屋敷を構える大藩の京屋敷にでも飼われていたものが、ふとした隙に逃げ出したのでございましょう。あるいは本来なら、江戸城か京でなら天皇《みかど》かしかるべき五摂家の一つに献上され、そこで飼われていたかもしれませぬなあ」

菊太郎は慰め顔で友右衛門につぶやいた。

「わたくしもさように考えておりますが、ついつい手許に置いたままにいたし、今になって後悔しておりまする」

「さようでございましょうなあ。生き物は飼うているうちに情が移り、次第に手放し難くなるもの。そこでおたずねいたすが、お家に飛び込んできてから、どれだけ経ちますのじゃ」

「へ、へえ、もう半年程になりましょうか。今更、町番屋にも届けにくうございまして――」

竹賢堂の友右衛門は痛いところを突かれたように、顔に苦渋の色を浮べた。

「それは難儀な。まことをもうせば情が湧き、この鸚鵡がわが子のようにいとしく、手放し難くなっておられるのでございましょう」

菊太郎はずばりといった。

「菊太郎さまがいわはる通りでございます」

友右衛門は顔を伏せ、小声で真情を吐いた。

鸚鵡はオウム目オウム科のインコ類を除く鳥の総称。大形で嘴《くちばし》が太くて厚く、頭に羽冠があって尾は短い。南アメリカ、アフリカ、南アジア、オーストラリアに分布している。

口真似が巧みで、『孝徳紀』には「一隻《ひとつ》を献《たてまつ》る」と記されており、江戸時代には将軍や諸大名にまで飼われるようになっていた。

この竹賢堂で飼われている鸚鵡も口真似が巧みなところから考え、長崎から京へ、更に江戸へ運ばれ、将軍家に贈られるはずだったかもしれなかった。

江戸城の中でなら、戦だ、戦が始まるぞといくら大声で叫んでいても、愛嬌ですまされる。

だがこの京では物議を醸し、今日の一声が定町廻《じょうまちまわ》り同心の耳にでも入れば、世間を騒がすとして、お咎めを受けるのは明らかであった。

「この部屋に屏風が立て廻してあるのは、鸚鵡が何をいい出すやらわかりかねるため、その声をいくらかでも外に漏らさぬ配慮でございますな」

「はい、さようでございます」

「今日のようなことが、再びあっては困りまする。下手をいたせば、ご当家が闕所《けつしょ》や所払いにされかねませぬのでなあ。面白半分に物騒な言葉を教え込んだ奉公人に、名乗り出るようながしてくだされ。そして今後はさような言葉を決して教えてはならぬと、穏便に厳しくいい付けねばなりませぬぞ」

「まこと菊太郎さまが仰せの通りでございます」

二人の話を鸚鵡は止り木に止まったまま、じっときいていた。

「やいそなた、そなたは結構な飼い主に養われているを感謝せねばならぬぞ」

菊太郎はその鸚鵡に向かっていった。

「やいそなた、そなたは結構な飼い主に養われていると感謝せねばならぬぞ」

鸚鵡は菊太郎がいった通り、すかさずいい返してきた。

「こいつ、呆《あき》れた奴じゃ――」

「こいつ、呆れた奴じゃ」

鸚鵡はまたもや菊太郎の言葉をそのままなぞり、短い羽根をばた付かせた。

「友右衛門どの、こ奴、なかなか賢い鸚鵡でございますなあ。人間ならひとかどの人物になっておりましょう。もしかいたせば、鳥として生れたことを悔いているかもしれませぬわい」

「まさか、さようにまでは思うておりまへんやろ。それにしても今日は機嫌がよく、口真似を盛んにしておりますわ」

「それがしにちょっと試させてくださりますか」

「はい、存分にいたされませ」

友右衛門にいわれ、菊太郎は鳥籠にぐっと近づいた。

「丸《まる》　竹《たけ》　夷《えべす》　二《に》　押《おし》　御池《おいけ》　姉《あね》　三《さん》　六角《ろっかく》　蛸《たこ》　錦《にしき》――」

菊太郎が京の南北の通りを織り込んだ地口歌《じぐちうた》を鸚鵡に教えるように唄うと、鸚鵡はそのままはっきり言葉にしてなぞった。

「四《し》　綾《あや》　仏《ぶつ》　高《たか》　松《まつ》　万《まん》　五条《ごじょう》　雪駄《せった》ちゃらちゃら魚《うお》の棚《たな》」

次も同じように鸚鵡は地口歌を唄った。

「六条《ろくじょう》　三哲《さんてつ》　通りすぎ　七条《ひちじょう》こえれば　八《はち》　九条《くじょう》　十条東寺《じゅうじょうとうじ》でとどめさす」

更に次も同じであった。

「友右衛門どの、これは驚きました。どれもがすべて正確じゃ。こうなれば、この鸚鵡に京の地口歌や手遊び歌、手まり歌や子守歌などを、あれこれ教えるにかぎりますぞ。さようにいたしておれば、おそらく物騒な言葉など口にいたしますまい。京の地口歌や童歌《わらべうた》は多くあり、楽しゅうございますからなあ。さすれば面白い鸚鵡になりますわい。それがしはさまざまな地口歌を唄うこの鸚鵡を相手に、酒でもいっぱい飲みたいものでござる」

菊太郎は楽しげな口振りでいった。

「菊太郎さまにさようというていただくと、わたくしが鸚鵡をぐずぐず手許に置いていた理由がおわかりいただけたようで、ほっといたしますわ」

「ところで友右衛門どの、この鸚鵡は雄《おす》か雌《めす》かどちらでござる」

「へえ、雄でございます」

「名前は付けておられましょうな」

「太郎と名付けておりまする」

「太郎といわれるか。鸚鵡ながら、こ奴に似合わしい名前でございますなあ」

「おそれ入りましてございます」

「では太郎、また会おうぞ。次が楽しみじゃ」

「では太郎、また会おうぞ。次が楽しみじゃ」

太郎は菊太郎の口調をそのまま真似、また羽根をばた付かせた。

店の表に戻る菊太郎の背後から、丸　竹　夷　二　押　御池——と唄うようにつぶやく太郎の声がはっきり届いてきた。

二

空がどんよりと曇っている。

今にも雨が降り出しそうだった。

菊太郎は愛猫のお百《ひゃく》を胸に抱き、二条城の堀端を目付屋敷に沿って歩いていた。

珍しく散歩の帰りだった。

「お百、おまえも長くこの世に生き、もう立派に化けられるほどになったはずじゃ。だがここで竹賢堂の鸚鵡の太郎のように、戦だ、戦が始まるぞ、早く逃げるのじゃとでも叫ぼうものなら、堀の中に放り捨ててしまってやるぞよ」

かれは胸のお百の顔を覗《のぞ》き込みながら、彼女に話しかけた。

小波《さざなみ》が二条城の石垣をひたひたと洗っている。

堀で飼われる鯉がばしゃと跳ね上がり、虫を獲《と》えてまた水中に消えていった。

「にゃあご——」

お百は菊太郎の言葉に一声、気怠《けだる》い鳴き声を発して応えた。

かれの言葉をきき分けたからでないのは勿論で、主が自分に何かいい掛けたため、それに応えたにすぎなかった。

「坊さん頭は丸太町　つるっとすべって竹屋町　水の流れは夷川　二条で買うた生薬を　ただでやるのは押小路《おしこうじ》か。なるほど南北の通りをうまく唄い込んでおるが、この中には途中で町通りが切れてわずかなものもある。子どもたちは九九算を覚えるように、こんな童歌を唄って遊び、自ずと京の町筋の名を覚え込む。こうした歌が作られたのも、親の愛情の表れの一つなのであろう。手まり歌、歳時歌、子守歌、ねさせ歌などは数多い。尤も京では粋がって、烏丸《からすま》を『からすま』、室町を『もろまち』と呼ぶお人もいるがなあ。あの竹賢堂の白鸚鵡にそれらの歌を覚えさせ、あれこれ唄わせたら、さぞ面白かろうな。旅の興行師がそんな鸚鵡の噂をきいたら、千両出しても欲しがるだろうよ」

かれはお百の顔をまた眺めながらつぶやいた。

「守《も》りもいやがる　盆からさきにゃ　雪もちらつく　子も泣くし　この子よう泣く　守りをばいじる　守りも一日　やせるやら　はよも行きたや　この在所こえて　向こうに見えるは　親のうち　来いよ来いよ　小間物売りに　来たら見もする　買いもする　久世《くぜ》の大根めし　吉祥《きっしょ》の菜めし　またも竹田の　もんばめし　盆がきたとて　なにうれしかろ　かたびらはなし　帯はなし」

菊太郎は歩きながら哀調を帯びた節廻しで、伏見の竹田に伝わるねさせ歌の一つを小声で唄った。

かれはこのねさせ歌が大好きだった。

小声で口遊《くちずさ》んでいると、自分が子守奉公に出された貧しい少女に思われ、子を背負ったままどこか遠くへ行きたくなるほどだった。

ねさせ歌や子守歌にはやはりどこか哀調が伴うが、それは子を見守る親の愛や、子守り少女の境遇からだといってもいいだろう。

かれはその竹田のねさせ歌を唄い終え、目付屋敷の南に出た。

そのとき東町奉行所の門のほうから、顔見知りの公事宿「奈良屋」の主八郎兵衛と下代《げだい》、手代《てだい》の三人が、僧衣姿の人物を囲み、笑い合いながら出てきた。

いまお白洲でお裁きを受けてきたようだった。

「正言寺《しょうごんじ》の和尚《おしょう》さま、次のお白洲は一ヵ月後。そのお白洲で都合のええご裁許（判決）をいただけるのは、もう確実でございます。なにしろこっちには、借り証文がきちんと残っておりますさかいなあ」

「ほんまにありがたいこっちゃわ。これが寺社奉行さま相手でなく、町奉行さまで幸いどした。寺社奉行さまどしたら、あの阿弥陀如来は長年、正蔵寺《しょうぞうじ》で人に信仰されていた。百九十年程は、すべてを時効にいたさせる長い歳月。正蔵寺の阿弥陀如来像は、正言寺から貸し出された物にもせよ、今は正蔵寺で本尊として敬われておる。この借り証文は本物だろうが、ここに至っては無効といいたす。そないなお裁きを下されかねまへんさかいなあ」

「寺社奉行さまのお裁きとなれば、そうどっしゃろなあ。難儀なこんな話を公事宿のうちんとこに持ってきはって、よろしゅうございましたわ」

「今では心底、そないに思うてます。そしたらこれから店でひと休みさせて貰い、今夜は町中の馴染みの料理屋で旨い物でも食べ、前祝いをさせていただきまひょうかいな」

赤ら顔で猪首《いくび》、強欲そうな感じの僧衣姿の男が、奈良屋の主八郎兵衛にいっていた。

「目出度《めでた》い、めで鯛。そしたら大坂で今朝、釣り上げられた大鯛を、食べさせてくれる料理屋にでも出かけ、思い切り盛大に前祝いをいたしまひょ。今度のお裁きは、あちこちから注目を浴びてます。奈良屋の手にかかってお奉行所からええご裁可が下りたとなれば、店の手柄にもなりますさかい、勘定はこっち持ちにしておくんなはれ」

かれらと菊太郎の距離が近づき、互いの顔がはっきり確かめられるようになった。

向こうからやってくるのは、やはり公事宿鯉屋の同業者・奈良屋の主八郎兵衛と下代の佐兵《さへ》衛《え》たちであった。

八郎兵衛は菊太郎の姿を見ると、はっと顔をこわばらせ、ほかの三人とともに足を止めた。

「これは鯉屋においでの田村菊太郎さま――」

下代の佐兵衛が慇懃に頭を下げて挨拶した。

主の八郎兵衛も同じだった。

僧衣の人物は菊太郎に軽く会釈しただけであった。

そのかれを除いて奈良屋の三人は、菊太郎が鯉屋の居候だと名乗りながら、町奉行所や鯉屋にとって平常から大きな役割を果しているのを、当然知っていたからである。

「奈良屋八郎兵衛どのたちは、東町奉行所のお裁きをすませてこられたのでございますな。そのお顔付きから察するに、結果はどうやら勝訴のごようす。祝着でございました」

菊太郎は八郎兵衛に笑いかけていった。

僧衣の人物だけが、きょとんとした顔をしていた。

「へ、へえっ、ありがたいことでございます」

八郎兵衛は狼狽した態度で再び深く辞儀をし、ではこれでと下代の佐兵衛たちを急《せ》かせた。

「ちょっと急いでおりますさかい」

「ほな、失礼いたします」

かれらはなぜか気まずげな顔で足を速め、近くの自分の店へあたふたと向かっていった。

「あの慌てぶりと態度はなんじゃ。なあお百、そこそこ見知った間柄だというのにな。それにあの坊主、見るからに強欲そうな顔をしていたわい。心の卑しさが、面《つら》の厚い赤ら顔にくっきり表れておる。ならず者でも臆して頭を下げ、道を譲って通るだろうよ」

菊太郎はかれらの狼狽ぶりを見て、お百につぶやいた。

かれの不快を感じたのか、お百がまたにゃあごと鳴いた。

「菊太郎の若旦那、そこで何をぼんやり見てはるんどす」

かれがいささか呆然とした顔付きで、奈良屋八郎兵衛の一行が店に消えていくのを見送っていると、いきなり声がかけられた。

鯉屋の源十郎であった。

偶然かどうか、源十郎と下代の吉左衛門の間に、こっちは清爽《せいそう》な顔をした中年すぎの僧衣の男が立っており、菊太郎に対して辞儀をしていた。

「ああ、つい先程、ここで奈良屋の八郎兵衛どのに会うたのじゃ。八郎兵衛どのはなにやらわしに、気まずそうなようすであったわい」

「気まずそうな。そら、そうどっしゃろなあ」

「源十郎、それはどういう意味じゃ」

「へえ、たったいま東町奉行所のお白洲で、八郎兵衛はんとわたしどもは、糺《ただし》（審理）を終えてきたばかりどすさかい」

「なるほど、そうだったのか——」

今更ながら菊太郎は、清爽な顔をした僧衣の男を見て納得した。

だが、八郎兵衛たちがどこか意気軒昂だったのにくらべ、源十郎たちには消沈が感じられた。

僧衣の男は、公事宿の主を付き添いとして、東町奉行所のお白洲で対決（口頭弁論）を行っていたのだ。何かをめぐって二人の僧侶が争っているのだろう。

結果は鯉屋が肩入れする僧侶のほうが、敗訴に近い形勢なのに違いなかった。

「奈良屋の連中、それでわしにまで素っ気なかったのじゃな」

「若旦那にまで素っ気なかったんどすか。いくら出入物の相手の店に居付いてはるお人でも、若旦那にそんな態度は横着どすなあ」

「奈良屋は強欲そうな赤ら顔の坊主を囲んで店に戻ったが、あれはどこの坊主じゃ」

かれは清瘦な僧侶を目前にしながら、もう丁寧な言葉を使わなかった。

「へえ、北白川村の正言寺の住職で、運智《うんち》さまといわはるお人どす」

「ここにおいでの和尚さまは、いずれのお人でございまする」

菊太郎はかれに軽く低頭して源十郎にたずねた。

「こちらは浄土寺村の正蔵寺のご住職さまで、恵円《けいえん》さまといわはります」

「恵円さまでございますか。それがしは田村菊太郎ともうし、公事宿鯉屋の厄介者でござる。どうぞ、お見知りおきのほどをお願いもうす」

「恵円さま、この菊太郎さまの言葉を、そのまままともにきかはったらあきまへんえ。菊太郎の若旦那は、もと東町奉行所同心組頭の田村次右衛門さまの庶子としてお生れやし、剣の達者のうえ、知恵のあるお人。わたしどもの鯉屋で世話になっているだの、居候だのと人にはいうてはりますけど、ほんまのところは、あれこれ店の知恵袋になっていてくれはるのでございます」

源十郎はすぐさま菊太郎の言葉を訂正した。

「そうでございましょう。拙僧の目は節穴ではなし、一目でさように思いましたぞ。拙僧は正蔵寺の住職で恵円ともうしまする。このたびは鯉屋の源十郎どののお世話になり、ご面倒をかけておりまする」

恵円は落ち着いた声で菊太郎に名乗った。

「すると浄土寺村の正蔵寺の恵円さまと、北白川村の正言寺の住職の運智が、何かをめぐって争うておいでなのじゃな」

「菊太郎の若旦那、実はそうなんどす」

「ところが形勢はどうやら正言寺が優勢、正蔵寺は劣勢のもよう――」

「へえ、お奉行さまや吟味役さまがたのお裁きは、残念ながらそんな工合どす。次のお白洲では、正蔵寺が大切にして、今ではご本尊の阿弥陀如来さまを、正言寺に返さなならんようになるかもしれまへん。いや、おそらくそうなりまっしゃろ」

「なにしろ正蔵寺七代の住職恵雲《けいうん》さまが、確かに阿弥陀如来さまを正言寺からお借りしたとの証文まで、探して突き付けられてしまいました。どのように抗弁したとて、もう無駄でございましょう」

「正蔵寺が正言寺から、阿弥陀さまをお借りしたのでございますか」

「はい、正蔵寺は七代住職恵雲さまの時代、雷火で本堂を焼け失《う》せさせましてなあ。ご本尊まで焼失させたため、寺の再建はなんとか果したものの、多くの仏像を持っている正言寺から、阿弥陀如来さまを一体借り受け、ご本尊としていたのでございます」

恵円が哀しそうな表情で説明した。

「それはいつのことでございます」

「さて、ざっと数えて百九十年程前になりましょうか」

恵円が答え辛そうにいった。

「百九十年も前の話。正蔵寺と正言寺はそれぞれ何宗でございます」

「お互いに浄土真宗。いわば兄弟寺でございます」

「それで本尊を融通して貰っていたのでございますな」

「さようでございます」

「恵円さま、火急の場合、さような話は地方に行けば、いくらでもありまするぞ。特に奈良・平安の時代に創建された若狭の古い寺では、折に付けてきく話。同じ宗派なれば災難に遭うたとき、何かと都合を付け合うのは当然でござろうが――」

「菊太郎の若旦那、ところが世知辛い当節、昔通りにはいかないのでございますよ」

源十郎が苦々しい顔でつぶやいた。

「まあ、ここでの立ち話もなんじゃや。店に戻って、ゆっくり詳細をきかせていただこうではないか。たとえ正言寺側に借り証文があろうとも、長い歳月、その寺で本尊とされてきた仏像。場合によっては、正蔵寺に阿弥陀如来像を永代《えいたい》、貸したままにしておくとのお沙汰を、町奉行や寺社奉行からいただけぬでもないであろう」

「そしたら恵円さま、もう一度、鯉屋に立ち寄り、昔からの経緯《いきさつ》を菊太郎の若旦那に詳しくお話ししていただけしまへんやろか。借り証文があったからと、ここであっさり引き退《さが》っては、多くいてはる正蔵寺の信徒はんや、あの阿弥陀さまを信心してはるお人たちに、もうしわけが立たしまへんさかい」

「恵円さま、ここでもうひとふん張りしはってもええのと違いますか――」

下代の吉左衛門までが、源十郎に口を添えた。

「正蔵寺の信徒やその阿弥陀さまを信心しているお人たちのためにと、源十郎はいうのじゃな。全国の寺々に阿弥陀さまはどれだけでも祀られていようが、阿弥陀さまが数多くおわすわけではない。阿弥陀如来さまはまことどこにおわすかは知らねども、ただご一人《いちにん》のはずじゃ。尊い阿弥陀仏があっちにもこっちにもおられる道理がなかろう」

菊太郎はふてぶてしい顔になっていった。

阿弥陀は西方《さいほう》にある極楽世界を主宰するという仏。法蔵菩薩として修行していた久遠《くおん》の昔、衆生救済のため四十八願を発し、それを成就して阿弥陀仏となったという。

その第十八願は、念仏を唱える衆生は必ず極楽浄土に往生できると説いている。

浄土宗、浄土真宗などの本尊として尊ばれていた。

「南無阿弥陀仏か――」

菊太郎は口の中で小さく浄土宗や浄土真宗が尊ぶ六字の唱名を唱え、鯉屋の暖簾を分けて土間に入った。

「菊太郎の若旦那さま、お帰りやす」

正太がかれに気付いていい、あれっと驚きの声を小さく発した。

東町奉行所に出かけたはずの主の源十郎と下代の吉左衛門、それに正蔵寺の恵円が、つづいて戻ってきたからである。

「猫やのに、お百もお白洲に行ってきたんどすかいな」

これは手代の喜六の声であった。

かれの胸を、お百が菊太郎に抱かれ、東町奉行所のお白洲を珍しそうにきょろきょろ眺めている光景が、ちらっとかすめた。

菊太郎は先に床に上がってお百を手から放つと、正蔵寺の恵円を丁重に客間へ案内した。

恵円の僧衣は洗い晒《ざら》した古い物だった。

「ご住職さま、どうぞ部屋に入っておくれやす」

源十郎がさらに声をかけると、恵円は合掌して低頭し、では遠慮なくといい、ようやく部屋に進んだ。

かれの座布団が、すでに菊太郎の手で床の間の前に整えられていた。

「そこへお坐りくだされ」

菊太郎に勧められた恵円は、一瞬、顔に躊躇《ためら》いを浮べたが、素直にそこに着座した。

小さいとはいえ、一寺の住職とは思われない謙虚さと清貧ぶりが、はっきりうかがわれた。

源十郎が坐り、吉左衛門もそれにつづき、お多佳がすぐお茶を運んできた。

「菊太郎の若旦那、百九十年程も前に借りた物。それだけになると、どうにかできるみたいにいわはりましたけど、正言寺の運智どのが借り証文を探し出してきたからには、正直、もうなんともなりまへんやろ。いま正蔵寺がご本尊としている阿弥陀如来さまを、やっぱり返す結果になるのと違いますか。悪くすれば、百九十年間の借り賃まで、払うて欲しいといわれるかもわかりまへん。なにしろあの正言寺の運智どのは、金に汚くて女癖が悪く、檀家の評判もあんまりようありまへん。金目の寺の什物《じゅうもつ》をひそかに次々と持ち出し、それで遊び呆けてはるそうどすけど、その噂もどうやらほんまみたいどすわ」

源十郎が落胆した表情でいい、ついでに運智の悪評を菊太郎に伝えた。

「そやけど旦那さま、いくらなんでも百九十年間の借り賃まで払うて欲しいとは、さすがにいうてきいしまへんやろ」

「そんなん、あの住職にかぎってわからしまへんえ」

ぶすっとした口調で源十郎がいった。

「もしそんな非道をいうてきたら、ご本山の役僧に相談せなあきまへんなあ」

「へえ、わたしもそう思います。寺の什物を住職が持ち出して遊んでいれば、当然、正言寺の評判が落ち、祠堂金《しどうきん》も減りますわ。近頃では檀家が離れ、正言寺は大分寂《さび》れてきているようどっせ。胡散臭《うさんくさ》い古道具屋などが、こっそり出入りしているときいてます。一方、正蔵寺の阿弥陀さまはご利益《りやく》があると評判され、参拝のお人が増えてます。菊太郎の若旦那、これをどう考えはりますか」

瞑目《めいもく》したまま、無言で自分たちの話をきいている菊太郎に、源十郎が迫った。

「正蔵寺の阿弥陀如来にご利益があるときき、貪欲《どんよく》な正言寺は、百九十年も昔の話を思い出したのであろう。ひと稼ぎするため、返して欲しいといい出したのじゃ。ところで阿弥陀さまは勿論、尊いお方さまだが、わしにいわせれば失礼ながら問題は、正蔵寺のご住職恵円さまと正言寺の住職運智、二人のお人柄の違いにある。いま揉めている阿弥陀さまを、たとえ正言寺に返したとて、正言寺の住職が心を改めなければ、阿弥陀さまのご利益はすぐに失せてしまうだろうよ。阿弥陀さまを崇《あが》める人々の心も離れ、やがては阿弥陀さまもどこかに売り飛ばされる羽目となる。正言寺はいずれ無住、蜘蛛《くも》の巣だらけの寺になるに決まっておる」

菊太郎は正蔵寺の恵円に一礼し、思い切った言葉を吐いた。

「菊太郎の若旦那さまがいわはるのどしたら、きっとやがてはそうなりまっしゃろ。そこで若旦那さまは、どうしたらええとお思いなんどす」

「町奉行所は借り証文を披露されたからには、柔軟な裁許は無理。型通りに正蔵寺の阿弥陀如来像を、正言寺に返還いたせと命じるだろうよ。役人は石頭ばかりだからな。それでそう裁許が下されたら、その像をさっさと返してやればよいのじゃ。わしは仏像が尊いのではなく、仏法にたずさわる人の良否をもって、仏像も尊いものとなると思うている」

「それでは正蔵寺さまはどうなるんどす」

「本尊といたす新しい阿弥陀如来像を早速、しかるべき仏師に頼み、造って貰うのじゃ。古い阿弥陀如来像が失せても、わしに正蔵寺が人々から見離されぬようにいたす工夫が一つある。何事もいよいよこれからじゃ。正蔵寺の恵円さま、すべてそれがしにお委せくださるまいか」

菊太郎はなぜかここでにやっと笑い、明るい顔で両手を畳について恵円に頼んだ。

恵円としてはうなずくしかなかった。

三

美濃屋の客座敷に胡坐《あぐら》をかいた菊太郎は、飯台に片肘《かたひじ》をつき、白川の流れにぼんやり目を這わせていた。

若葉がすっかり出そろっている。

辰巳稲荷へ訪れた祇園町の女性が、長い間、合掌して何か祈りを捧げ、ようやく立ち上がった。

それを見届け、かれは長皿にのせられていた焼団子の一串に手をのばし、横から二玉をぐっと食わえ取った。

桟木衝立《さんぎついたて》の向こうでは、右衛門七が渋団扇《しぶうちわ》で炭火に風を送り、無言で団子を焼いている。

「すぐに焼けますさかい、ちょっと待っててておくんなはれ」

お信が客に断りの愛想をいっていた。

客はどうやら数十本の焼団子を頼んだようだった。

火床からの熱気が、桟木衝立の隙間から菊太郎の顔にかすかに流れてきていた。

夏に団子を焼くのは、さぞかし暑くて大変だろうなとかれがふと考えたとき、渋団扇をあおぐ右衛門七が急に手を止めた。

「こ、これは銕蔵の若旦那さま――」

「右衛門七にお信さま、いつもながら忙しくしておられますのじゃな」

東町奉行所同心組頭を務める菊太郎の異腹弟銕蔵の声だった。

「いやいや銕蔵さま、わしらはまあこんなもんどす。銕蔵さまたちこそお忙しゅうございましょう」

右衛門七が如才ない答えをかれに返した。

「お信さま、菊太郎の兄上どのが、きのうからこちらにおいでだと鯉屋でうけたまわり、お訪ねいたしました。我儘《わがまま》な兄をお世話してくださり、感謝いたしております」

「銕蔵さま、何を仰せになりますやら。菊太郎さまがこの美濃屋においでくださるさかい、祇園の地廻りも全く寄り付かしまへん。お陰で安心して商いをさせていただいております」

お信が銕蔵に慇懃に答えていた。

地廻りとは本来、近郷を巡り歩いて商売をする人々を指す言葉だが、いまではだいたい盛り場や遊里をうろつき、店から小銭をせびり取る輩《やから》の呼び名になっている。

その代わりかれらは、小銭をもらっている店に、客などと何か面倒が起ると、すぐに駆け付け、それを上手にさばいてくれた。

「さすれば菊太郎の兄上どのは、ここでは用心棒というわけでございますな——」

その声は曲垣染九郎のものだった。

かれならそれくらいの皮肉をずけっというだろう。

「銕蔵に染九郎どのか。わしはここにいるぞ。何の用かは知らぬが、まあ入らせてもらえ」

菊太郎は立ち上がると、桟木衝立の上から姿をのぞかせ、二人をうながした。

「兄上どの、そこにおいででございましたか」

「ああ、客座敷で白川の流れを見ていたのよ。この白川には、小魚が群をなして泳いでいる。それを小鳥が岩の上から狙い、更に鳶《とび》などが円を描いて空を飛びながら、その小鳥を餌として狙っている。自然の世界は人の世以上に弱肉強食じゃわい」

「どうぞ、座敷にお上がりくださりませ」

お信が客に焼団子の包みを手渡し、銕蔵と染九郎に声をかけた。

「では遠慮なく入らせていただきまする」

「さればお言葉に従いまして――」

二人が腰から差料を抜き取り、右手に持ち替えて客座敷に上がってきた。

「右衛門七、この者たちに焼団子を二皿くれい。それに熱燗を二、三本付けてなあ」

「兄上どの、焼団子はともかく、熱燗は無用にしてくだされ。まだお務めの途中でございますれば――」

「なに、わしが勧める酒が飲めぬともうすのか。上役に咎められたら、飲まねば斬ってくれるとわしに脅《おど》されたゆえ、嫌々ながら飲みましたと答えればよいのじゃ」

「そんなご無体《むたい》な――」

「なにが無体じゃ。こうなれば二人が酩酊《めいてい》するまで酒を飲ませてくれるぞ」

「ならば仕方ございませぬ。いただきまする」

銕蔵が渋々いい、染九郎はにやりと笑って坐った。

かれは銕蔵配下の中で、福田《ふくだ》林太郎《りんたろう》に次いで酒好きであった。

「銕蔵、その顔付きからうかがい、内偵を頼んでいた例の話は、良い結果にはならなんだようじゃな」

「はい兄上どの、残念ながらさようでございます。吟味役さまがたはいずれも証文があるかぎり、正蔵寺の阿弥陀如来像は、正言寺に返さねばならぬと決め付けておられまする」

銕蔵がいいにくそうに告げた。

「菊太郎の兄上どの、それにそれがしが付け加えさせていただきまする。ご本山や寺社奉行さまにもうし立てても、その返事は同じであろうと、記録方の親しい人物が、あれこれ判例を調べていうておりました。正言寺の運智は、確かに酒と女子が大好きで、重代の什器ばかりか、茶湯道具や小さな金銅仏まで、道具屋や骨董好きにこっそり売り払っているそうでございます。そもそもその正言寺と正蔵寺は、元は真言の寺として比叡山に属していたそうで、豊臣秀吉の時代に宗旨を変え、浄土真宗になったようでございます。さすれば、数寄者《すきしゃ》が垂涎《すいぜん》するどれだけ古い金銅仏や茶湯道具があったとて、不思議ではございませぬわい」

お信が運んできた酒の支度にちらっと目を這わせ、染九郎が話しつづけた。

「正蔵寺は火事のためそれらをすべて失ってしまいましたが、正言寺には運智が住職になる前まで、それらの品々が随分、蔵されていたようでございます。されどいまではそのほとんどが、売り払われているはずだと、檀家の者がいうておりました。破戒坊主の運智が大黒も娶《めと》らずに独身でいるのは、町中に次々と女子を替えて囲うているため。そんなありさまでは、正言寺にどれだけ貴重な什器などが蔵されていたとて、やがては金に換え尽されてしまいましょう。由緒のある寺でも住職がそうでは、檀家も次第に離れ、寄せられる祠堂金も少なくなる道理でござる」

染九郎は憤懣《ふんまん》やる方ない表情で述べ立てた。

大黒——とは大黒天が厨《くりや》に祀られていることから、僧侶の妻の俗称となっており、梵妻《ぼんさい》ともいわれている。

南都の法相《ほっそう》などでは妻帯を禁じていたが、浄土真宗では親鸞がそうであったように、それは是認されていた。

好色な正言寺の運智はこれを幸いとして、手当り次第に女子に手を出して妾を幾度も取り替え、淫楽に耽《ふけ》っていたのであった。

「兄上どの、それにくらべ、正蔵寺住職の恵円さまの暮らしは質素。大黒さまもつつましいお人で、檀家が持ってくる米や野菜などを、貧しい人々に分け与えるばかりか、数人、捨て子を引き取って養っておられます。また五日に一度、恵円さまともども寺子屋まがいに近在の子どもたちを集め、無料で読み書きやそろばんを教えておられますわい。二人いる小僧とて、一人は人を殺して島送りになっているならず者の子ども。十六歳のそ奴が、また不思議にできのよい小僧で、将来はしかるべき僧侶になるだろうと、檀家の人々から期待されておりますわ」

銕蔵が酒を注がれた猪口（盃）を膝許に置いたまま、語りつづけた。

「正蔵寺を訪れる檀信徒たちは、本尊の阿弥陀如来像を拝みにくるというより、ご住職の恵円さまの謦咳《けいがい》に接したく、足を運んでいるようでございます。何か少しでもお手伝いすることはございまへんかと、みなさま、それは熱心なごようすだとききました。それがしは正蔵寺の本尊は、正面の仏壇に置かれた阿弥陀如来立像ではなく、まことは恵円どののそのお人ではないかとさえ思うておりまする」

低声で正蔵寺のようすを銕蔵が伝えた。

「放恣《ほうし》な正言寺の運智は、己の行いを顧《かえり》みることなく、正蔵寺が人々から慕われているのをただただ羨《うらや》み、百九十年も前に貸した阿弥陀如来像を返せと、難癖を付けているに過ぎませぬ。あの阿弥陀如来像さえ正言寺に返されてくれれば、己の寺に人が集まり、参拝者や祠堂金が増えるとでも、運智は浅はかにも思っているのでございましょうか」

染九郎が怒りを抑えた顔付きで更につぶやいた。

「染九郎どの、なにやらに付ける薬はないともうすが、正言寺の運智はその言葉通りで、そなたがいうように思い込んでいるのであろう。己の所行は己では、なかなかわからぬものじゃでなあ。それともご利益が大きいというその阿弥陀さまを、取り戻して縁のあるしかるべき大寺に、売り払う算段でもしているのかもしれぬのう。運智はそれくらいしかねぬようすの坊主。だいたいの坊主は有難そうに恰好を付けているが、腹の中は別。金勘定だけが早く、仏陀の教えを金儲けの道具にしておる。美しい庭をしつらえた豪壮な寺に住み、偉そうな面構えで人に説法をしているものの、腹の中は金々と鳴りゆらいでいるのよ。仏陀もいまとなっては、悟った法を人に説いてきたことを、おそらく悔いておいでだろう」

菊太郎が自棄《やけ》っぱちな口調でいい放った。

「兄上どの、弘法大師空海さまは、『秘蔵宝鑰《ひぞうほうやく》』なるご著作の中で、生れ生れ生れ生れて生《せい》の始めに暗く、死に死に死に死んで死の終りに冥《くら》し——と仰せられておりますなあ」

「それは確か空海さまが五十七歳になってから記された『秘密曼荼羅十住心論《ひみつまんだらじゅうじゅうしんろん》』十巻を、三巻に要約して著されたもの。簡単にもうせば、人間は幾度この世に生れ変わって生きたとてわからぬもの。どれだけ生死をくり返したとて、なんとも不可解な存在だと嘆かれているのじゃ。それをその時代の修飾した表現にいたすと、そうなるのよ。それにしてもそなた、えらい言葉を知っているのじゃなあ。父上どのにでも教えられたのか」

菊太郎は驚いたようすで銕蔵の顔を眺めた。

「いや、そうではございませぬ——」

かれは一瞬、顔を赤らめて答えた。

「まあ、強いて問うのは止めておくわい。とにかく、わからぬのは人間という奴じゃ。わしとて銕蔵とて、いざとなったらどう変わるか知れたものではなく、人間、まっとうに生きるのは難しいものじゃわい。銕蔵がそれを深く承知しているとはなあ。取りあえず今後、どうするかを考えながら、ともに酒を飲もうぞ。お信が折角、運んできてくれた酒の燗が冷めてしまっておる。おい右衛門七、そなたも手が空いたらこちらにきて、いっぱい酒を飲まぬか。そのつもりでお信に五本も銚子を運ばせたのであろう」

「菊太郎の若旦那にはかないまへんわ。へえ、わしもそのつもりでいてましたわいな」

右衛門七は何の抗弁もせずにいった。

「お白洲での裁許はだいたい二十日後か。正蔵寺側の不利とわかれば、わしも急がねばならぬわい」

「兄上どの、何を急がれるのでございます」

鋳蔵が、右衛門七の猪口に酒をついでいる菊太郎にたずねた。

「敗けて勝つということだわ。わしや鯉屋の源十郎が、正蔵寺側に付いておりながら、お白洲でただあっさり敗けるのでは、なんとも口惜しいのでなあ。町奉行所や吟味役、また世間をあっといわせてやらねばならぬ。わしはすでにそれだけの支度をととのえており、それを急ぐというだけのことじゃ」

「それはいかなる方法でございまする」

「鋳蔵、兄弟とはいえ、それをいまきき出そうとするのは、野暮というものじゃぞ。秘策は秘して粛々とやり遂げねばならぬ。わしとて狭い世間でぼおっと手を拱《こまぬ》いているわけではなく、いくらかあちこちと関わりを持っているのじゃ」

「それくらい十分にわきまえ、兄上どのを見守らせていただいておりまする」

鋳蔵は硬い表情で答えた。

「ではそれでよかろう。何も言わぬ、何もきかぬ、結果を出してあっと人を驚かす。それが奇策じゃ。わしの敗けて勝つということだわさ。これは鯉屋の信用、すなわち存亡にも関わるとわしは思うている。更にもうせば、阿弥陀如来の尊厳にも関わるのじゃ。身内でも人にうかうか話せる事柄ではないのよ。ひと芝居もふた芝居も演《う》ってみせてとらせる。正蔵寺の住職恵円どののためにも、また世間のためにもなあ。いよいよ面白くなるぞよ」

菊太郎は上機嫌で猪口の酒をぐいとあおった。

「組頭さま、菊太郎の兄上どのは、いったい何を考えておられるのでございましょう」

半刻ほど後、美濃屋を辞してきた曲垣染九郎が、酒で顔を赤らめている銕蔵にたずねた。

「何をお考えなのか、わしにもさっぱりわかりかねるわい」

「組頭さまは相当、酒にお酔いでございますな」

染九郎が心配そうにまたたずねた。

「あまり酒に強くないわしが、銚子を一本余りも空にしたからじゃ」

「そのお顔のまま、町奉行所に戻るのは憚《はばか》られまする。いずれかでひと休みいたし、酔いを醒ましてからにされてはいかがでございましょう」

「いや、わしはこの酔顔のまま、町奉行所に戻ると決めた。お奉行さまや筆頭与力さまに咎められたら、正直にいうてやる。菊太郎の兄上どのが、この酒を飲まねば斬ると仰せられたゆえ、斬られるのが嫌で、かように酩酊いたしましたとなあ。町奉行さまや吟味役さまがいかに仰せられても、また判例がいかにあろうとも、二百年近くも正蔵寺に祀られていた阿弥陀さまを、返せと主張している正言寺が無茶、明らかに間違うておる。その論を推し進めれば、町奉行所のご裁許が間違うていることになる。それでわしが酩酊して雑言を吐いたとして、もし切腹を命じられるのなら、すぐ潔く腹を切ってやるわい。後で自分たちが誤っていたと気付いたとて、もう遅いのだぞ」

日頃は謹厳実直で大人しい鋳蔵らしくもなく、かれはふらふら歩きながら、町奉行所に対する不満を強い口調で漏らした。

腹の中では相当、憤っているようすだった。

道行く人たちが、かれのそんな姿に目を見張っていた。

その頃、菊太郎は凜《りん》とした姿で美濃屋を後にし、東本願寺と西本願寺に挟まれた数珠《じゅず》屋町《やちょう》に向かっていた。

仏師の安慶《あんけい》の許に出かけようとしていたのであった。

安慶は奈良仏師慶派《けいは》の伝統を受け継いでいた。

慶派は平安時代後期から江戸時代に至る仏師の一系統。定朝《じょうちょう》に始まる仏師の正系を継ぎ、平安末から鎌倉時代の初期にかけ、康慶・運慶・快慶らを輩出している。

この派の仏師の多くは、名前に「慶」の字を付けていた。

飛鳥・白鳳《はくほう》時代に興った日本の造仏技術は、平安・鎌倉時代に頂点に達したが、慶派・院派《いんぱ》・円派《えんぱ》とあった仏師たちの造仏に対する力は、室町から桃山時代にかけ、更に江戸時代には全く衰えてしまった。

だが定朝の後継者の覚助《かくじょ》、また康慶や運慶によって興されていた七条仏所の伝統が、仏師の安慶によって細々ながら受け継がれていた。

菊太郎はその安慶に、金はどれだけかかってもいい、是非、急いで等身大の阿弥陀如来立像を一体、一木《いちぼく》で彫り上げて欲しいと依頼していたのであった。

かれが安慶の仕事場の近くにくると、鑿《のみ》の音が大きくひびいていた。

「おお、やっているな——」

「よくおいでくださいました」

家の表で菊太郎を出迎えた安慶の弟子が、急いでかれの仕事場に引っ込んでいった。

すぐ鑿の音が消え、辺りが静まった。

四

梅雨が近いせいか、空がどんよりと曇っている。

「東町奉行さまのご裁許が、正言寺さまと正蔵寺さまにいい渡されたらしいわ」

「どないな結果になったんやな」

「正蔵寺に祀られていた阿弥陀さまは、もともと正言寺のもの。どれだけ昔に借りたものでも、やはり証文通りに返せというてはります」

「情け容赦のないそんなお沙汰かいな。お奉行さまたちには、信心ということがわかってはらへんのやなあ」

「それでそないなお沙汰を受け、正蔵寺さまは寺社奉行さまやご本山に、改めて訴え直さはらへんのやろか」

「噂では公事宿の指図に従い、そないにはしはらへんらしいで」

「正蔵寺さまの仏壇に安置するため、すでに新しい阿弥陀如来さまが頼んであって、今日か明日にでも、それが運ばれてくるらしいさかいなあ。なんでも七条仏所の伝統を受け継いではる安慶さまといわはる仏師が、一木で彫り上げたものやそうや」

「その阿弥陀さまに、前の阿弥陀さまみたいなご利益はあるのやろか」

「おまえ、そうしたご利益は、おまえの心掛け次第。阿弥陀さまというより、お寺のご住職さまのお導きで、おまえがどう考えるかによることやろ。正言寺さまに借りてた阿弥陀さまを返したかて、正蔵寺さまにはこれまでと何の変わりもあらへん。もともと信心はわしらの心の問題。そこを見誤ったらあかんねんで——」

「そんなん、わかっているわい。そやけどわしは、あの阿弥陀さまが正蔵寺さまから正言寺さまに返されてしもうた後のことを案じているのや。正蔵寺さまへお参りしていたお人たちが、正言寺さまのほうへ、さっと潮の流れが変わるように行ってしまわへんやろか」

「そんなことはあらへんわいな。あの阿弥陀さまが直接、口を利かはったら別やけど、正言寺の住職みたいな坊主から、誰も説教なんかききたくないさかいなあ。あの強欲でど厚かましげな顔を見るたび、わしは目や耳を塞《ふさ》ぎたくなるほどやがな」

「そうやったらええのやけど――」

ここ数日、北白川村や浄土寺村では、農家の人たちが顔を合わせるたび、こんな話があちこちで囁かれていた。

両村の人々に町奉行所の糺や裁許は、大きな関心事だったのである。

その裁きは洛中の人々にも案じられていたが、やはりそんな裁許だったかと落胆の声がきかれた。

「あの阿弥陀さまに月参りしていたお人たちは、不思議に病み付きもせんと丈夫でおられ、死ぬときも眠るように往生できたそうどすえ」

「まあ町奉行所が命じはるのやさかい、返すしかあらへんやろ。けどその前に公事宿の主が、正蔵寺の阿弥陀さまの魂を祈り抜いて空っぽにして、正言寺に返したらええと、勧めるかもしれへんなあ。どんなにありがたいご利益を持ってはる阿弥陀さまかて、魂を抜いてしもうたら、人形《ひとがた》をしたただの木っ端《こっぱ》やさかい。正蔵寺の住職さまは正直なお人で、そんな悪さはしはらへんやろけど、誰かが阿弥陀さまから魂を抜く法要を、こっそりやっているかもわからへんわ」

（面白い）こっちゃ」

「そしたら正言寺は、ただの古びた木っ端を戻してもらうことになるがな。そら、おもろいろ」

「公事宿の主が敗訴とわかったら、正蔵寺のご住職はんにそんな入れ知恵をすることもあるやろ」

「そしたら痛快やなあ」

菊太郎は町中でそんな噂話をききながら、心の中でひっそり苦笑いをしていた。

かれは二条城の堀端で鯉屋の源十郎から、正蔵寺と正言寺の阿弥陀仏返還についての諍いをきき、どうやら敗訴になるらしいと知ってから、ひそかにある計画を立てていた。

文具問屋の竹賢堂に通い、戦だ、戦が始まるぞなどと叫び、人々を騒がせていた白い鸚鵡を、譲ってもらいたいと頼み、主の友右衛門からまず快諾を得ていたのである。

「こんな物騒な鸚鵡を、菊太郎さまはどうおしやすのどす。自分の気に入ったちょっとした言葉をきくと、すぐさまそれを真似、何をいうて騒ぐかわからしまへんえ。わたしはいっそ焼き鳥にして、食うてしもうてやろうかとさえ、腹を立てたこともございましたわ。そやけど賢いきれいな鳥、いつしか可愛く思いましてなあ。菊太郎さまが引き取ってくださいましたら、むしろありがとうおす」

友右衛門は快諾をして菊太郎に注意を与えたが、一文の代価も受け取らなかった。

それから菊太郎はときどき竹賢堂を訪れると、離れに案内され、そこに閉じ籠《こも》った。

屛風に囲まれ、台上に置かれた大きな鳥籠。その中に入れられた鸚鵡と、じっと無言で長く向き合っていた。

鸚鵡は当初、落ち着かないようすで止り木の上を左右に移動したりしていたが、それが三度目になると、菊太郎の顔をぐっと見詰めて静止するようになった。

「わしの名は太郎じゃ――」

ようやく菊太郎が口を利いた。

「わしの名は太郎じゃ――」

菊太郎に睨まれ、無言を強いられていた鸚鵡は、うれしげな声でいった。

次に菊太郎は、南無阿弥陀仏と唱えると、

「南無阿弥陀仏、南無阿弥陀仏。極楽浄土に往生疑いなし。本願の正機《しょうき》です」、そう太郎が答えるように躾けた。

本願とは本来の念願。菩薩が過去世《かこぜ》において立てた衆生救済の誓いで、阿弥陀仏の四十八願などを指す言葉である。

「菊太郎さまはあの鸚鵡に、なんやけったいなことをとうとう教え込んでしまわはりました。いったいどないにするおつもりなんどっしゃろ。柏手《かしわで》を打って拝むと、鸚鵡の太郎がありがたげなことをしゃべるんどっせ」

竹賢堂の友右衛門は、店の奉公人にあきれてつぶやいていた。

正言寺の運智は町奉行の裁許をもらうと、檀家の人々に相談し、阿弥陀如来を運ぶ大きな台を二つ拵えさせ、引き取りの用意をととのえた。

一つは尊像を、もう一つは光背《こうはい》と台座を載せるためであった。

「わし、こんな役目なんかしとうないわい。正蔵寺さまに哀しい思いをさせてまで、阿弥陀さまを引き取ってきたかて、どうせ住職はんはそれをしばらく寺に祀っておかはるだけ。そのうちもったいを付けて、道具屋に高い値で売ってしまわはるに決まっているさかい――」

「正蔵寺の阿弥陀さまは、拝むと大きなご利益があると、評判されているさかいなあ。その阿弥陀さまが道具屋を介してどっかの寺に納められたら、その寺に参拝者が増えるのは確かなこっちゃ」

「欲深《よくぶか》たちはありがたい仏さままで商いの道具にしよる。正蔵寺の恵円さまは別にして、世間の多くのお寺はんたちは金に目を眩ませ、金々と金集めに一生懸命になって、本来の務めを忘れてしもうてはるわ。死んだら地獄に真っ先に落ちならんのは、そんな坊さんたちとちゃうか」

「地獄の中は頭を丸めた坊さんばっかり。閻魔さまもきっと驚いていはるに違いあらへん」

「わしらが正蔵寺さまからあの阿弥陀さまをこの正言寺に運んで帰ったかて、阿弥陀さまは元の寺に戻りたいと、勝手に飛んで行かはるかもしれへん」

「わし、そんな昔話をきいた覚えがあるわ」

「元来、そこにあるべきものは、そこにあったほうがええのや。そんな奇瑞《きずい》が起るかもわからへんなあ」

「元に戻したかて、何度もそんなことが起ったら、正言寺の運智さまも困らはるやろ。もし遠くの寺へ売り払い、そないな事態になったら、金を返さなあかんがな。運智さまはありがたい阿弥陀さまを大金で売り払い、しかも仏さまがどこかへ去《い》なはったとなったら、町奉行さまや寺社奉行さまに捕えられ、お裁きのうえ島送りにされるかもしれへん。近頃、正言寺には道具屋が盛んに出入りしていよるさかいなあ」

「あれこれあったかて、最後にはあの阿弥陀さまは、きっと正蔵寺さまのご本堂に戻らはるやろ」

「そのときにはわしらも、正蔵寺さまの檀家になればええだけのこっちゃ」

「その頃、正言寺の境内にはおそらく草がぼうぼうと生え、蜘蛛があっちにもこっちにも巣を張ってるわ。山から猿が出てきて、棲み付いているかもしれへん」

「それにしてもいざ運ぶ場合、正蔵寺さまの阿弥陀さまは、お動きくださるやろか。わたしは動きたくないと、千鈞《せんきん》の重さに変わらはって、どうにも運ばれへんのとちゃうかいな」

「正蔵寺さまの檀家はんや、洛中からお参りにきてはる信徒はんたちは、大層、哀しんではるときくわいな。阿弥陀さまはその気持をお汲みやして、思わぬ奇瑞を見せはるかもしれへんなあ」

「おまえ、瑞雲に乗って、どっかへ行ってしまわはるとでもいうのんか」

「ああ、そんなこともあるかもしれへんで」

「浄土寺村には慈照寺（銀閣）や法然院、安楽寺など、ありがたいお寺が仰山あります。宗旨は違うても坊さん同士。そんなお寺の誰かが間に入り、上手に話を付けてくれはったらよかったのになあ」

「今更、そんな愚痴をいうたかてどないにもならへん。坊さんたちはあれこれ金儲けに忙しく、よその寺のことどころではないやろ。わしらはご先祖さまを供養という形で、坊さんに質《しち》に取られてるのや。正言寺の檀家やったら、運智さまがいわはる通りにせな仕方がないわい」

「わしらはご先祖さまを質に取られているのかいな。よくよく考えてみれば、そうやわなあ。わしも死んだら、お寺さんの質草になるというわけか。それはご免やなあ」

「お寺の質草、わしもそれは嫌やわい」

「嫌やというても、そうなる仕組みやさかいなあ。わしはそれに気付き、もったいない話やけど、お釈迦さまを恨みたくなったわ」

「おまえらなにを愚痴ってるのやな。医者が取るか坊主が取るかとか、医者が取らなければ坊主が取るなどとの諺《ことわざ》もあるやないか。どっちに転んだかて所詮、この世は金の世の中なんやわい」

正言寺の檀信徒たちは暗い顔であった。

それでも、かれらが浄土寺村の正蔵寺に大きな台を運び、等身大の阿弥陀如来立像を白布で覆って慎重にそこに載せると、阿弥陀さまはさほど重くはなかった。

一方、正蔵寺の恵円や檀家の人たちが本堂の隅に並び、持ち去られる阿弥陀さまに向かい熱心に経を唱えている。

涙を流しながらの人もいるほどだった。

住職の恵円はさすがに無念そうな顔をしていた。

本堂の前庭には、正蔵寺へ読み書きそろばんを習いにくる近くの村の子どもたちや、物乞いの姿までが見られた。

わあわあ泣いている子どももいた。

「わしら、何か悪いことをしているようで、かなわんなあ」

「いまは何も考えんと、ただこれを運ぶこっちゃ。阿弥陀さまの大きな台座の裏に、建久三年と書かれていたで。壬子《みずのえね》の年やわ。それに寄進した人々の名前らしいものも記されているがな」

正言寺の檀家の一人が、臆したようすの仲間に、その気をそらせるように慰め顔でいった。

このとき灰色に曇った空から、大きな雷鳴がいきなりとどろき、東から西へと渡っていった。

建久三年（一一九二）といえば、後白河法皇が六十六歳で崩御された年であった。

やがて阿弥陀如来立像が境内から運び出されると、子どもたちがその後をばらばらと走って追った。

「泣いてはなりませぬ。ただ念仏を唱えなされ。ただ念仏を唱えなされ――」

本堂の中では恵円がしきりに力んでいた。

これを見定めたように、大きな台に載せられた白布に覆われた物が、何人もの人足に担がれて、白川を越え、正蔵寺に運ばれてきた。

人足の先頭に立っているのは、菊太郎と七条仏所の安慶、後ろに鯉屋の源十郎と下代の吉左衛門が従っていた。

先頭に立つ菊太郎が、大きな鳥籠を白布で覆い、抱えるように持っていた。

正蔵寺の境内までくると、仏師の安慶と菊太郎の二人が、片膝をついて低頭した。

「新しい阿弥陀如来さまをお届けにまいりました」

仏師の安慶が、正蔵寺の回廊に出てきた恵円にうやうやしく言上《ごんじょう》した。

「されどそこにおいでの恵円法師さま、まことはお身こそが阿弥陀如来さまでござる」

菊太郎が恵円に慇懃にいい、鳥籠を覆っていた白布をさっと取り除いた。

「わしの名は太郎。南無阿弥陀仏、南無阿弥陀仏、極楽浄土に往生疑いなし。本願の正機です」

鸚鵡の太郎が荘厳な声で周りにいい放った。

「大きな白い鳥が、あんなことをいうてる。あれはお浄土にいるありがたい仏鳥に相違ないわい」

鸚鵡を知らない子どもたちが、わあと歓声を上げた。

空白になった仏壇に、人足の手で新しい阿弥陀如来立像が安置された。

足に紐を付け、その前に据えられた太郎が、止り木を両足でぐっと摑んだ。

「南無阿弥陀仏、南無阿弥陀仏――」

太郎が何度も同じ言葉を唱えつづけている。

本堂の中には、あたかも紫雲が棚引くようなおごそかな気配が漂っていた。


一年半後、詳しい経緯《いきさつ》はわからないが、正言寺は住職運智の汚名を残して無住となった。荒れ果てた本堂や堂舎には、すぐ多くの鴉が棲み付き、旦暮《たんぼ》、不吉な鳴き声をひびかせていた。かれらが一斉に飛び立つと、空が黒く覆われるほどであった。

建久三年の紀年銘を持つ阿弥陀如来立像はすでに行方不明で、勿論、運智の行方も知れなかった。

本山から別の僧が入住をうながされたが、かれはこれを断り、やがて正言寺は廃寺となって朽ちていったそうである。

廃寺となった正言寺の檀信徒は、すべて正蔵寺に属し、新しい阿弥陀如来立像と白い仏鳥を敬って拝んでいた。

赤緒の下駄

一

日増しに暑くなってきていた。

田村菊太郎は公事宿「鯉屋」を出ると、竹屋町通りの橘町《たちばなちょう》で根付師をしている安蔵《やすぞう》の許に向かった。

二年前に頼んでいた根付を受け取りに行ったのだ。

安蔵は橘町の陰気な裏長屋に住んでいる。

名人と評されていたが、狷介固陋《けんかいころう》な根付師で、好きになれない人物が、かれの細工に惚れ、いくら金を積んで頼んでも、絶対に引き受けなかった。

「いっそ、そこに積まはった小判の二つ三つを重ね合わせて穴を空け、根付の代わりにしはったらどないどす。仕事の邪魔になりますさかい、さあ、早う去《い》んでおくれやす」

かれは膝元に積まれた数十両の小判をちらっと見て、面倒臭そうな口調で大店《おおだな》の主を追い返したことさえあった。

根付は巾着やたばこ入れ、印籠《いんろう》などを帯に挟んで下げるとき、落ちないようにその紐の端につける留め具。帯ばさみとも呼ばれ、珊瑚《さんご》、瑪瑙《めのう》、象牙《ぞうげ》などを材にして精巧に彫られていた。

彫刻としては日本独特の稀有な品だった。

安蔵が彫った根付は、どれもが機知に富んでいた。

たとえば栗の実に穴が空けられ、そこから白い小さな虫が這い出しかけている。また大工鉋《かんな》の上に、鼠がちょこんと坐る意匠だったりするのだ。

根付は男の表装束の一つともなる類のものだけに、人々の注目を集めやすかった。

名人の安蔵が彫った根付は、銘がなくても誰にもすぐにわかり、それだけに垂涎《すいぜん》の的、多くの者が欲しがった。

菊太郎が安蔵に頼んだ根付は、実に精巧に彫られた「一壺天《いっこてん》」の意匠の品であった。

一壺天は『後漢書』に記される話で、費長房《ひちょうぼう》が薬売りの老翁とともに壺中に入り、別世界の楽しみをした故事から、一つの小天地、別天地、また酒を飲んで俗世を忘れる楽しみを指し、壺中の天ともいわれている。

二年前、菊太郎が安蔵に根付を一つ彫ってはくれまいかと、長屋を訪れて頼んだとき、かれはようござんすとあっさり引き受けてくれた。

相手は話にきくひねくれ者。当然、断られると思っていただけに、菊太郎はいささか驚いた。

「わしは金持ちではないが、そなたの彫るものだけに、いわれただけの金を支払うつもりじゃ」

「そんなことより、旦那がこの長屋においでになったとき、外で子どもを叱り付けているお声を、わしはきいてました。弱い者を苛めてはならぬと、大きな声で餓鬼どもを叱ってはりましたわなあ。わしはあれが気に入ったんどすわ。銭金はどうでもよろし。但し、わしの好きな根付を彫らしてくんなはれ」

かれは箒をぶら下げた狭い土間に立つ菊太郎にいいかけた。

「わしの叱り声をきいたのだと――」

「へえ、そうどすねん」

「そなたの耳は地獄耳じゃな」

「そうかもしれまへん」

安蔵は無精髭をのばした顔でにやっと笑った。

菊太郎は長屋の木戸門を潜るとき、少し離れた場所で、数人の子どもが大人しそうな遊び友だちを取り囲み、小突いているのに気付いた。叱り付けたうえ、弱い者を苛めてはならぬと、かれらを懇々と諭してきたのであった。

「自分の好きな根付を彫りたいというのじゃな。それについて、わしに異存はないぞよ」

菊太郎はかれにこう答え、彫り上げたら知らせてもらいたいと、鯉屋の住所と自分の姓名を告げておいたのである。

「それ、気に入っていただけましたかいな」

安蔵は象牙の根付を菊太郎に差し出し、少しおずおずとたずねた。

菊太郎が手にしたのはかれの意表を突いた一壺天の根付だった。

口の欠けた壺の中に、山が彫られ茅屋《ぼうおく》が建ち、小さな滝まで刻まれている。その滝を米粒ほどの人物が、かたわらから眺めている特異な構図の代物であった。

これだけ精巧な根付は、短期間で彫れるものではない。それに精神を集中せねば、到底、出来ぬ品だと、一見するなりわかった。

これは握れば掌《て》の中に納まってしまうが、八坂塔や東寺の五重塔を建立するにも匹敵する匠《たくみ》の技だと、菊太郎は感心した。

「自分の好きなものとはいえ、見も知らぬわしのような者に、よくぞこれほどの根付を彫ってくれた。厚く厚く礼をもうす」

土間から菊太郎は、かれに向かい深く低頭した。

「旦那はそない謙遜しはりますけど、わしが知らんだけで、おそらく旦那は多くのお人に知られてるお方どっしゃろ。そんなお方にわしの彫り物が褒められ、腰で用を果させてもらえるとは、このひねくれ者の安蔵にも果報なことです。どうぞ、十分に役立ててくんなはれ」

かれは破れ畳に両手をついて平伏した。

「それで彫り賃はいかほどでござる」

「そんなもの、わしが気随に彫ったんどすさかい、いただけしまへん」

とんでもないといいたげに安蔵は断った。

「されどこれほどの根付、小間物屋へ持ってまいれば、すぐそなたが彫った品とわかろう。もしかすれば、五十両、百両で買ってくれるかもしれぬぞ」

「そんなん、わしの知ったことではあらしまへん。わしの暮らしの枡は小そうおすさかい、ちょっとの銭があれば十分。五十両百両とはとんでもない額どすわ。それを拵えたのはわしどすけど、一旦手から離れたら、後でどんな値が付こうが、わしの知らんことどす。それでは旦那の気がすまんといわはるんどしたら、材料費として一朱銀を一枚だけいただかせてくんなはれ。それ以上は決して頂戴いたしまへん。わしは楽しんでやらせてもらいましたさかい。そうやないとその根付、こっちに返して貰いますわ」

安蔵は意固地な表情になっていった。

一朱銀は江戸時代の銀貨のうち最小額で最小形のもの。十六枚で金一両になり、居酒屋で銚子を二、三本空ければ、消えてしまう金額であった。

「そ、それではそなたの言葉通りにさせて貰う。一朱銀を一枚お払いし、ありがたく頂戴いたそう」

菊太郎は自分が過大に評価されているらしいことに、ひそかに背中に冷汗をかき、一朱銀を一枚、安蔵の前に置き、かれの住む橘町の長屋から慌しく退散してきた。

菊太郎の左手には一壺天の根付が固く握りしめられている。

足を止めて改めるまでもなく、握り工合が快く、安蔵の清貧の暮らし振りも、根付作りの名人らしいと感服させられていた。

安蔵には損得の感覚が全くうかがわれず、また菊太郎も機知に富み、精巧で美しい物を得たことをよろこぶばかりだった。

これをどう用いるか。たばこを吸わず、巾着も持たない菊太郎が使うのは、やはり印籠しかなかった。

かれは竹屋町通りを東に進み、麩屋町《ふやちょう》通りを南に下り始めた。

三条通りに出て鴨川を渡り、祇園・新橋の「美濃屋」へ行くつもりだったのである。

「祇園まつりが五月一日（旧暦）の吉符《きっぷ》入りで始まり、それから稚児社参などの行事がなんやかやと一ヵ月余りもつづきます。もったいないことどすけど、コンチキチンの祇園囃《ばや》子《し》の音ももうききあきましたわ。京の町ももう暫《しば》らくで静かになりますやろ」

「若いときとは違うて、確かにそうどすけど、七月はお盆など何かと行事の多い月で、どこの店でも店卸《たなおろ》しや井戸替えをせなりまへん。九日には東山・珍皇寺へ六道参り、それに精霊を迎える支度。盆に入った十三日には、商売の支払いをすませ、十五日には町内や親類縁者へ挨拶に出かけなあきまへんやろ。それから十六日の大文字の送り火。精霊送りというわけどす。二十二日には町内の地蔵盆。この京で商いをしている者にとって夏は、なんやかやとほんまに忙しおすわ」

盆に入った十三日は上半期の決算日になる。

菊太郎の前を歩く旦那衆らしい身形の二人の愚痴も、かれにはわからないではなかった。

菊太郎は三条通りに出て、道を左に曲がる。

三条・寺町の角に町番屋が構えられており、かれはそこまできて、いきなり怒鳴り声をきくことになった。

「おまえ、もうええ加減にせんかいや――」

町番屋の小者、若い男の声であった。

その声とともに、貧しげな膝切り姿をした中年の男が、町番屋からいきなり転がり出てきた。

「あ痛あ――」

かれはどこかで腰を打ったとみえ、顔を顰《しか》めて立ち上がりかけた。

町番屋の小者が入口に立ち、厳《いか》めしい顔で中年の男を睨みすえていた。

「これ町番屋の者、何かを相談にきた男になんで乱暴をいたすのじゃ」

菊太郎は足を止め、相手を咎めた。

「この男、八助《はちすけ》いいますのやけど、いつも同じことを訴えにきて、なんとも埒が明きまへんのやわ」

「同じことを訴えにきて埒が明かぬのだと――」

「へえ、そうどすねん」

町番屋の男は、儒者髷《じゅしゃまげ》を結い、涼しそうな絽《ろ》の着流し姿の菊太郎を並みの者ではないと見たのか、辞を低くして答えた。

「埒の明かぬ訴えとはいかなる次第じゃ。それをわしがきこうではないか」

菊太郎は左手に握りしめていた一壺天の根付を懐に納め、倒れたままの中年の男に手をのばしながら、町番屋の小者にいった。

「わしは彦助《ひこすけ》といいますねん。そしたらその埒の明かへん事情をきいていただきますさかい、どうぞ、番屋の中に入っとくれやす」

かれは厳めしい顔をゆるめ、菊太郎を町番屋の中にと招いた。

普段から菊太郎は、鯉屋と祇園・新橋で団子屋を営むお信の許を往復するとき、三条・寺町の北角近くにある町番所の前を通っている。

昼夜を問わず、町番屋には小者が詰めていた。取り立てて話をした覚えはないが、かれらの顔ぐらい何となく記憶していた。

それにも拘らず、彦助と名乗ったかれに全く見覚えがないのは、おそらくかれが町番屋に雇われ、まださほど月日が経っていないからであろう。

三条・寺町界隈には旅籠屋が建ち並び、諸国から運ばれてくるさまざまな荷駄を積んだ車が往来している。また問屋も軒を連ね、室町通りや木屋町通りなどと肩を並べるほど賑やかな町筋であった。

それだけに事故や揉め事の仲裁など町番屋の用は多く、多数設けられている京の町番屋の中でも、最も多忙を極めているはずだった。

京都東西両町奉行所の与力・同心たちも、町廻りの折、ここには必ず立ち寄っていた。

「されば八助、わしの肩につかまり、番屋の中にもう一度入るのじゃ。わしがそなたの訴えを、彦助と名乗ったあの小者からしっかりきかせて貰うのでなあ」

「お武家の旦那さま、おおきに。お世話をおかけいたします」

腰のどこを痛めたのか、八助はまた顔を顰めて立ち上がった。

何日も風呂に入っていないらしく、かれの身体から異臭がぷんとただよった。

町番屋は五坪ほどの建物。奥の一部が畳敷きとなり、押入れも備えられていた。

表は土間で炉が構えられ、それを長床几《ながしょうぎ》が取り囲んでいる。土間の隅に小さな台所と、その奥に厠《かわや》が設けてあった。

冬なら土間の炉で暖を取るため火が焚かれ、定町廻りの同心がここの長床几に腰を下ろし、火に手をかざしている。いま改めて考えれば、菊太郎は表を通りながら、そんな姿をちらっと見たのを思い出していた。

「お武家さま、すんまへん」

八助は菊太郎に抱えられるようにして町番屋の敷居を跨《また》ぎ、建物の中に入った。

「腰がまだ痛むのであれば、奥の畳敷きで横にならせてもらおうぞ。番屋の彦助どの、さようにさせていただいてもよいな」

「お武家さまがいわはるんどしたら仕方ありまへんけど、八助、おまえはほんまに厄介な奴ちゃなあ。そやけどわしが、しつこいおまえを蹴ったり殴ったりして、腰を痛めさせたんと違うで。出て行けと強う押し出したら、おまえが敷居に足を引っ掛けて転んだんや。そこだけははっきりさせておいてもらうわ」

「へ、へえ、その通りやったかもしれまへん」

「おまえ、そないええ加減なことをいわんとけや。確かにそうやったんやわ」

「ああ、わしもその通りだと思うておる」

菊太郎はこういいながら八助を畳敷きまで運び、座布団を二つに折って枕とし、かれを横たえさせた。

かれの腰の痛みは、町医を呼ぶほどでもなさそうだった。

「旦那、暑おすさかい、冷たい水をいっぱい飲んでおくれやす」

「ありがたい。いただくわい」

菊太郎は彦助の手から水を入れた茶碗を受け取った。

「八助、おまえも飲まへんか——」

「へえ、いただきます。お世話さんになり、ありがたいことでございます」

「それもここに居てはるお武家さまのお陰やわ。わしにはともかく、このお武家さまに礼をいうこっちゃ」

彦助は今になっても八助を厄介者扱いにしていた。

「ところで町番屋の彦助どの、先程、そなたがもうしていたなんとも埒が明かぬ八助の訴えとは、いかなることじゃ。早速、それをきかせてもらおう」

菊太郎は茶碗の水を一口二口飲み、彦助をうながした。

「へえ、それどすかいな。それはほんまに埒の明かへん訴えで、話は三年前に遡《さかのぼ》りますわ。当時、わしはまだこの町番屋の番人にはなっておりまへんどしたけどなあ。八助が男手一つで育ててた幼い娘が、祇園まつりの宵山の雑踏の中で、行方不明になってしもうたんどす」

祇園まつりの宵山は山鉾《やまぼこ》巡行の前夜。鉾町の町会所や大店の店先などに、豪華な織物や秘蔵の屏風《びょうぶ》、書画を飾り立て、一般の人々に披露する行事をいう。

露店が出て、鉾町の狭い町辻は老若男女であふれ、いつも押すな押すなの大混雑であった。

「宵山の雑踏の中で、八助の幼い娘が行方不明になったのじゃと」

「へえ、わしはそうきいております」

「それは大変なことではないか――」

「届けを受けた町奉行所は、四座雑色《しざぞうしき》や八坂神社の執行職と連絡を取り合い、すぐさま鉾町の町番屋とともに、お勢《せい》というその三つになる女の子を、広い鉾町の隅から隅まで探しました。祇園まつりの最中にも探すのを怠りまへんどしたけど、ついにそのお勢の行方はわからずじまい。何者かに攫《さら》われたのではないかとして、その年の末、探索は打ち切られてしもうたんどす」

彦助は何の痛みもうかがわれない顔ですらすらと菊太郎に伝えた。

畳に横たわった八助は痛む腰をかばって横を向き、小声で泣いているようだった。

四座雑色は、京都の東西両町奉行所の下に置かれた職掌の一つで、洛中の警察・検察権の一部をつかさどっていた。

皇室・門跡・摂関家の供奉・警備を始め、将軍・所司代など、幕府要人の送迎や警備にも当った。祇園まつりでは、山鉾巡行のくじ取りの警備、また鉾町の混雑の整理も任されていた。

「お勢の探索は、およそ半年ばかりで終ったというのじゃな。何者かに攫われたのではないかとして、たった半年ばかりでなあ。それは酷《ひど》い――」

菊太郎は思わずつぶやいた。

役人や大商人などしかるべき立場の者の子弟なら、東西両町奉行所も期限を設けず、諸国にまで手をのばし、必死に探しつづけるだろう。

それは酷いとつぶやいた菊太郎の胸に、怒りの火が一つ小さく点《とも》された。

「そこに横たわっている八助は、それでどんな仕事をいたしているのじゃ」

「桶や樽作りの職人どしたけど、わが子を探すために下駄の歯入れ屋となり、いまは洛中洛外を歩き廻っております」

「下駄の歯入れ屋だと。それで住居はどこなのじゃ」

「この町番屋からさほど離れていない天性寺前町《てんしょうじまえちょう》の裏長屋でございます」

「下駄の歯入れ屋をしながら、わが子を探し廻っているとは哀れな。されど三つで行方不明になったお勢とやらも、今では六つになっているはず。おそらく面変《おも》わりをしており、それとわかろうかな」

「旦那、それどすのやわ。八助は下駄の歯入れをして町を廻り、六、七歳の女の子を見るたび、ひょっとしたら攫われたわが子ではないかと、思うんどっしゃろなあ。町奉行所で当っていただきたいと、訴えてくるのどすわ。お役人さまも二、三度は動かれましたけど、いずれも人違い。八助にはその年頃の女の子がみんな、自分の娘に見えますのやろ。まあ、哀れな話どすけど、わしらかていつまでもそんな埒もない話に付き合うておられしまへん。宵山の雑踏の中で固く手を握っていた女の子には、買ったばかりの赤い鼻緒の下駄を、履かせていたそうどす」

「赤い鼻緒の下駄をじゃと――」

菊太郎は悄然《しょうぜん》とした顔で八助の姿に目を這わせた。

町並みを照らす陽射しが強くなっていた。

二

町番屋の畳敷きでみんなに顔を背け、声もなくすすり泣く八助の胸裏には、三年前に突然、襲った不幸な出来事が陰鬱《いんうつ》に明滅していた。

どこからともなく「コンチキチン、コンチキチン」と祇園囃子の鉦《かね》の音がひびいてくる。

今夜は宵山、鉾町は大賑わいに決まっていた。

「お父ちゃん、早う連れてってえな——」

三つになった娘のお勢が、正午《ひる》過ぎからたどたどしい口調で幾度もせがんでいる。

今日は八助の勤め先、河原町六条の「樽源《たるげん》」も休みであった。

かれは去年の夏、女房のお麦《むぎ》に死なれ、ようやく乳離れしたお勢を男手一つで育ててきた。

昼間は長屋の人たちに面倒を見て貰い、夜には居酒屋にも立ち寄らず、まっすぐ長屋に戻ってきていた。

「お世話になりすんまへん。迷惑をかけしまへんどしたやろか——」

八助はお勢を預かってもらった長屋の女たちに、こう礼をいってたずねるのが、口癖になっていた。

「いいえ、迷惑なんかかけはらしまへんえ。お利口さんにしてましたわ。なあお勢ちゃん」

一棟が五軒、向かい合わせて十軒の長屋の女房たちは、誰もが決まってそういい、何か惣菜の一品を添え、お勢を八助の手に返してくれた。

「いつもありがとうさんどす。ほんまにおおきに。頂戴いたします」

八助はよちよち歩きのお勢の手を引き、惣菜を入れた小鉢を手に、自分の住居に帰ってくるのだった。

長屋の女房たちは大家《おおや》の勧めもあり、順番にお勢の世話をしてくれていた。

男の一人世帯は別にして、新世帯の二組、子どもを持った六組の世帯がこれに加わり、病の母親を抱えた左官屋の女房のお新《しん》までが、そうしてくれた。

お勢を連れ長屋に帰ってくると、八助は朝、七分三分の割で米麦を磨いでおいた釜の竈《かまど》に火を付け、夕飯を炊いた。それに鰯や日持ちの良い煮豆などをそえ、お勢と塗りの剝げた飯台で淋しく向き合った。

お勢の茶碗にご飯を少な目に盛り付ける。

「お勢、今夜はええ物を食べさせてやろか」

かれは死んだ妻お麦の位牌の前から、朝の仏飯を取り込んでくると、ときどき柔和な顔で彼女にいいかけた。

「お父ちゃん、それなにえ——」

たどたどしい口調でお勢がたずねる。

「卵掛けご飯やわ。先程、生れたばっかりの卵やさかい、そらうまいで——」

かれは懐の中から一個の卵を取り出した。

「卵掛けご飯。うちうれし——」

お勢は身を乗り出して八助の手許を眺めた。

江戸時代、生卵は特別な食べ物で高価。滋養を取るため、ほとんど病人しか口にしない食べ物であった。

夜、八助は暗闇を怖がるお勢に添い寝し、小声で子守歌を唄ってやった。

自分がいつの間にか先に眠り込んでいるときもあったりした。

「八助はんはあんなにお勢ちゃんをかわいがってはって。見ているだけでも胸が熱うなってくるわ」

「お麦はんの三回忌もすんでへんけど、ええ女子はんが居てはったら、お勢ちゃんのためにも後妻を貰わはったらどうやろなあ」

「ほんまにそうや。死なはったお麦はんも、お勢ちゃんを大事にしてくれはるお人やったら、怒らはらへんはずやわ」

「女の子はこれからほんまにお母はんが要る年になっていくさかいなあ」

「誰か八助はんにきちんと話をしたら、承知してくれはらへんやろか。断っておくけど、うちはお勢ちゃんの世話みるのが面倒やさかい、いうているのとちゃいまっせ」

「そんなん、わかってます。やっと自分の名前を覚えたお勢ちゃん。八助はんが後妻を貰わはったかて、そのお人がよう可愛がってくれはったら、そのうちほんまのお母はんと思うようになりまっしゃろ。まだはっきり物心が付いていまへんさかい」

「そうするのが一番どすなあ」

「ええ女子はんが居てたら、大家の伊豆屋《いずや》はんにでも勧めてもろうたらどないやろ」

長屋の女房たちによって嫁探しが始まり、お新の夫の左官屋の多吉《たきち》が、仕事仲間の姉で、夫に死なれた気立ての優しい女子を探し出してきた。

伊豆屋は大きな米屋。家作を幾つか持っており、主は清兵衛《せいべえ》の名を代々襲名していた。

清兵衛は女子の身許を改めたうえで同意し、自分が八助に声をかけてみると約束してくれた。

だがその縁談は端《はな》から頓座してしまった。

「大家の旦那さまがお勧めしてくれはるお話どすけど、わしには後妻を娶《めと》る気持は一切ございまへん。お麦は臨終のときわしの手をぐっと握り、お勢を頼むというて死にました。わしにお勢を托して往《い》ったんどす。わしとお麦は惚れ合うて夫婦になった仲。ましてやお勢という子どもまですぐに授かりました。そんなお麦と、死に際にした約束を破ることは出来しまへん。世間では男寡《やもめ》に蛆《うじ》がわくといわれてますけど、わしは人からそないな譏《そし》りを受ける暮らしは決してせいしまへん。少しは長屋のお人たちのお世話になりますけど、お勢を死んだ女房のお麦から預かったと思い、きちんと育て上げるつもりどす。ありがたいお話ではございますけど、どうぞ、先さまに丁重にお断りしとくれやす」

八助は姿勢を正し、理路整然といった。

その顔には、亡妻を偲《しの》ぶ真情がありありとのぞいていた。

「おまえがそれほどにいうのどしたら、先さまにお断りせなあきまへんなあ。お勢ちゃんを死

「そうしまひょ」

んだお麦はんから托されていると思うのどしたら、よほどの固い決意どすやろ。短い間のお付き合いどしたけど、お麦はんは気持の優しいほんまにきちんとしたええお人どした。あんなお人はそんじょそこらには居てはらしまへん。おまえが惚れて夫婦になった気持がようわかります。あの世でこれをきいたお麦はんも、きっと安堵《あんど》してはりますやろ。後で出る　始末におえぬ　冥土の小言――という狂句もありますさかいなあ」

大家の四代目清兵衛は、苦笑していい、あっさり勧めを引っ込めた。

かれから後でそれをきいた長屋の女たちは、それだけ八助はんに大事に思われてるお麦はんは幸せ者やと、お麦を羨ましがるほどであった。うちの宿六なんぞ、うちが死んだりしたらすぐに外から女子を引き込み、機嫌よう端唄でもうたっているに相違ないと、毒突く女もいた。

そうした中で、お勢は元気にすくすくと育っていたのである。

八助には日に日に成長していくお勢を見ているのが生き甲斐で、酒にも女にも、ましてや博奕などには全く目が向かなかった。

「お勢、祇園まつりの鉦が、コンチキチンといつもきこえるようになったなあ。今年はおまえも一人歩きが出来るさかい、小さな下駄を買うてきてやる。親娘しっかり手をつないで、宵山に行こうなあ」

八助は祇園囃子がきこえるようになるとお勢にこういい、数日前、赤い鼻緒の付いた小さな下駄を買ってきた。

台は桐、赤い鼻緒は別珍《べっちん》。履き心地がよさそうだった。

「さあ、これをお母ちゃんが見てくれてはる仏壇の前で、ちょっと履いてみなはれ。新しい浴衣と帯はもう用意してある。それに赤い鼻緒の下駄は似合うやろ。お母ちゃんもよろこんでくれはるわ」

八助は竈に火を入れるのを後廻しにし、子どもが二人居る左官屋のお新の許から引き取ってきたお勢を、仏壇の前に立たせた。

彼女と同じ年頃になる長屋の子どもたちにも、八助は似たような下駄を配っていた。

下駄にすえた鼻緒を強く引っ張り、足の指が入りやすいようにゆるめる。

両膝の間に下駄を挟んでそうした八助は、ほなこれを履いてみなはれと、赤緒の下駄をお勢の足許に差し出した。

「お父ちゃん、おおきに――」

お勢はたどたどしい片言で八助にいい、かれの肩に摑まって下駄を履いた。

小さな足は工合よく二つの下駄にすっぽり納まった。

「お父ちゃん、はけたわ――」

「おお、それでええのや。一人で歩けるか」

かれにいわれ、お勢は畳の上を二、三歩歩いてみせた。

「それでええ、それでええのやわ。お母ちゃんが見てはるさかい、仏壇の前をちょっと歩いてやりいな」

かれのいうのに従い、お勢は仏壇の前を二度往復した。

「ああ、結構なこっちゃ。お母ちゃんもその姿を見て、よろこんでくれてはるやろ。明日の晩には、祇園まつりの宵山に連れてってやるさかいなあ。楽しみに待っとき——」

こうして今夜の宵山になったのであった。

「お父ちゃん、早う連れてってえな。あっちの子もこっちの子も、もう出かけてはるえ」

赤い鼻緒の下駄を履いたお勢は、紺の花柄の浴衣とへこ帯を向かいのお新に着せてもらい、土間で焦《じ》れていた。

「ちょっと待ってえな」

八助はこういいながら自分も浴衣を着て、忙《せわ》しく角帯を締め、仏壇の置き鉦をちんと鳴らした。

——お麦、それではお勢を初めて祇園まつりの宵山に連れて行くさかいなあ。

かれは仏壇に祀ったお麦の位牌に、胸の中でそういった。

祇園まつりの山鉾は、主として四条・烏丸通りと、そこより西に集まっている。人の波はそこへとどっと押しかけ、提灯《ちょうちん》を幾つも点した高い山や鉾が、町々を明るく彩っていた。コンチキチンの鉦の音が、いたるところからひびき渡っているありさまだった。

各山鉾で奏でられる祇園囃子は、室町末期、能楽の影響を受けて成立。江戸期に入って今のように優雅で洗練されたものに化した。

楽器は鉦・太鼓・笛でなり、囃子方の人数は鉾によって違うが、だいたい鉦方が八名、笛方八名、太鼓方二名であった。

山鉾はベルギー製の綴《つづれ》（タペストリー）や、ペルシャやトルコ、また中国からの緞通《だんつう》など、豪華な品々によって飾られている。長刀鉾《なぎなた》を始めとして菊水鉾、函谷鉾《かんこぼこ》、放下鉾《ほうか》、岩戸山、船鉾、橋弁慶山など、いずれも華麗なものばかりだった。

本来、祇園御霊会《ごりょうえ》と呼ばれる祇園まつりは、平安時代の貞観《じょうがん》十一年（八六九）に疫病が流行したとき、その退散を祈願して、長さ二丈ほどの矛《ほこ》六十六本を立てたのが始まりという。室町から南北朝時代に、ほぼいまの形態になったと考えられている。

山鉾は応仁の乱以前には総数五十八基となり、乱によって一時衰微したが、安土・桃山時代に往時のように復活した。

江戸期、宝永・天明の大火によってまた山鉾の数は減ったが、京の町衆の強大な経済力がこれを復活させていた。

「粽《ちまき》、要りまへんかあ――」

鉾町の子どもたちが、山鉾の近くで茅《かや》の葉で巻いた粽を、可愛い声を張り上げて売っている。

この粽は縁起物。中身はないが、これを軒先に下げておけば邪気を払うといわれ、厄除《やくよ》けとして売られているのである。

「お勢、見てみ。あれが橋弁慶山や。弁慶と牛若丸が、五条大橋の上で戦う姿を表してるんや。まだ小っちゃなおまえにはわからへんやろけど、弁慶は鎧姿に大長刀を斜めに構え、牛若丸は欄干の擬宝珠《ぎぼし》の上に足駄金具一本で立ち、右手に太刀《たち》を持ってるのやわ」

お勢は途中で八助から買ってもらった練飴を舐めながら歩いている。

赤緒の下駄が彼女には良く似合った。

八助は人込みがひどいだけに、お勢の小さな手を固く握っていた。

だがお勢の声でその手をふと離した。

「お父ちゃん、下駄が脱げてしもうた」

「早う探して履くんや——」

激しい人込みの中で、二人の会話はほかの声にかき消されていた。

人波に押され、八助の身体は前に動くしかなかった。

「お勢、大丈夫か。お勢、いまどこにいるんやな」

わが子を呼ぶ八助の声には、人込みに対する恐れが滲《にじ》んでいた。

「お勢、お勢——」

かれの声が雑踏に向かって大きく飛ばされた。

「お父ちゃん——」

小さな声がその中からきこえたが、ここで二人の絆はぷつんと切れ、もう元には戻らなかった。

激しい人込みと笑いざわめく声、コンチキチンの音が、うるさくひびいている。

八助は退《の》いてくんなはれ、退いてくんなはれと人々に叫び、お勢を呑み込んだ雑踏の中を力任せに突き進んだ。

「おっちゃん、危ないやないか」

「なにを狂うたように叫んでいるんやな」

「掏摸《すり》にでも遭うたんとちゃうかいな」

そんな声が雑踏の中から上げられただけで、そこに隙間は少しも生じなかった。

「コンチキチン、コンチキチン」

祇園囃子が鳴りひびく鉾町の中を、八助は右往左往し、お勢を必死で探し廻ったが、それがかれとお勢との別れとなってしまった。

時刻が推移し、人込みが次第に薄れてきた。

次にはその人込みが消え、どの鉾町も静まり、人影がまばらになった。

祇園囃子も鳴り止んだ中に、八助がお勢を探す大声だけがひびいた。

「どうしたんじゃ」

人込みの警備と整理に当っていた四座雑色の何人かが、そんな八助に近づいてきた。

「鉾見物に連れてきた小さな子を見失ってしまったのでございます」

「小さな子を見失ったのやと――」

「今頃、一人で家に帰っているのとちゃうか」

「いいえ、まだ三つの女の子で、一人ではとても天性寺前町の長屋には帰れしまへん」

「それならどこか鉾町の会所で、迷子として保護されているのやないか」

四座雑色の男や、それをきいた鉾町の町番屋の者たちが、会所を走り廻ってたずねてくれたが、お勢の消息はどこからも伝えられなかった。

翌日の早朝、八助は天性寺前町の長屋にしょんぼりと帰ってきたが、当日、かれは横にもならなかった。

かれの胸裏には、赤い鼻緒の下駄を手に持ち、自分に向かい泣き叫んでいるお勢の姿が焼き付いたように浮び、どうしても消えなかったのだ。

夕刻になり、三条・寺町と幾つもある鉾町の町番屋に、お勢の行方不明を改めて届け出たが、長い祇園まつりがすんでも、ついにお勢の消息はもたらされなかった。

以来、八助は仕事にも出かけず、お勢を見失った橋弁慶山の辺りを探し廻っていた。

「あのお人、かわいそうに宵山の夜、この界隈で三つの女の子を見失ってしもたんやて」

「赤い鼻緒の下駄を履かせ、連れてきはったんやてなあ――」

「そやけど、今頃、こんなところに居てるはずがないやろ」

「いくら探しても行方がわからへんとは、人攫いにどこぞへ連れて行かれたんと違いますか」

東西両町奉行所も三条・寺町の町番屋から届けを受け、一応、捜査に当ってくれた。だがそれは形式的なもので、年内には打ち切られてしまった。

そして翌年、八助は樽源を辞め、なんとしてもお勢を探し出すため、下駄の歯入れ屋になったのであった。

かれはお勢がどうしても京に居るように思われてならなかったのだ。

下駄の歯入れ屋になって洛中の各町内で商いをつづけていれば、きっとお勢を見付け出せる。彼女が履いていた赤緒の下駄に、巡り会えるかもしれない。あの下駄の裏には、桶作りに使っていた㊇との焼印が捺してあるのだ。

そんな執念に八助は取り憑《つ》かれていた。

それだけにそれらしい年頃の幼い娘を見ると、お調べくださりませと、三条・寺町の町番屋へ走り込んできたのである。

しかしいずれの捜査も徒労に終り、かれはいまや町番屋で厄介者扱いされていた。

「あれからもう三年も経っているんや。片言しか喋れなんだ三つの子も今では六つ。顔付きもすっかり変わってるやろし、三年前の記憶なんか、失ってしもうているに違いないわい」

「実の父親の八助に会うたかて、どこのおっちゃんやろと、戸惑って怖がるかもしれへん」

「三年の月日は、幼い子どもをえらく成長させるさかいなあ。今頃どこで生きているかわからへんけど、宵山の人込みの中で八助から離れて迷い、おそらく酷い奴の手で、どっかへ売り飛ばされてしまったんやろ。六つになれば、ちょっとした手伝い仕事ができ、ませた女の子があと五、六年も経ったら、いっぱし男の相手もするさかい。そもそもこの京に居るとはかぎらへんわい」

三条・寺町の町番屋では、八助がお勢に似た女の子を見掛けたさかい、なんとか町奉行所の同心さまに伝えて調べておくれやすと訴えるたび、かれの言葉を軽んじ、こう噂していたのであった。

だが八助の記憶にあるお勢は、町番屋の男たちがいい合うほど大きく育っておらず、幼い子どものままだった。

長屋の仏壇の前で赤い鼻緒の下駄を履き、八助に笑いかけながら足踏みをしていた。

およその話を町番屋の彦助からきいた菊太郎は、いささか困惑し、しばらく言葉がなかった。

「幼い子どもを男手一つで育てていた八助の娘に対する気持は、特別なものであろう。八助の訴えがどうあれ、とに角、何かにつけて労《いたわ》ってとらせい」

菊太郎にしては少し偉そうな口調で彦助にいい、土間の長床几から刀を摑んで立ち上がった。

このとき中年を過ぎた二人連れの男が、いきなり町番屋に入ってきた。

二人は町番屋の古くからの小者。ときどき表を通りかかる菊太郎の身許を知っていた。

それだけに出合い頭に顔を合わせ驚いた。

「こ、これは、東町奉行所同心組頭・田村銕蔵さまの兄上さま——」

「いや、わしは公事宿の鯉屋で居候をいたしている厄介者じゃ」

菊太郎は鋏蔵の兄だとの言葉を否定する口調で、強くいい切った。

交替の二人を迎えて思いがけないことをきかされ、若い彦助は呆然として長床几からゆっくり腰を上げた。

町番屋の表に出ると、地面すれすれに飛んできた燕《つばめ》が、急に空高く飛翔していった。

三

「お店《たな》さま——」

手代の常吉《つねきち》がお鈴《すず》の居間にきて手をついた。

お鈴の夫の重右衛門《じゅうえもん》は、東山・豊国神社に近い蛭子町《えびすちょう》で、「笹屋《ささや》」と名付けた紙問屋を営んでいた。

東に大和大路が通り、三十三間堂が近かった。

豊臣秀吉の朝鮮出兵の結果に設けられた「耳塚」が、広い屋敷からのぞめた。

「常吉、なんどすえ——」

お鈴は縫い物の手を止め、常吉に目を這わせた。

「へえ、ただいま金魚屋が桶を担いで店にきて、お勢さまにどうどすというてるんどす」

「去年につづいて今年もどすか」

「へえ、お勢さまは金魚屋が担いできた桶のそばに屈み込まれ、熱心に金魚を見ておいでになります」

「そしたらすぐ行きますさかい、おまえは金魚屋はんに内庭へ入っていただき、盥《たらい》に水を汲んでおいてくんなはれ」

お店さまとは、商家の女主を指していう京独特の言葉であった。

「では早速、さようにいたします」

お鈴は縫い終えた糸に玉を結び、それを小鋏《こばさみ》でぷちんと切り、針を落していないかと辺りを見廻して立ち上がった。

四十歳前後、表情に誠実さがうかがわれる女性であった。奉公人から信頼を寄せられ、彼女も優しく接しているようだった。

三年前、蛭子町の町筋を売り声を上げて通りかかった金魚屋は、ここに幼い女の子がいるのを知った。以来三度目、今年も買ってくれるのではないかと、わざわざ訪れたのであろう。

金魚は鮒《ふな》の飼養変種。眼・体色などに著しい変形が見られる。原種の主なものは室町時代末、中国から輸入された。色は紅・白・また紅白交り。和金・琉金《りゅうきん》・朱文金《しゅぶんきん》・出目金など極めて多種に及び、観賞用として夏の風物詩の一つにもなっていた。

お鈴は前掛けを解き、表の内庭に急いだ。

表の広い土間では菰荷《こもに》が届いたとみえ、小僧たちが忙しげに動いていた。

内庭は店の表の左側に、目立たなく黒塗りの板塀で囲われており、潜り戸が設けられている。

金魚屋は常吉によって招き入れられていた。そこに置いた平盥のそばに、この笹屋にきて丸三年、すっかり成長して面変わりしたお勢が蹲り、うれしそうな顔で桶の中を覗き込んでいた。

「お嬢さま、その尾鰭《おびれ》を大きくひらひらさせて泳いでいるのが、琉金でございます。和金は小そうて可愛い金魚でございまっしゃろ」

金魚屋はお勢の機嫌を取るように、猫撫で声でしきりに説明していた。

「うちこの琉金もええけど、小さな和金が可愛くて好きやわあ。どっちをお母はんに買うて貰おうかしらん」

お勢は桶の中を目を輝かせて眺め、金魚屋につぶやいた。

「去年はどっちも七、八匹買うていただきました」

「どの金魚も大きな平鉢でうち大切に飼うていて、まだ一匹も死なせてまへんえ」

「そら大変なことでございますなあ。餌をやり水を替え、寒い暑いに付け金魚を死なせずに飼うのは、手間がかかります」

「お父はんが病気に罹《かか》らんようにと、湧き水を引いてくれはったからどすわ。それを一度、大きな甕《かめ》に移して、それから水を替えてます。餌もきちんとやって、鳥が卵を温めるように大事に飼うてます」

「それはようございますなあ。そんなお人に飼われている金魚は、幸せ者どす」

「うち金魚が大好き。焼いて食べるお人がいてはるそうやけど、そんなお人、嫌いどす」

「そうどすなあ。こんな綺麗な魚を食べるのは惨酷《ざんこく》どすわ。そんなお人の顔が見たいもんどす」

金魚屋とお勢の会話に、常吉が口を挟んできた。

「そうやろ常吉はん。それに金魚は小さな魚、食べるところなんかあらへんはずやわ」

お勢は何かに付けて利口そうだった。

常吉の耳に、長廊からお店さまの近づいてくる足音がきこえた。

かれはそれに気付くと、桶のそばから立ち上がった。

笠を脱いだ金魚屋も、お勢のそばから立ち上がって小腰を折った。

「金魚屋はん、今年もきてくれはったんどすな」

優しい声がかれに掛けられた。

お鈴は内庭の下駄をひろい、笑みを浮べかれらに近づいてきた。

「へえっお店さま、今年も寄せさせていただきました」

「よく忘れずにきておくれどした」

「押し付けがましく存じましたけど、金魚を見てよろこんでいはったお嬢さまのお顔を思い出し、寄らずにおられまへんどした」

金魚売りの男は、お鈴に向かい身体を縮めるようにしていった。

「よう気付いて寄ってくれはりました。お礼をいわさせて貰います」

金魚を指でそっと触ったりしていたお勢は、かがんだまま、お鈴と金魚売りを明るい顔で見上げていた。

「ほなお勢、今年はどの金魚を買わせて貰いまひょ。手代の常吉はんが、盥を用意してくれましたさかい、好きな金魚を金魚屋はんにいうて、その盥の中に入れておもらいやす。そやけど何十匹もはいけまへんえ。金魚があんまり増えたら、世話が大変どすさかいなあ」

お鈴はお勢に買う数を制限した。

「お鈴、おまえそんなことをいわんでもええがな。お勢、好きな金魚がいたら、どれだけ買うてもかまへんえ。わしがいうのやさかい、お母はんも承知してくれはりますやろ」

内庭にかがみ込んだ四人の頭上に、いきなり笹屋の主重右衛門の声が落ちてきた。

「お父はん――」

「おまえさま――」

お鈴とお勢はいきなり声を浴びせられ、手代の常吉と金魚売りもつづいて立ち上がった。

「お鈴、わしはなあ、今日の日のために実は二人に内緒で、結構なギヤマンの大鉢を二つも、大坂の南蛮屋から買うてきてたんや。二つともエゲレスやオランダのお人たちが、金魚を飼うのに使わはるギヤマンの大鉢。桶や鉢とは違うて、水を入れて部屋に置けば、外から金魚の泳ぐ姿がはっきり見えます。そこに今日買うた金魚を入れ、お勢は好きなだけ眺めてたらええのや」

重右衛門は時期がようやくきたというように、満面に笑みを浮べていった。

「おまえさま、ギヤマンの金魚鉢を二つも南蛮屋から買わはって、高おしたやろ」

お鈴は驚いた表情でたずねた。

「ああ、安うはなかったわいな。なにしろギヤマンの金魚鉢。お大名や将軍さましか持ってはらへんもんや。長屋の二、三軒建てられるかもしれへん。お勢がその鉢の中で泳ぐ金魚を眺めてよろこんでいる姿を、おまえも見たいやろ。わしもやわ。そのため何千両出したかて、わしは惜しゅうないわ。そやさかい、そのままちょっと待っててや」

かれは痩せた身体を翻《ひるがえ》し、蔵のほうに急いで消えていった。

次に現れたときには、二人の小僧を従えていた。

小僧たちが大事そうに大きな木箱をそれぞれ抱え、かれの先を歩いてきた。

「そこにそっと置いて、おまえたちは店へ戻りなはれ」

小僧二人が去ると、重右衛門は木箱の紐を解きにかかった。

中から現れたのは、丁寧に薄布団にくるまれたギヤマンの金魚鉢だった。

「お、お父はん、うちこんなん見るの初めてやわ。この中に水を入れ、金魚を泳がせるの――」

「お勢、そんなん決まっているがな」

「うちかてこんなきれいな物を見るのは、初めてどすわ」

「一つはお勢のため。もう一つはお鈴、おまえのために買うておいたんや。どうや、気に入ってくれたか――」

重右衛門は喜ばしげな顔で二人を眺めた。

「おまえさま、そらうれしゅうおすけど、えらい物入りどしたやろ」

「そら、安い買い物ではありまへなんだ。そやけどこの笹屋の身代から考えたら、たいしたことはありまへん」

「お父はん、うちうれし。ギヤマンの鉢の中で泳ぐ金魚、早う見たいわあ」

お勢は弾んだ声で重右衛門にねだった。

「金魚屋はん、おまえ気を付けてこの鉢を水で洗い、中に水をほどほどに張ってくれまへんか。お勢が買いたいという金魚を、そこに入れておくんなはれ」

重右衛門は気楽な口調で頼んだ。

だが金魚売りはすぐには動こうとはしなかった。

「おまえさん、どないしはったんどす」

「だ、旦那さま、それだけはどうぞ勘弁しておくんなはれ。長屋が二棟も三棟も建てられるほど、高価なこんなギヤマンの金魚鉢。もし誤って割ってしもうたら、わしみたいなしがない金魚売りにはまどせ（弁償）しまへん。何卒、ご自分でやっておくれやす」

「おまえ何を恐れてますのや。もし割ってしもうたかて、わたしはまどして貰おうとは思うてまへん。金魚も断らんと買わせていただきます。そやさかい手代が運んできた盥の水を使い、早うお願いしますわ」

重右衛門は笑いながら金魚売りを急かした。

「そうならさせていただきます。けど、こんな高価なぴかぴか光る物に触れたら、勿体なくて手が腫《は》れ上がってしまいまへんやろか――」

「そんなばかなことはありまへん。金魚の代金と手間賃は十分払わせていただきます。その代わり、紙問屋の笹屋がこんなギヤマンの金魚鉢を二つも持ってることは、世間さまには黙っていておくれやす。盗人の耳に入り、徒《いたずら》な騒ぎが起きたらかないまへんさかい」

重右衛門にうながされ、金魚屋はようやくギヤマンの金魚鉢に手をのばした。

鉢の水洗いと水張りは、緊張の許ですぐに終えられた。

口許近くまで水を入れられた金魚鉢が、庭に面した広縁に二つ並べられた。

夏の陽射しを浴び、二つのギヤマンの金魚鉢がきらきらと光っている。

「ああきれい。こんなきれいな鉢の中に、金魚を泳がせて飼うてもええの――」

お勢は顔を紅潮させ、重右衛門にたずねた。

「お勢、勿論やわ。この鉢は、南蛮のお人たちが金魚を飼うて楽しむために拵えられたもん。

おまえがそうしたかて当然や。ほな、金魚屋はんにいうて、そのギヤマンの金魚鉢の中に、好きなだけ金魚を入れて貰いなはれ」

「そやけど旦那さま、あんまり仰山そこに入れたら、お互いが邪魔になって泳ぎにくおっしゃろ。ほどほどがええのと違いますか」

「そうやなあ。いうたわしかてそう思いますわ。金魚屋はん、おまえならこれくらいの鉢にどれほどの数が適当か、知ってはりますやろ。うちの娘とよく相談して、藻と一緒に元気なええ金魚を、選んでその鉢に入れてやっておくれやす」

重右衛門は晴ればれとした顔でいい、胸許の印伝《いんでん》革の財布から小判を取り出し、金魚屋の前に置いた。

「旦那さま、これは一両――」

「ああ、そうどすけど、それは金魚代とご苦労賃。今日はわたしの祝いの日で、お祝儀やと思うて取っておいてくんなはれ」

かれは鷹揚《おうよう》にいったが、その胸には一抹の暗雲がただよっていた。

数日後に祇園まつりの山鉾建てが始まる。

あれからほぼ三年、お勢は六つになり、宵山の人込みの中で起ったあの出来事を、すっかり忘れてしまっている。

だが毎年、祇園まつりが近づいてくるにつれ、かれの胸は痛く疼《うず》いてならなかったのだ。

かれにとって祇園まつりの期間は、すべてを忘れ去りたい一ヵ月余りであった。

コンチキチンの鉦の音はきくのも嫌で、町内から宵山の山鉾見物に出かける人々を見るたび、両手で目を覆いたくなるほどだった。神幸祭や後祭《あとのまつり》がすむと、自分がようやく蘇生したように感じていた。

笹屋の先代は奈良の生れ。その先代と共に自分は懸命に働き、東大寺の引きもあって二代で財を築いた。

だが不幸なことに、奈良の郡山から娶ったお鈴との間には、子どもが恵まれなかった。

笹屋を継がせるためにどうしても子どもが欲しい。清水寺へ千度詣でもし、願人《がんにん》坊主に頼み、愛宕山にも参ってもらった。

ところが子どもはなんとしても授からなかった。

こうなれば、親類から養子をと物色したが、重右衛門にもお鈴の身内にも、帯に短し襷《たすき》に長しの諺通り、適当な人物がいなかった。

そんな悩みを抱えて三年前、二人は祇園まつりの宵山に出かけた。

酷い人出が夫婦の身体を揉んだ。

「コンチキチン、コンチキチン」

祇園囃子をきき、あちこちの山鉾を見物しても、二人の心は一向に晴れなかった。

娘を着飾らせ、宵山見物に訪れている親娘連れを見ると、羨ましくて泣けそうだった。

雑踏の中をこうして「橋弁慶山」まできたとき、ちょっとした騒ぎが起った。

あまりの混雑で、親子連れが握っていた手を離してしまったようだった。

「お父ちゃん、下駄が脱げてしもうた」

「早う探して履くんや——」

「お勢、大丈夫か。お勢、いまどこにいるんやな」

そんな声が、喧《やかま》しい人声の中から一度だけかすかにきこえてきた。

その後、人込みに揉まれ重右衛門がふとそばを見ると、幼い子どもが脱げた下駄の片方を両手で持ち、人に揉みくちゃにされていた。

——これでは子どもが揉み殺されてしまう。

かれは咄嗟《とっさ》に強い力で周りの人々を押し退け、赤い緒の下駄を持つ彼女を抱き上げた。

「どこにも怪我はしてまへんか」

「どうやら小さな足を誰にも踏まれんと無事どしたわ」

やっと人込みから脱け出した重右衛門とお鈴は、お勢の両足を見てほっと安堵の息をついた。

重右衛門が抱いた三つぐらいの女の子は色が白く、器量も悪くなさそうだった。

このときから夫婦の間に、次第に暗黙の了解ができてきた。

「あんたお名はなんというのや」

「お勢、お勢ちゃんどす」

「お家はどこどす」

「うちまだ小さいさかい、それ知りまへんねん」

「そう、仕方がないなあ」

山鉾町の会所や四座雑色に、彼女のことを届け出るべきだが、夫婦はそら仕方がないなあなどといいつづけてお勢をそれとなく宥《なだ》め、ついには蛭子町の店まで連れてきてしまった。

その深夜からお勢は暑気に負けたのか、高い熱を出して六日間ほど寝付いた。

この高熱が彼女の記憶を急激に失わせたようだった。

その間、お鈴は自分の居間で必死にお勢の看護に当った。

重右衛門も交替でお勢を看た。

「お勢ちゃん、小母《おば》ちゃん、いやお母はんの顔がわかるか――」

お鈴が彼女にたずねると、お勢はうんとうなずいた。

「水をちょっと飲みまひょか――」

「うちお腹《なか》が空いた」

「そしたら柔らかい鰻《うなぎ》御飯でも食べますか」

「鰻御飯、うちそれを食べる」

お勢はいくらか元気になり、小さな茶碗で二回もお替わりをした。満腹になると、また昏々と寝込んだ。

途中、彼女は幾度かお父ちゃんと寝言をつぶやいたが、お母ちゃんとは一度もいわなかった。

「あの子にはお母はんが居てへんのかもしれまへんなあ」

「そしたらおまえが、お母はんになってやったらええのやがな」

重右衛門とお鈴には、迷子とはいえ人の子を預かって看病しているという意識が、次第に薄れてきていた。

お勢もお鈴と重右衛門に馴れてきたのか、二人に怪訝《けげん》な顔は見せなかった。

自分は以前からここに居るのだというごく自然な態度であった。

重右衛門は、宵山見物でわが子を見失った樽屋の職人が、町番屋や町奉行所に届けを出し、懸命にその子を探しているという町の噂をきいていた。

それでも自分たちがその子を保護していると、届け出る気持には一向にならなかった。

「あの子は橋弁慶山さまが、わたしたちにおくれやしたお勢というありがたい子どもや。よその子ではあらへん。神さまが授けてくれはったんや」

「考えたらそうどすわ」

お鈴も力強い声で重右衛門の言葉を肯定した。

笹屋の奉公人たちは、店の奥で育てられているお勢を見掛けても、特別不審を抱かなかった。きっと親戚の中から選ばれて養女となり、店にきているのだろうと安易に考えていた。

お勢は幼いだけにすぐ何もかも忘れてしまったのか、日に日にお鈴たちに馴染んだ。自分の今の暮らしに全く疑問を抱いていないようだった。

翌年になり、笹屋の重右衛門は、樽源の職人だったお勢の父親の八助が、わが子を探すため下駄の歯入れ屋に転業し、町歩きを始めたとの噂を町できいてきた。

重右衛門はその八助が、寺町・天性寺前町の長屋に住んでいることも、すでに調べて知っていた。

妻のお鈴には内密に、かれは天性寺前町の界隈を歩く日もあった。

お勢の行方を案じつづける八助の苦しみをよそに、自分たちは彼女を楽しく養っている。そんな後ろ暗い行為を咎める気持からだった。

——わたしたちはこれでええのやろか。

重右衛門はいつも自分に問いかけていた。

「コンチキチン、コンチキチン」

今年もまた祇園まつりが始まっていた。

四

祇園まつりが終り、七月十六日に精霊送りとして如意ヶ岳で行われる「大文字」の送り火もすみ、京はめっきり秋めいてきた。

「八助、そなたまだ寝ているのか――」

菊太郎は天性寺前町の長屋にくると、八助の家の戸をがたぴしと開け、奥に声をかけた。

「へえ、ふて寝をしてますのやわな」

それにしては生きいきとした明るい声が届いてきた。

鉋で木を削る音がきこえる。

八助は奥で莚を敷き、下駄の歯入れをしているに違いなかった。

「ともかく入るぞ――」

「へえ、遠慮のうどうぞ」

再び明るい声が跳ね返ってくるのは心地よかった。

菊太郎は三条・寺町の町番屋で八助に会ってから、ときどきかれの許を訪れ、その相談に乗っていた。

「町奉行所なんぞはな、始めこそ一応、迷子探しの相談にも乗ってくれるが、それは上辺《うわべ》だけで、だいたい放ったらかし。すぐ打ち切りにしてしまうのじゃ。貧乏人の切ない親心などわかろうといたさぬのよ」

「そうすると、菊太郎の旦那の弟はんもそうどすかいな」

「いや、わしの弟は違うわい。銕蔵とその配下たちは町を見廻るとき、それとなく目を光らせてくれておる。しかしながら、はぐれてから三年も過ぎ、お勢ちゃんの顔付きも変わっているに相違ない。何か手掛かりがあればよいのだがなあ。人込みの中で性根の腐った奴に助けられ、人買いの手に渡っていたら、もうどうにも仕様がないぞよ」

「わしは決してそうやない、お勢は必ずこの京に居てると思うてます。そやさかい樽源を辞めて下駄の歯入れ屋になり、町商いをして探しているんどす」

「わしが居候をしている公事宿鯉屋の主の源十郎も協力してくれているぞ。お勢ちゃんとはぐれた経緯や年齢などを書いた回状を同業者に廻し、心当りがあったら是非知らせて欲しい、報奨金は十両と定めて探しておる」

「報奨金が十両、わしにそんな金はあらしまへんで」

「金は鯉屋が自腹を切って出すのじゃ。心配いたさずともよい」

「お勢は器量良しどすけど、顔に黒子《ほくろ》も切り傷もなし、これといった特徴があらしまへん。それでは探し出せしまへんわ。裏に㊇の焼印を捺したお勢の下駄も、出てきまへんしなあ。六歳になった今、どこぞ大店に売り飛ばされ、子守りでもさせられてますのやろ」

八助は悲嘆する顔でいっていた。晴れた日には下駄の歯入れの行商に出かけ、ときには町辻で仕事をしながら、そばにしゃがみ込む菊太郎に愚痴ったりしていた。

このまま歳月だけが過ぎ、自分とお勢との距離はますます離れていく。彼女の幼い記憶も、全く失われてしまうに違いなかった。

だが、それが十日程前から少し違ってきた。

菊太郎が鯉屋源十郎とともにきて、あることを八助に打ち明けたからである。

菊太郎が天性寺前町の八助の長屋を訪れた折、これまで三度、その長屋の前で身形《みなり》のいい同一の人物が、何か躊躇《ためら》いながら短い距離を往き来しているのを目にしていたのである。

三度目、ぴんと感じるものがあった。

相手の後をそっとつけると、かれは大和大路通りを南に向かい、蛭子町に達した。

「旦那さま、お戻りなされませ」

かれが潜っていった大店の暖簾には、「紙問屋　笹屋」と、墨地に白文字が染め抜かれていた。

菊太郎は奥に姿を消しかけたかれを追い、店の土間に入った。

「お武家さま、どのような紙がご入用でございましょう」

番頭らしい年配の男から丁重にたずねられた。

「今ほど店に入っていったのは、この店の主じゃな」

「はい、さようでございます」

「ならばこんな侍が、三条の天性寺前町から後をつけてきたと伝えて貰いたい。それでわしの用は主にわかるはずじゃ」

「畏まりましてございます。早速、そのようにもうし伝えます」

番頭は菊太郎に一礼し、奥に立っていった。

その後、すぐに戻ってきた番頭に、どうぞ奥座敷へお通りくださいませと案内され、菊太郎は自分の勘が適中していたと確信した。

奥座敷には、光琳の描いた大きな「達磨図」が掛かっていた。

やがて先程の人物が蒼白な顔で入ってきた。

「お茶だけ持ってきて、ここには誰も近づかんようにしておくんなはれ」

一緒に付いてきた奉公人にいい付けると、かれはわたしは笹屋重右衛門ともうしますと、身体を縮めるようにして名乗った。

「わしは姉小路で店を開く公事宿鯉屋に居候をしている田村菊太郎ともうす。ところでそなたは何用があって、三条の天性寺前町の長屋の前をうろついていたのじゃ。そなたを見掛けたのは三度。いつも早朝か夕暮れ時で、何か理由《わけ》ありげに見て取れた。こちらにはそれをたずねる仔細がござってなあ」

菊太郎は緊張で身体を硬くしている重右衛門のそれをほぐすように、笑顔できたただした。

「はいこうなれば、もう正直にもうさねば、始末が付きかねましょう。あの長屋には、八助はんという元桶職人のお人がおいでになります。今は下駄の歯入れ屋になって、三年前、祇園まつりの宵山で、人込みに揉まれて迷子にならはったお勢ちゃんというお子を探してはります。そのお勢ちゃんは実は今、この笹屋でわが子同然に養わせていただいているのでございます」

かれは顔を伏せたまま、消え入らんばかりの態度で一気にいった。

「やはりわしが思った通りだったのじゃな。白ばくれずによく明かしてくれた。礼をもうすぞよ」

「それできいていただきたいのは、その経緯でございます。宵山の夜、橋弁慶山の近くは酷い人込み。赤い鼻緒の下駄の片方を手に持った小さなお勢ちゃんは、人波に揉みくちゃにされ、踏み付けられて死にそうでございました。それを思わず庇うて抱き上げ、四座雑色のお人か鉾町の会所にでも届け出ようと思いました。けど、妻のお鈴と夫婦になって二十年余り、一向に子どもに恵まれなかったわたしは、急にお勢ちゃんがわが子のように思え、迷子として届け出る気持を失うてしまったのでございます。父親の八助はんが下駄の歯入れ屋になってまで、お勢ちゃんの行方を血眼《ちまなこ》で探してはるのは、人の噂できいて知っていました。わたしはそのお勢ちゃんをわが子と偽り、あれから三年も育てていることに、いつも後ろめたさを覚えておりました。いっそ思い切って八助はんに会い、お詫びしようかと思い、お鈴には内緒で何度も天性寺前町の長屋の近くを、迷いながら歩いていたのでございます」

　重右衛門は目に涙を浮べ、菊太郎に一切の事情を明かした。

「なるほど、そなたの言葉に嘘いつわりはなさそうじゃ。子を持った親の気持を、そなたは十分に察しているのじゃな」

　菊太郎はしんみりとした声でいった。

「勿論、察しているつもりでございますけど、わたしがしたのは、人攫いも同然の悪事。いくらお勢ちゃんを大事に育てていても、ことが明らかになったら、その罪を問われなりまへん」

「それはそれとして、お勢ちゃんはそなたたち夫婦に懐いておるのか――」

「はい、それはよく懐いてくれ、わたしと妻のお鈴を、本当の両親だと思っているようでございます」

「それはよかった。そうでなければ、八助を苦しめただけで、お勢ちゃんを育てた甲斐がなかったことになる。わしはそれをきき、事を荒立てようとは思うておらぬぞ。鯉屋の主源十郎とも相談し、この事態をどう治めたらよいやら、じっくり思案せねばならぬわい」

「こうなったらわたしは、八助はんに謝ってお勢ちゃんをお返しもうし上げます。かどわかしの罪で店は闕所《けっしょ》、夫婦とも島流しにされても仕方がないと考えております」

「いやいや、性急に何をいうのじゃ。わしはお勢ちゃんが幸せに暮らしているのであれば、今更、事を荒立てようとは思わぬともうしているであろうが。重右衛門どの、今こそ何事も先走らずに、落ち着いて考えねばなりませぬぞ」

「はい、畏まりました」

重右衛門は眉をひそめ小さくうなずいた。

「さてここで改めて考えれば、八助は長屋住まいの貧しい片親の下駄の歯入れ屋。一方のそなたは大きな紙問屋の主で立派な連れ合いもおられる。お勢ちゃんがどちらで育てられれば幸せかを、その立場に立って考えてやらねばなるまい――」

菊太郎は両の腕を組んで瞑目した。

それは思い掛けない相談をいきなり受けた源十郎も同じであった。

「これはほんまにむつかしい話どすなあ。そやけどどうしても結論を出さないかんのどしたら、わたしはお勢ちゃんを笹屋の娘にしていただきますわ。若い娘にとって貧乏は辛おすさかい」

かれの意見は現実的だった。

二人はその夜、天性寺前の八助の長屋を訪れ、かれに一切を打ち明けた。

「な、なんやて。お勢が生きて、大店の娘として育てられていたのどすかいな。この三年、この三年、わしはいったい何をしてたんや。人の子をようもわが子として知らん顔で育てくさってきたもんや。ど畜生めが――」

八助は目から大粒の涙を流しながら、破れ襖を足蹴にして喚《わめ》き散らした。

だがその激怒が治まると、かれは菊太郎と源十郎の前で両腕を組み、黙考し始めた。

笹屋重右衛門の言葉をきいて吟味し、お勢の先々をよく考えたのであった。

自分は貧しい一介の職人に過ぎない。どう頑張ってもお勢を十分幸せにしてやれないだろう。彼女が笹屋の娘として大事に育てられているのなら、自分が引き退《さが》るべきではないかという結論に、やがて達したのであった。

「そしたら菊太郎の旦那に鯉屋の旦那。一度だけ、一度だけでええさかい、わしをお勢に会わせていただけしまへんやろか」

かれは目の涙を拭って二人に頼んだ。

結果、二人が八助を伴って笹屋を訪れ、お勢に会うことになった。

その旨が笹屋重右衛門に伝えられ、数日後、三人は笹屋に着くと、すぐ客座敷に案内された。

美しい庭が右手に広がっている。

床の間の掛け軸は酒井抱一筆の「秋草図」だった。

「お久し振りでございます。よくおいでくださいました」

お勢を両側から挟み、客座敷に入ってきた重右衛門夫婦は、畏まって三人に平伏した。

「いや、東福寺までできたもんどすさかい、ちょっと寄せて貰うただけどす。お勢ちゃんも大きくならはりましたなあ」

源十郎が何気ない口調で挨拶を返した。

「おまえさまがお勢ちゃんどすか――」

八助は客座敷に入ってきてから、自分をまじまじと見ているわが子のお勢に声をかけた。

「おじちゃん、おじちゃんは確か桶屋のおじちゃんとちゃうの。うちを覚えていてくれはったん。うち大きくなったやろ」

彼女は三年も過ぎ、ほとんどのことを忘れていたが、八助の顔だけはかすかに覚えていたのである。

その彼女が履いていた赤緒の下駄は、重右衛門の手で絹の風呂敷に丁寧に包まれ、店の蔵の棚に仕舞い込まれていた。

「そ、そうや。三年振りに会うたさかい、わしもお勢ちゃんがこんなに大きくなっているとは思わなんだわ」

かれは涙声になりながら微笑を浮べた。

「桶屋の八助はんや。お勢、一遍抱いておもらい」

「そうや、三年前、おまえは八助はんの腕に抱かれ、よう遊んで貰うたもんどす」

重右衛門夫婦にいわれ、お勢は八助の腕の中に飛び込んできた。

八助の口から大きな号泣が迸《ほとばし》った。

笹屋重右衛門から八助に一つの提案があった。自分たちがすべてを援助する、一軒店を構え、桶屋なり下駄屋なりを始めてはどうかというものであった。

だが八助は、それでは娘を金で売ったも同然になると、全く取り合わなかった。

「わしはなんとか下駄の歯入れ屋をして頑張りますけど、元気で働けて、みなさまに喜んでいただけたらそれで十分。敢えて店を持ちたいとは思いまへん。お勢の幸せそうな顔を見てから、なんやわし、身も心もすべてが軽う感じられますねん」

かれは誰がどう説いてもきかなかった。

「菊太郎の旦那、今日は朝から雨が降り出しそうどすさかい、外稼ぎは止めたんどすわ。それより旦那、旦那は、掌の中でいつも、象牙の玉みたいな物を転がすように握ってはりますけど、それはいったい何どす」

「これは安蔵ともうす根付作りの名人が彫ってくれた、普通、一壺天と名付けられる根付じゃ。壺中の天とももうしてな。小さな壺の中に別世界があるとの考えからきたものじゃ。わしが持つこの割れ壺の根付の中には、山や粗末な藁《わら》屋根の家、滝まで刻まれ、その滝を人が茫洋《ぼうよう》と立って見ているのじゃわ」

「禅の世界の考えどすやろけど、旦那は人間元来無一物という言葉を知ってはりますやろ」

「おお、よく知っておるぞ」

「その言葉には、前句があるのをご存じありまへんやろ」

「ああ、それは知らぬなあ」

「歳月名利《みょうり》を忘滅《ぼうめつ》させ、人間元来無一物というのどすわ」

まさに八助は、人間元来無一物を地で行こうとしている。

「そなた、とんでもない言葉を知っているのじゃなあ。それを教えてくれた代わりに、この一壺天の根付をくれてやってもよいぞ」

菊太郎は思わずいっていた。

これを売り払い、八助が店を一軒持てたらと、急に思い付いたからである。

またこの根付を腰にぶら下げ、下駄の歯入れ屋をしているのも悪くはなかった。秋風が寒々しく感じられるようになっていた。

虹の見えた日

一

風が冷たさを加えてきた。

公事宿「鯉屋」の暖簾がそれを受けて翻《ひるがえ》り、秋がひっそり近づいているのを感じさせた。

先程、その鯉屋に美濃屋のお信とお清母娘《おやこ》が、焼団子を包んだ手土産をたずさえ、畏まった顔付きで入っていった。

お清はすでに十四歳、母親のお信より背丈が高く、手まり髷が似合うほどになっている。目鼻立ちが整って器量がよく、意志の強そうな白い顔に、才幹の片鱗《へんりん》がはっきりうかがわれた。あちこちの寺子屋で学び、四書五経をはじめ、さまざまな書物を読破してきたことが、お清にはその血肉となっているようだった。

帳場に坐っていた下代《げだい》の吉左衛門の驚き声で、奥から急いで出迎えにきた鯉屋のお店《たな》さま（女主）お多佳も改まった態度であった。

「これはお信さまにお清はん、ようおいでくださいました。さあどうぞ、上がっておくれやす」

お多佳は両膝をつき、慇懃《いんぎん》に二人を招き上げた。土間に立つ鶴太と正太が、身体を硬くして二人を眺めていた。

「いきなりお訪ねしてもうしわけございまへん」

母親のお信に先立って挨拶したのはお清だった。

「お二人がうちの旦那さまと吉左衛門はんに、何か相談のあることは、菊太郎の若旦那さまからちょっとだけきいてました。それで若旦那さまはご一緒ではないんどすか――」

「はい、菊太郎さまは一応、お清の話をきいてくださいました。けど、わしは相談には乗りかねる、とにかく鯉屋の源十郎さまと吉左衛門さまに話してみることじゃと、仰せられるばかりどした」

店の床《ゆか》で挨拶をすませた後、お信がお清の顔をちらっと眺め、お多佳に伝えた。

「それで菊太郎の若旦那さまは今どないしてはります」

「右衛門七はんと店番をするといわはり、襷をかけ、店で団子を焼いて売ってはります」

「ほんまに若旦那さまは天衣無縫なお人柄どすさかいなあ。それで上手に団子を焼いてはりますやろか」

お信の返事をきき、お多佳は嘆かわしげな声でいい、首をすくめた。

「鯉屋のお店さま、それどしたら菊太郎さまは、右衛門七はんに教えられたのか、母より上手に団子を焼き、お客はんに愛想までいうて売ってはりますえ。腕白《わんぱく》な子どもたちには、団子を買う銭があるならそれで筆と紙を買い、いろは文字でも学べと説教してはります。そして上達したかなどと問わはり、子どもたちがいろは文字を書いてきた紙を改め、それから団子を売らはるほどどす。文字が間違うていたら、書き直してまいれというて、団子を売らはらしまへん。一方、上手に書いてきた子どもには、ご褒美やというて団子をやってはります」

お清が笑いをふくんだ声でいった。

「それでは儲けになりまへんがな。若旦那さまは銭勘定のできへんお人。お信さま、そんなお人に店を委せてきてええのどすか」

お多佳は眉を翳《かげ》らせてきいた。

「それくらいの損は、あらかじめ儲けの中に含まれてます。それに菊太郎さまが店へお立ちになると、にわかに女子のお客はんが増え、団子がすぐに売り切れてしまうんどす」

お信は袂《たもと》で口許を覆い、小さく笑いながらいった。

「菊太郎の若旦那さまは、まさか脇差を帯びたままではございまへんやろなあ」

「へえ、さすがにそうはしてはらしまへん。それでもすぐ手の届くところに、脇差を置いてはります」

今度、答えたのはお清だった。

お多佳がこうたずねたのは、菊太郎が時折、自分は人から徒《いたずら》な恨みを多く抱かれている、まことに理不尽だが、こちらの考えは先方には通じぬものじゃでなあと概嘆しているのを、耳にしていたからだった。

徒な恨みは、公事訴訟やその解決に関わることから発生しており、手前勝手な刃《やいば》は突然、かれに襲いかかる恐れがあったのだ。

菊太郎は公事宿鯉屋の居候だと自らいい立て、さまざまな問題の解決に当ってきた。それだけに、一方的に抱かれる恨みを忘れず胸に刻み込み、さりげない顔をしながら、日々の暮らしの中でも注意を怠らなかったのである。

「旦那さまは手代《てだい》の喜六を連れ、東町奉行所の公事溜りにお出かけどすけど、間もなくお戻りのはず。そやさかいお店さま、お二人にはお座敷でしばらくお待ちいただきますわ。それにしても菊太郎の若旦那さまが、旦那さまやわたしに話してみろといわはりながら、お二人に付いてきはらへんとは、いったいどうしたことどすやろ。お店さまに何か心当りはございまへんか」

母娘を座敷に案内した後、歩廊で待っていた吉左衛門は、後から座敷に茶を運んできたお多佳にたずねかけた。

「いいえ吉左衛門はん、うちには何の心当りもおへん。おまえにもないのどしたら、旦那さまのお帰りを待つしかありまへんわ」

「へえ、そうどすなあ。ともかく菊太郎の若旦那さまが、お信さま母娘の相談を、旦那さまやこのわたしに振ってくるとは、なんや変どす。ちょっと冷たいおかしな態度どすわ」

「ほんまにおかしな態度で、戸惑ってしまいますがな」

二人が小声でこういいながら帳場に戻ったとき、折よく主の源十郎が表の暖簾をくぐり、東町奉行所の公事溜りから帰ってきた。

「お戻りやす——」

「何事もございまへんどしたか」

正太と鶴太が源十郎に出迎えの声をかけ、吉左衛門が後をつづけた。

公事溜りとは、訴訟活動を円滑に運ぶため、主《おも》に公事宿の者が情報収集などのために詰める町奉行所の部屋。いま進められている原告や訴訟人の糺《ただし》（審理）や対決（口頭弁論）に付き添うため、お白洲へ出るのに待機したり、また〈出入物〉として目安《めやす》（訴状）で訴えられた事件を町奉行所が吟味して、そこにいる公事宿の下代や手代たちに振り分ける場所でもあった。

ここに詰めるのは多く下代や手代だったが、重要な対決や糺のときには、公事宿の主が原告や被疑者などと共にお白洲に出廷し、吟味役に向かい口添えをするためひかえるのであった。

「吉左衛門、人間の欲には果てがありまへんわ。こっちが考えているように、そうそう簡単には片付けられしまへん。まだまだお調べがつづきそうどす」

源十郎に従ってきた喜六が、正太から塩皿を受け取り、苦々しげな顔で自分たちの足許と外に塩を撒いている。

これは浄《きよ》めの塩。お白洲で後味の悪い思いをしたとき、必ず行われる公事宿の小さな慣《なら》わしであった。

いま鯉屋源十郎が引き受けているのは遺産争い。兄弟二人がともに一歩も退かず、酷い係争をこの半年余りつづけていた。

「やっぱりさようどすか」

　吉左衛門が眉を翳らせてつぶやいた。

　喜六が浄めの塩を撒いたのを確かめた源十郎の目が、土間に揃えて脱がれた女物の草履にふと向けられた。

「お多佳、誰か女子のお客はんがきておいでどすか――」

「へえ旦那さま――」

　吉左衛門がお多佳より先に急いで答えた。

「二人とも急になんどす」

「実は祇園の新橋から、お信さまとお清はんが、旦那さまにご相談があるというておいでになっているんどす」

「お信はんとお清はんが揃うてどすか。菊太郎の若旦那からちらっとききましたけど、ほんまにきはりましたんやな。それで若旦那もご一緒どすか」

「旦那さま、それがそうではないんどす。おいでになったのは、お信さまとお清はんのお二人だけ。若旦那さまは右衛門七はんと店で留守番。団子を焼いて売ってはるそうどす」

「若旦那が団子を焼いて売ってはる。さまにはなってまへんやろけど、若旦那らしおすわ。それにしても、お信はんとお清はんの相談事に若旦那が同席しはらへんとは、なんやけったいどすなあ」

源十郎はこれをきき、ありありと顔に不審の色をにじませた。

「菊太郎の若旦那さまは、お信さま母娘《おやこ》の相談には乗られへんと、はっきりいわはったそうどす。なんでどっしゃろ」

「はてそうすると、お信はん母娘の相談とはいったい何やろと考えなあきまへんなあ」

源十郎は妻のお多佳にではなく、不審をにじませた顔を吉左衛門に向けていった。

「物騒でややこしく、容易でない相談かもしれまへんなあ」

羽織を脱ぎながら帳場に向かう源十郎の背に、吉左衛門の声が覆いかぶさった。

「旦那さま、失礼ながらお二人の別れ話ではありまへんやろか」

「お多佳、おまえ何を妙なことを考えますのや。もしそうなら、お信はんがここへ相談にきはったのは、若旦那と別れるためということになりますやないか。若旦那は美濃屋で団子を焼いて売ってはるんどっせ」

「そやけど、そう考えると合点がいきますなあ」

「吉左衛門、おまえまで変な当て推量をいわんときなはれ。菊太郎の若旦那とお信はんは、少々の不都合で別れ話になる関係ではありまへん。もしそうなら若旦那は、誰にも何もいわんと、黙ってこの京からそっと姿を消してしまわはる質《たち》のお人。店でのほほんと団子なんか焼いてはりまへんわ」

「へえ、改めて考えたらその通りでございます」

吉左衛門は自分の推量を恥じるように首をすくめた。

「お二人は座敷で待ってはりますのやな。お多佳、わたしにお茶をいっぱい飲ませてくんなはれ。それを飲んでから、お信はん母娘にお会いさせていただきまひょ。吉左衛門、おまえとお多佳もそのとき付いてくるんどす」

「旦那さま、畏まりました」

お多佳が茶の用意のため中暖簾をくぐって奥に消えるのを見送り、吉左衛門はほっとした口調でいった。

「吉左衛門、後から目安で四条の呉服屋『夷屋《えびすや》』を訴えたお人が、これからの相談のため店にきはりますさかい、そのつもりでいておくれやす」

「四条の呉服屋夷屋を訴えたとは、またなんでどすな。夷屋は四条・富小路に店を構えるこの京でも名だたる大店《おおだな》。それで訴えたのはどこのどなたさまどす」

かれは驚いた表情で源十郎にたずねた。

夷屋は四条通りの北側に間口十間余りの店を構え、奉公人が数十人もいるほどの店だった。京の人たちはその夷屋の商いに信頼を寄せ、女客は特にそうだった。

「町奉行所に夷屋を訴えたのは、三条・御幸町《ごこまち》の瀬戸物問屋『多治見屋《たじみや》』治兵衛《じへえ》はんどす」

「多治見屋というたら、これまた三条界隈では名の通った大店。この一件が世間に知れたら、ちょっとした騒ぎになり、次第によってはどっちかの店が潰れかねしまへんなあ」

「そやさかい吟味役頭の酒井弥大夫《さかいやだゆう》さまは、お奉行さまのご用人の本多喜内《おんだきない》さまとご相談され、わたしに多治見屋の公事に当れと仰せられたんどす」

「目安で夷屋を訴えたのはどんな事柄からどす」

「それはやがてここにこられる多治見屋治兵衛はんから改めて直接、きくことになってます」

「今日は何やら忙しい一日になりそうどすなあ」

「公事宿が忙しいのは、喜ばしいことではありまへんけど、美濃屋のお信はんの相談は、意外に面倒な話ではありまへんやろ。わたしはそう思うてます」

源十郎はお多佳が運んできた筒茶碗の茶を二口三口飲み、ではと吉左衛門をうながして立ち上がった。

「お多佳、おまえもおいでなはれ」

源十郎にいわれ、彼女ははいとうなずいた。

客座敷の襖は吉左衛門の手で開けられた。

「これは美濃屋のお信はん、ようおいでくださいました。お清はんもきれいにならはりましたなあ」

源十郎はそつなくお清にも声をかけ、二人の前に坐った。

「お忙しいのを承知していながら、おうかがいも立てんと突然にお訪ねいたしましたご無礼を、どうぞ許しておくれやす。町奉行所へお出掛けになってはったそうどすなあ」

お信は恐縮して両手をついて詫びた。

ともに低頭したお清の辞儀姿の美しさに、源十郎は思わず見惚《みと》れた。

「何をいわはりますやら。お信はんとお清はんがきてくれはるのどしたら、どなたさまのおいでも断ってお会いせなならしまへん。菊太郎の若旦那はこのところ美濃屋へ行かれたままどすけど、お元気どすか」

「はい鯉屋の旦那さま、菊太郎さまは毎日元気でお過しになり、今日は商いの手助けをいたすと、襷掛けで頑張って団子を焼いてはります」

源十郎に答えたのはお清だった。

手まり髷に結んだ髷の簪《かんざし》がきらっと光った。

それらの言動から、彼女は十四歳ながら急速に大人びてきているようすがうかがわれた。

「菊太郎の若旦那さまは楽しいお人どすさかいなあ」

二人のこうした落ち着き振りから、母娘そろって相談にきた一件は、浮ついた男女の問題などではなさそうだった。

「ところでわたしだけではなく、吉左衛門にも相談をときましたけど、それはいったいどんなことでございまひょ」

源十郎は安堵した口調でたずねた。

「はい、突然どすけど、このお清のこれからについてでございます」

お信がやや声を震わせ、遠慮気味にいった。

「お清はんのこれから――」

いきなり思い掛けないことをいわれ、源十郎は狼狽した。

お多佳と吉左衛門の表情も同じであった。

「はい、さようでございます」

「鯉屋の旦那さまに下代の吉左衛門さま、うちははっきり女公事師になろうと決めました。この鯉屋で修業奉公をさせていただきたいとはもうしまへん。どこぞで奉公できるように、計ろうていただきたいんどす。小さなときから寺子屋に通い、それなりに学問に励み、人の心得や世の中の仕組みなどを学んでまいりました。この京に女公事師は一人もおられしまへんけど、うちはその女公事師になりたいんどす。是非、その道をうちに示していただけしまへんやろか」

両手をついたまま顔を上げ、お清は源十郎と吉左衛門の顔を瞬《まばた》きもせずに見詰め、一気にはっきりといった。

「お清はんが女公事師に――」

源十郎や吉左衛門はさすがに驚いた。

お多佳は小さな声を発し、目を見張ったほどだった。

「さようでございます。うちは子どもの頃から、菊太郎さまが話してくれはる鯉屋の出来事をきき、実は将来は女公事師になりたいと、ずっと思うてまいりました」

彼女の口調には強い決意がにじんでいた。

「お清はん、そら思いもよらんことを考えていはったもんどすなあ。いまそれをきいてほんまに驚きました。けどお上の御定書《おさだめがき》に、女公事師は罷《まか》り成らぬとはどこにも書かれていいしまへん。ただ世間の汚い裏を仕切らなならん公事師になる女子はんが、これまでいなかっただけどす」

源十郎は理路整然としたお清のもうし出に、たじたじとしながら答えた。

彼女を以前にはお清ちゃんと呼んでいたのが、いつの間にかお清はんに変わり、一人前の女性として遇している自分に気付かされていた。

公事師は人の争いごとを食い物にしているとして、江戸時代から近代まで一面、ひどく嫌われてきた。

明治になって代言《だいげん》、代書という呼称が生れ、やがて同九年（一八七六）、「代言人規則」が発布され、近代的訴訟制度、弁護人制度が出来るまで、公事師は人から疎《うと》まれてきたのであった。

だが江戸時代末、京に「桑名屋《くわなや》」お民《たみ》という女公事師がいたとの記録が見られる。また「郵便報知新聞」明治九年十一月十五日付けの記事のほかに、「雷名とどろく、女代言人の園輝子《そのてるこ》」の記事があり、同女は氷店を経営し、その繁盛ぶりが伝えられている。

代言人が氷店を経営していたとは奇妙に思われるが、当時は江戸から明治にと世相が激動している時代で、おそらく「公事宿」が形を変えていたのであろう。

明治元年（一八六八）三月、京都市中の取締役所は京都裁判所、更には京都府と改称され、司法制度をふくめ各地方行政機関の諸制度は、次第に改められつつあった。

旧幕時代、村落での紛争解決の方法は、ほとんど「内済《ないさい》」が原則であった。内済——とは事件を表沙汰にしないで、内々話し合いですませることをいう。こうした時代、女公事師は存在していたが、嫌われ蔑視《べっし》されるその性質上、訴訟制度の上に名前が出てこなかったのである。

「そしたら鯉屋の旦那さまは、うちの奉公先をこの鯉屋ではなく、どこかに頼んでくれはりますのやな」

「はいな、鯉屋に奉公して貰うたら、どうしても甘えさせてしまいますさかい」

源十郎がお清にいったとき、下京《しもぎょう》のほうから激しく打ち鳴らされる半鐘の音がきこえてきた。

「どこかで火事みたいどす。ここ十日ほど日照りつづき、大きく燃え広がらなんだらええのどすけどなあ」

吉左衛門が誰にともなくつぶやいた。

そのとき店に誰か訪れた気配が届いてきた。

「おいでなされませ——」

手代の喜六の声であった。

そしてすぐ座敷の外でかれの声がひっそりひびいた。

「旦那さま、多治見屋治兵衛さまがおいでになりました」

それをきいた源十郎と吉左衛門の表情が急に改まった。

「お信さま、いま店においでになったお客さまは、町奉行所の吟味役頭さまから、特別に扱えと命じられた公事訴訟のお人どす。もうしわけございまへんけど、お清はんをここに残し、店へお戻りくださいませ。お清はんは暫《しばら》く、この鯉屋が確かにお預かりいたします。菊太郎の若旦那には、よろしくお伝えしておいておくんなはれ」

お信には源十郎の腹の内がすぐに読めた。

おそらく厄介な事件に違いないその処理を、かれは女公事師になりたいというお清に、逐一見せるつもりなのだろう。

「はい、それでは何卒、よろしくお頼みもうし上げます」

彼女は急いで腰を上げ、右手を軽く畳に触れて源十郎と吉左衛門、お多佳に低頭した。

「お清はん、よろしいな。いきなりやけど、公事訴訟の成り行きを見せて上げますわ」

お信の背後で源十郎の声がかすかにきこえた。

座敷を出てすぐ店とを隔てる暖簾のそばで、絹物を着た中年すぎの男と行きちがった。

かれが多治見屋治兵衛に相違なかった。

案内する喜六の顔が緊張していた。

二

「多治見屋さま、こちらでございます。どうぞ、お入りくださいませ」

座敷の外で喜六が正座して襖を開き、かれを部屋にとうながした。

「では失礼いたしますよ」

多治見屋治兵衛は誰にともなくいい、そのままなんの気なしに座敷に入り、ぎょっとして立ち竦《すく》んだ。

そこにはすでに鯉屋源十郎と店の下代らしい初老の男が、ひかえていたからであった。

そのうえまだ若い娘が、初老の男のそばにきりっとした顔で坐っていた。

「多治見屋さま、こちらにおいでになっとくれやす。ここにいるのは下代の吉左衛門、それに見習い修業のお清でございます」

二人が立ったままの多治見屋治兵衛にそれぞれ名乗って挨拶し、お清は部屋の隅からさっと新しい座布団を取り出し、どうぞと多治見屋に勧めた。

「それでは遠慮なく坐らせていただきますよ。それにしても鯉屋はん、こんなに若いまだおぼこい娘はんが、公事宿の見習い修業とは、びっくりさせられますなあ」

かれは度肝を抜かれた表情でつぶやいた。

おぼこ——とは世間のことをまだよく知らず、世馴れていないことをいう。ういういしい娘、生娘《きむすめ》を指す言葉で、『運歩色葉集《うんぽいろはしゅう》』には小児、おぼこ息子などと記されている。

「これは驚かせてすんまへん。わたしの身内同然のお人の娘はんでまだ十四歳。そやのに、女だてらに女公事師になりたいといいますさかい、同座させましてございます」

「十四歳にしては落ち着いた娘はんどすなあ。いずれにしたところで賢おすのやろ。いま鯉屋はんは女だてらにと、非難めいていわはりました。けど女子はんがいてはらなんだら、世の中は塩梅よう回っていかしまへんやろ。京にも江戸や諸国のお城下や村にも、口利き婆さん、遣《や》り手婆《てばばあ》と口軽く呼ばれる年配の女子はんがいてはり、世間の揉め事を収めたり、あれこれ世話を焼いたりしてはります。女公事師の一人や二人京にいたかて、わたしは少しもおかしいとは思いまへん。さてそれはそれとして、わたしの公事訴訟について相談させていただきまひょか——」

ここで多治見屋治兵衛の態度は一変して厳しくなった。

「そうさせていただきます。下代の吉左衛門、それにお清、多治見屋さまが公事宿の橘屋《たちばなや》はんを通して東町奉行所に出入物として出さはった目安を、わたしは吟味役頭の酒井弥大夫さまから読まされました。それで多治見屋さまが、呉服屋の夷屋を訴えはるのも、無理はないと思いましたわ。多治見屋さまが夷屋の正右衛門《しょうえもん》はんと、お白洲で決着を付けたいといわはるお気持もようわかります。呉服屋夷屋の商いはそれは酷《ひど》いもんどすさかい」

「そうでございまっしゃろ。誰でもこれをきいたら、あきれて腹を立てはるはずどす。夷屋は京で随一の呉服屋。わたしは恨みがあって公事訴訟を起したわけではございまへん。商いは違いますけど、わたしも少しは人さまに知られたやき物問屋の多治見屋。どちらも正しい商いをせなあきまへん。今度の公事は世間の商いの道を正すために、どうしてもせなならんのどす」

「ほんまにその通りで、関係のないこのわたしでも腹を立てております」

源十郎がこういったとき、お清の目がきらっと光った。

かれの言葉を咎める目付きであった。

どんな事件にしたところで、公事宿の主が客に同調し、感情的になってはならない。その詳細な事情をきくのはこれからだが、その原則に変わりはないはずだった。

「公事宿の橘屋はんから奉行所に届けられた目安を、鯉屋はんも確かに読んでくれはったんどすな」

多治見屋治兵衛は憤ろしい表情を幾分、和らげてたずねた。

「はい、しっかり読ませていただきました」

「今日はその一回目の糺として、吟味役頭さまに事情をきかれるため、町奉行所にまいったんどす。そやのに吟味役頭の酒井弥大夫さまから、鯉屋はんの許にまいれと仰せ付けられるとは、思いもしまへんどした。橘屋はんもご承知のことやそうどすなあ」

「その通りでございます」

「するとわたしには、公事宿の橘屋はんと鯉屋はんのお二人が付くわけどすか」

「そうなりますけど、公事にかかる費用は、一軒分でええようになっております」

「そんな費用のことなんか、どうでもよろしゅうおす。それよりこっちが公事宿二軒で対したら、夷屋は驚いてどこの公事宿を選びまっしゃろ。まさか二条陣屋に二千両三千両の大金を積んで頼み、この公事訴訟にどうしても勝とうとするのではありまへんやろなあ」

　多治見屋治兵衛は声を力ませていった。

　二条陣屋は小川家といい、二条城や町奉行所で公事に関わる大名などが宿舎としたため〈陣屋〉と称され、公事宿の総支配の立場に置かれていた。

　大宮通り御池下ルに店を構え、米・両替商や生薬《しょうやく》商を営み、貴人の駕籠《かご》などをかく駕輿丁《かよちょう》役をつとめる御用商人でもあった。
　一、二階に数寄屋造りの贅をつくした大小二十ほどの部屋を配し、要人の宿舎らしく防犯や防火にはさまざま配慮がなされていた。大広間を天井裏から見下ろす武者隠し、釣り梯子《ばしご》、落し階段などが造られていたほか、外は漆喰《しっくい》壁の塗籠《ぬりごめ》、軒先には濡れ莚を掛けるための釘まで打たれ、お能の間は大広間に隣接して設けられていた。
　それだけに京を代表するような大店の多治見屋と夷屋が、公事で対決するとなると、二条陣屋まで巻き込み、食うか食われるかの争いに発展しかねなかった。

「さて多治見屋さま、下代の吉左衛門にも知っておいて貰わなあきまへんさかい、目安に書かれていた事件の仔細を、改めてきかせていただきまひょか」

源十郎はゆっくりした口調で治兵衛をうながした。

このとき半鐘の音が再び南から届いてきた。

今度はあちこちで乱打されている。

火事が大きく広がっているようすだった。

源十郎にうながされた多治見屋治兵衛は、半鐘の音にふと目を投げ、それからようやく語り始めた。

「わたしのお袋はもう七十五歳になります。そやさかい空気がよくて静かな東山・高台寺の近くに、隠居所を構えて貰い、小女と老僕の二人を付けておりました。そやけどそれがやはり間違いの元どした」

多治見屋治兵衛の母親は於蕗《おふき》といった。

七十五歳だけに、髪は真っ白になっていたが、腰も曲がらずにいたって元気であった。

朝は早くに起き、老僕を供にして、散歩かたがた清水寺や祇園社などへ参詣に出かける。

隠居所に帰ってくると、ひと風呂浴びて朝食を取った後、またひと眠りした。

昼御飯をわずかに食べてから、今度は小女のお初《はつ》を伴い、鴨川を渡って町中《まちなか》へ出かけた。

市中の社寺詣でに毎日を費やしていたが、小間物と呉服が好きでそんな店を巡っていた。

また茶湯を好み、池坊の立花を嗜《たしな》んでいた。

彼女は社寺の門前や市中の路上に物乞いがいると、必ず施しをするのを忘れなかった。

「唐代の天台山国清寺《こくせいじ》に、寒山《かんざん》と拾得《じっとく》いうお坊さまがいてはりました。寒山さまは豊干《ぶかん》という高僧に師事して厨《くりや》で大寺のご飯を炊《た》き、今では寒山詩といわれる詩を書いてはりましたけど、奇行が多く、いつも破れた法衣を着て、それは汚らしい恰好をしておいでどした。そやけどほんまは文殊菩薩《もんじゅぼさつ》さまの化身やったそうどす。拾得さまも豊干さまに師事して、寒山さまと共に住んでおられました。上役のお坊さまからお掃除ばかりを命じられ、いつも箒を持って広い天台山の庭を掃いておられたそうどす。奇行が多いのと身形が汚いのは、寒山さまと同じどしたけど、拾得さまは実のところ普賢《ふげん》菩薩さまの化身やったといいます。そやさかい身形の汚い物乞いやからといい、疎《おろそ》かにしたらあきまへん。ほんまに偉いお人や尊いお人は、身形を汚くしてこの世に現れはるからどす」

於蕗はかれらを見ると、決まって南鐐《なんりよう》一朱銀一枚を施したが、そのときには立ち止まり、かれらに向かい両手を合わせた。

「多治見屋のご隠居さまは信心深いお人や。あれやったら間違いなく極楽に行かはるわ」

「あのお人のそばに寄ると、なんやありがたい気分になるわいな」

「ありがたい気分やと。それはどんな気分なんや」

「一口にはいえへんけど、とにかく拝みたくなるような尊い感じがするのやわな。おまえ、わしの言葉が嘘やと思うたら、多治見屋のご隠居さまの近くに寄ってみるこっちゃ。大店のご隠居さまは、あれくらいの風格を備えてなあかん。世の中には蔵を幾つも持ってる大店のご隠居さまでも、一文の銭も惜しむ吝嗇《けち》なお人が多いけどなあ」

京の市中ではこんな噂が立っていた。

彼女は市中に出て四条にくると、必ず四条・富小路の呉服屋夷屋に立ち寄った。

「これは多治見屋のご隠居さま、ようおいでくださいました」

彼女が夷屋を訪れると、総番頭の市兵衛《いちべえ》や一番番頭の宗助《そうすけ》のほか、手代や小僧にいたるまでみんなが愛想笑いを浮べ、揉み手をして迎えた。

於蕗が三条・御幸町の店に住んでいた頃には、夷屋は季節に先立ち、番頭が高級な反物を小僧に背負わせ、多治見屋を訪れていた。彼女の居間でそれらを次々に披露し、好みの物を置いていった。

羽織や道行き、別誂《べつあつら》えの品になると、総番頭の市兵衛が度々足を運び、あれこれ相談に耽っていた。有名な絵師に下絵を描いて貰った友禅のきものも少なくなかった。

「うちはお義母《かあ》はんの着道楽にはほんまに驚いてます」

多治見屋治兵衛の妻のお琴《こと》が、ときどきふともらしたりしていた。

「お母はんは十年前に死なはった親父さまと、九州の伊万里や瀬戸、美濃の窯場まで出かけ、佳《よ》いやき物を安く仕入れるため、気張ってきはりました。そんなお人がお父はんの死後、わたしに商いをすべて譲り、隠居しはったんどす。そやさかい、何か楽しみが要りまっしゃろ。着道楽の支払いはご自分の持ち金で賄《まかな》い、うちらにはなんの迷惑もかけてはらしまへん。残り少ない人生なんやさかい、好きなようにして貰うてたらええのと違いますか」

治兵衛は妻のお琴に折に触れいっていた。

多治見屋の初代は美濃・大萱《おおがや》の出身。京のやき物問屋へ奉公にきて、三代かかって今の大店にしたのである。

当代の治兵衛で四代目。奉公人のお仕着せは夷屋ではなく、ほかの店で用立て、お琴もそうであった。

「旦那さまにはうちが愚痴をいうてるようにきこえたかもしれまへん。けどうちは、買わはったきものが箪笥の肥しにならんように、お義母はんにはまだまだお元気で長生きしていただきたいと思うてます」

夫婦は一男二女に恵まれ、かれらも息災に成長している。長男の芳太郎《よしたろう》は商いの勉強に励み、古陶の鑑定にも興味を抱くようになっていた。

将来の心配は何もなかった。

ところがこの夏になり、治兵衛の心にある危惧が生れていた。

それは母親の於蕗に〈惚《ぼ》け〉がきているのではないかとの疑いであった。

こう考えた発端は、妻お琴の亡父、下京の花屋町で仏具屋を営んでいた「銭屋《ぜにや》」九右衛門《きゅうえもん》の十三回忌の折のことであった。

こうした遠忌の弔問者は、だいたい黒か薄墨色の喪服で参列するが、そのとき隠居の於蕗は、夏にも拘らず鮮やかな水色の縮緬《ちりめん》の袷《あわせ》、しかも付け下げに黒の絽羽織《ろばおり》を着てきたのだ。

僧侶の読経《どきょう》の声が流れている。

遅れて銭屋の大広間に現れた於蕗の姿を見て、参列者は一斉に目を見張った。

治兵衛とお琴夫婦は、特にはっと顔色を変えた。

——お母はん、ここはわたしの嫁お琴のお父はんの遠忌の場所なんどすえ。いったいどうしてそんな変なきものを着てきはったんどす。わたしに恥をかかせるようなことを、なんでしはるんどすな。いくら気楽なご隠居はんでも、それでは通らしまへんえ。

於蕗は仏壇の正面に据えられた立派な位牌に参り、自分の座に平然としたようすで戻っている。

治兵衛はそんな母親の顔を恨みがましい目で睨み付け、胸の中で毒突いた。

参列者たちが於蕗を冷たい目で眺め、ひそひそと囁《ささや》き合っている。

それだけに治兵衛は全くいたたまれない気持だった。

遠忌に招かれた僧侶の長い読経がやがてすむと、かれはひたいに浮んだ冷汗をようやく拭い、銭屋の離れにと急いで退いた。

お琴の弟で、治兵衛には義弟になる清太郎《せいたろう》と、妻のお琴があわただしく後を追ってきた。

「多治見屋のお義兄《にい》さん、高台寺のご隠居さまは遠忌のお膳をお断りどしたさかい、駕籠《かご》を用意して戻っていただきました」

義弟の清太郎がおずおずとかれに告げた。

「清太郎はん、えらい不作法な服装《なり》ですすまんことどした。お袋に誰か付いておりましたか
――」

「はい、小女のお初はんが従っておいでどした。それにしてもお義兄さん、あんなことぐらいそう気にせんかてよろしおすえ」

清太郎は柔らかい口調で治兵衛の怒りをなだめてくれた。

「おおきに清太郎はん。それでもわたしはおまえさまや妻のお琴、親戚の方々に謝らなあきまへん。ほんまに不作法な次第でございました。わたしの目がお袋の隠居所まで行き届いておらなんだことを、深くお詫びいたします」

かれは両手を畳について低頭した。

「お義兄さん、何もそうまで謝らはらんでもええのと違いますか」

「清太郎、うちも多治見屋の嫁として、おまえにお詫びをいわななりまへん。これはうちが、お義母はんの暮らし向きに目を向けんと、放ったらかしておいたからどす」

「お琴、それは違いまっせ。わたしはおまえに、お袋の好きなようにさせておいてくれと、いつも頼んでましたさかいなあ」

「まあお義兄さんと姉さん、そんないい争いをせんと、少し頭を冷しておくんなはれ。高台寺

のご隠居さまはお歳《とし》どすさかい、銭屋の遠忌にはこれを着て行こうと思いながら、ふと何かの拍子に着間違いをしはっただけどっしゃろ。きっとそうどすわ」

銭屋の清太郎はあくまでも穏便にすまそうと、二人を懸命になだめつづけた。

数日後、治兵衛は東山・高台寺の於蕗の隠居所を訪れた。

彼女がお初を供に町歩きに出かけているのを、見越した訪問であった。

「こ、これは多治見屋の旦那さま——」

急に現れた治兵衛を見て、老僕の米蔵《よねぞう》が驚いて片膝をついた。

「米蔵、お袋さまが外出しているのは知っております。それを承知でこうしてやってきたのどす」

「ご隠居さまがお留守なのをご承知で——」

かれは怪訝な目で治兵衛を見上げた。

「お袋さまが留守の内に、わたしの目で確かめたいことがあるのどす。居間に案内しとくれやす」

治兵衛の一声で米蔵はへえっとうなずいた。

治兵衛はここ一年余り、母親の隠居所にほとんど足を運んでいなかった。

訪れても庭に面した縁側に腰を下ろし、あわただしく茶を飲むぐらいであった。

米蔵はかれをすぐ於蕗の居間へと案内した。

八畳のそこにくると、治兵衛の目に真新しい二棹《ふたさお》の桐箪笥がまず目に付いた。

柾目《まさめ》の通ったすこぶる立派な物だった。

治兵衛はとりあえずその箪笥の引き出しの一つを開けてみた。

そこには予想していた通り、高価そうなきものがぎっしり詰まっていた。

しゃきっとした感じの絽《ろ》や紗《しゃ》の夏物をはじめ、大島や結城《ゆうき》、母親の年には合わない花模様の友禅染めまであった。

かれは箪笥の引き出しを次から次にと改めたが、いずれも同じで、若い娘しか用いない黄八《きはち》丈《じょう》のきものや、赤い鹿《か》の子《こ》絞りの帯も見られた。

次に小引き出しを開けると、そこには精緻に組まれた帯締めがびっしり納まっていた。

年相応に用いられる物もあったが、ざっと見てちぐはぐな品があふれていた。

「米蔵、これはお袋さまが買わはった物どすか」

「へえ、どれも四条の夷屋の番頭はんや手代はんが届けてくれはった物で、ご隠居さまが町へお出かけになって、お買い求めになられましたんやろ。ときには夷屋から番頭はんが、小僧に大きな風呂敷包みを荷《にな》わせてきて、それで勧められて買わはった反物もございます。そんな物、ご隠居さまにはとても似合わへんと思われる品でも、上手に勧められてお買いになっているのを、わしはおそれながら、何度も何度もおそばで呆れて見ておりました。わしも小女のお初も、呉服屋の夷屋はご隠居さまがご贔屓にしてはるのに突け込み、えげつない商いをするもんやと、実は腹を立てていた次第でございます」

「えげつない商い――」

「へえ、ご隠居さまには派手すぎる反物やのに、よう似合うてはりますと揉み手をしてお世辞をいい、ついには買わせてしまうんどす。商いは貧乏人からは儲けられんと、裕富なお人に取り入るのも仕方ありまへんけど、程度がございます。もうこうなったら、お暇を出されるのを覚悟でいわなあきまへん。ご隠居さまは少し惚けてきてはり、呉服屋の夷屋はそれに付け込み、大きな商いをしているんどすわ」

米蔵は憤懣《ふんまん》をぶちまけるようにいった。

「やっぱりどすか。わたしもそうやないかと思うてました。それで呉服物の値段はようわかりまへんけど、部屋の隅に幾つも積まれている行李《こうり》の中の物も含めると、優に千両を超えてましょうな」

「旦那さま、そんなんですみましょうか。お初もご隠居さまのお供をしてここに帰るたび、どうしようどうしようと悩みつづけ、夷屋の遣り口は承知しておりました。一、二度、旦那さまにお知らせしようと二人で話し合いましたけど、告げ口はご隠居さまを辱《はずかし》めるように思い、じっと堪《こら》えていたんどす」

「米蔵、それで十分どす。よく正直なところをきかせてくれました。惚けた相手にお世辞を並べ立て、高価な物を売りつづける夷屋の商法には、呆れてものもいえまへん。そやけどこのまま放っておいたら、商いの神さまにもうしわけが立ちまへん。わたしは懇意の呉服屋に、これらのあらかたを値踏みさせます。そうして公事宿と相談し、夷屋に対して公事訴訟を起します。そうでもせな、胸の怒りが治まりまへんわ」

こうして多治見屋治兵衛が人の紹介を受けて選んだのが、鯉屋から数軒離れた公事宿橘屋であった。

橘屋から届けられた訴状を読み、吟味役頭の酒井弥大夫は驚いた。

対決・糺となれば、夷屋が負けるに決まっている。訴状を読む限り、多治見屋の隠居が夷屋から買い入れた呉服物一切の値は二千五、六百両であった。

出入物としてこのまま訴訟を進ませれば、京一番の呉服屋夷屋は商い停止となる。店は勿論、家屋敷家財は没収され、付加刑として夷屋正右衛門や総番頭たちには死罪、遠島、追放——のいずれかがもうし付けられるだろう。

二千五、六百両の金は、大商人にはさしたる額ではなかろうが、惚けた老婆にうまく取り入り、不法に利益を貪《むさぼ》るのは詐取《さしゅ》も同然。司法としてこれを放置しておけなかった。

だが工合の悪いことに、夷屋は京都所司代や町奉行所のお仕着せを一切、賄《まかな》わせている店であった。

そのため吟味役頭の酒井弥大夫は、町奉行の用人本多喜内と鳩首し、公事宿橘屋の相談役として、同業の鯉屋源十郎を付けたのであった。

訴えられた夷屋は、江戸の日本橋に江戸店《だな》を持つほどの大店。店の存亡を賭け、財力にものをいわせ、どんな手を打ってくるかわかったものではない。だが何より用人や吟味役頭が恐れたのは、事件の推移によって京の経済に信用不安が起り、それが町全体に波及することであった。

多治見屋治兵衛はだいたいを語り終え、ほっと息をついた。

「わたしは橘屋はんや鯉屋はんに公事を委せたからというて、こうして安心してはおられまへん。商いの道を、どうしてもお奉行さまに正していただくつもりでいてます。場合によったら江戸へ行き、幕府のご老中さまに直訴する所存。けどもしそうなったら、わたしで四代目になる多治見屋も、世間を騒がせた廉《かど》でお咎めを受け、潰れるかもしれまへん」

かれはそういい、渇いた喉を茶で潤した。

「多治見屋さま、そうまでになりましょうか——」

下代の吉左衛門が驚いた顔でたずねた。

「そやけど多治見屋の旦那さま、周囲のことも考えんと、怒りにまかせて揉め事を解決しようとしはりますと、碌な結果にはならんのと違いますか。短気は損気。相手に悪いところは悪いと認めさせ、それだけの償いをして貰い、こっちも譲るところは譲るのが一番やと、うちは思います。双方のお店でどれだけのお人が働いてはるか、多治見屋と夷屋の旦那さま方に考えて貰いとうおすわ」

突然、お清が誰にともなくつぶやいた。

源十郎はぎょっとしてお清の顔を眺めた。

いきなり大の大人にこんな口を利くとは、考えもしなかったからであった。

こうした発言は、菊太郎の薫陶の賜物に違いなかろう。

「鯉屋はん、思い切ったことを遠慮なくいわはる娘はんどすなあ。これで十四歳。負うた子に教えられといいますけど、二つの店が潰れたりしたら、五、六十人の奉公人が路頭に迷い、その家族を含めたら、二百人ほどが難儀することになります。そのうえ方々に迷惑をかけますわなあ。わたしも改めて考えさせて貰わなあきまへん。おおきに、大事なことに気付かせてくれはり、ありがとうさんでございました」

治兵衛は顔に笑みを刻み、率直にお清に軽く頭を下げた。

半鐘の音がまだつづいていた。

店の表からきこえてくる声によれば、火事は下京の仏光寺に近い鍛冶町《かじちょう》通りの東の一帯のようだった。

鍛冶町通りは高辻通りから始まり、五条通りで終っている。

火事は御幸町通りで多少、上下に延焼したようすであった。

「多治見屋さま、明後日は吟味役頭の酒井さまのお部屋で、夷屋の旦那さまと話をしていただかなあきまへん。そのように仰せ付けられておりますさかい」

源十郎が治兵衛に説明した。

「お白洲ではないのどすか――」

「その前に相談をというわけどっしゃろ。多治見屋さまと夷屋さまは、ともにこの京にとっては大事な大店。吟味役頭さまは双方に傷を付けたくないと、お考えなのでございましょう」

「それはわかりました。よろしゅうにお頼みいたします。そしたらそこへ、このお清はんも連れてきはったらいかがどす。わたしに短気は損気といわはったその度胸が、気に入ったからどす。わたしは小生意気な小娘とは決して思うておりまへんえ。これは賢いお子で、これからの修業次第で立派な女公事師になれまっしゃろ」

かれはお清に笑いかけていった。

その日は夕刻から雨になり、雨は翌日も降りつづいた。

三

「雨は今日で三日目。冷たい雨どすなあ」

「これは涙雨、鍛治町通り界隈を焼いた大火事の涙雨どっしゃろ。仰山のお人が家を焼かれ、難儀をしてはるそうどすわ」

正太や鶴太たちが口々にいうのをききながら、源十郎はかれらが差しかける傘を受け取った。

吉左衛門とお清を従え、鯉屋を後にして東町奉行所に向かった。

お清は凛とした態度で源十郎の後に従い、臆した気配は全くうかがわれなかった。

先程までお多佳が鏡の前に彼女を坐らせ、手まり髷に丁寧に櫛《くし》を入れていた。

「お清はん、お侍はんどしたらこれが元服やと思いなはれ」

「お店さま、さっそく出陣というわけどすか。そしたら懐剣を帯に差して出かけとうおす」

「懐剣はないわけではありまへんけど、それは大袈裟どすさかい、代わりに扇にしておきなはれ。扇のほうが可愛らしゅうおす。年若いお清はんみたいなお人が度胸を据え、行儀よく旦那さまのお供をして町奉行所の吟味役頭さまとお会いしてたら、そんな可愛らしい姿のほうが、かえって男はんには怖《こわ》いかもしれまへんえ」

お多佳の説得にお清はこっくりとうなずいた。

今日の糺は正式なものではなく、町奉行の用人本多喜内と吟味役頭の酒井弥大夫の計らいによって、吟味役頭の部屋で内々行われる。

多治見屋の側に公事宿橘屋と鯉屋が付き、相手の呉服屋夷屋にはどこの公事宿が付くのか、橘屋にも鯉屋にも知らされていなかった。

まさか二条陣屋の当主とは考えられないが、そこの下代ぐらいは出てくるのではないかと、源十郎は思っていた。

夷屋の行為は悪いに決まっている。

夷屋は正式なお白洲が開かれたとき、処罰を少しでも軽くするため、二条陣屋に千両箱を幾つか届け、すでにその用意をしているかもしれなかった。

町奉行所の用人や吟味役頭たちは、夷屋に味方しているわけではない。だが裁許の結果次第で、夷屋の多くの奉公人に働く場所を失わせ、更には京の呉服屋仲間や全国の織物の生産地などに悪い影響を及ぼすのを、恐れているのは確実だった。

そのため役部屋で内々行われる糺は、町奉行の意向として、内済ですませられないかとの相談だろうと考えられた。

酒井弥大夫は訴訟に持ち込まずに、談合和解させようとしているに違いなかった。

夷屋はおそらく内済を一番望んでおり、橘屋と鯉屋はそう多治見屋を説き伏せて欲しいと、用人や酒井弥大夫に懇願される公算が大きかった。

そしてそれについてなら、源十郎は確信らしい感触を多治見屋治兵衛に抱いていた。

——短気は損気……双方のお店でどれだけのお人が働いてはるか、多治見屋と夷屋の旦那さま方に考えて貰いとうおすわ。

と治兵衛にいったお清の言葉からだった。

彼女の言葉をきいた治兵衛は、あれから随分考え方が柔軟になり、事件は夷屋の出方次第では、内済ですまされる可能性が高かった。

だが夷屋正右衛門は江戸店を持つほどの大店だけに、あるいは意地を張り、金に飽かせて幕府の老中や若年寄に圧力をかけさせ、この公事に勝とうとする恐れもあった。そのときには、こちらもそれなりに対抗せねばならなくなる。

呉服屋でも江戸店を持つとは大変なことで、夷屋は日本でも指折りの呉服屋なのであった。

源十郎につづいて東町奉行所に向かうお清は、雨できものが濡れないように、桐油紙《とうゆがみ》で拵えられた雨合羽《あまガッパ》を着て高下駄を履き、きものの裾をつまみ上げていた。

合羽は本来ポルトガル語。雨天の際、外出に用いる外套《がいとう》をいう。ポルトガル人に接した日本人が、衣服を広く覆う目的で模して製したもので、最初は裕富な人たちのため羅紗《らしゃ》などで作られた。やがて綿布、桐油紙製などが現れ、袖を付けられた。

元は袖がなく、坊主合羽、丸合羽ともいわれ、木綿のものを引回しと呼んだ。

映画に登場する旅人《たびにん》などが着ている合羽は、大概は縞模様で木綿の引回しであった。

大粒の雨が二条城のお堀の水面《みのも》を騒がせている。

土砂降りといってもよく、その雨が源十郎やお清がさす傘を激しく叩き、大きな音をひびかせていた。

「ひどい雨の中のお勤め、ご苦労さまでございます。公事宿の鯉屋、御門を通らせていただきます」

東町奉行所の四脚門の前で立ち止まり、そこに立つ二人の御門番に挨拶をする。

双方は古くから顔見知りだが、これは慣例としていつもなされている儀礼であった。

これが菊太郎なら、かれは名乗りもせずに罷り通るぞと一声、御門番たちに浴びせるだけに決まっていた。

「公事宿の鯉屋はんかいな。お互い雨の中をご苦労さまなこっちゃ。どうぞ、通っておくれやす」

歴代、町方から雇われている御門番の一人が、それでもおやっと表情を変えた。

源十郎に従う吉左衛門の顔は知っていたが、合羽を着た若い女子がつづいていたからであった。

「鯉屋はん、ちょっと待っとくれやす」

四脚門を通りかけた源十郎たちに、御門番の一人が制止の声をかけた。

「はい、何でございましょう」

御門の下で一旦、閉じた傘を再び開こうとした手を止め、源十郎は御門番にたずねた。

「お連れのお一人は、下代の吉左衛門さまと承知しておりますけど、もう一人は若い女子はんどすなあ」

「はい、そうでございます」

「女子はんは何か特別な理由でおいでになったものとして役目柄、一応おたずねせなあきまへん。お奉行所のどなたさまかが、お呼びになったんどすか――」

御門番の質問は遠慮気味だった。

「いいえ、町奉行所のどなたさまからも呼び付けられたわけではございまへん。公事宿鯉屋の見習い奉公人として、吟味役頭の酒井弥大夫さまの許へ参上するのでございます」

「鯉屋の見習い奉公人の一人として――」

御門番の眉は不審でひそめられた。

「この女子はお清といい、女公事師になりたいともうしますゆえ、わたしが承知した者どす。本日は酒井弥大夫さまの許でご吟味の筋がございまして、勉学のためにそのようすを見せようと、こうして伴ってきたのでございます」

源十郎は丁寧に説明した。

「こんな若い女子はんが、女公事師にならはるんどすか――」

御門番は呆れてつぶやいた。

「さようでございます」

「女公事師、そんな公事師がほんまに商いを始めたら、評判を呼びまっしゃろなあ」

「御門番どの、それはまだまだ先のこと。今はその気でおりますけど、堅い決意も公事の厄介を見ききして変わるかも知れまへん」

「それにしても女公事師を志すとは、若いのにどえらい女子はんどすなあ。こうして御門に立っているだけのわしたちも、将来を楽しみにしておりますわ。ならばどうぞ、お通りになってくんなはれ」

「ありがたいお言葉を賜り、当人も一層励む気になったはずでございます。お礼をもうし上げます」

源十郎が御門番に低頭するのにつぎ、お清も手まり髷の頭を丁重に下げた。

今日は吟味役頭酒井弥大夫の役部屋を訪れるため、源十郎たちは公事溜りには行かず、町奉行所の表玄関のほうに向かった。

「やれやれ、女公事師になりたいとは、途方もない望みを持つ女子もいるもんじゃ」

「世の中も変わってきたさかい、そんな女子の一人や二人いたかておかしくないがな。町では口利き婆さんと呼ばれるお人たちが、公事師と同じように近所の揉め事を立派にさばいてはる。そんな類の女子が一人、やがて株を買うて公事宿を営むいうだけのこっちゃ」

表玄関に向かう源十郎たちの耳に、御門番たちのこんな声が届いていた。

東町奉行所の表玄関で声をかけると、式台に取次ぎ役がすぐに現れた。

「公事宿鯉屋の源十郎でございます。吟味役頭酒井弥大夫さまのお召しによって参上いたしました。何卒、お取次ぎのほどをお願いもうし上げます」

源十郎は取次ぎ役のかれに挨拶した。

「おおこの雨の中、時刻通りにまいられたのじゃな。すでに公事宿橘屋の主どのと、多治見屋治兵衛どのがおいででございますわい。ご案内いたしますゆえ、上がられるがよかろう」

参上する時刻は九つ半（午後一時）のはずであった。

東町奉行所内部の間取りについては、源十郎もあまり詳しくは知らなかった。

長短の廊下をいくつも過ぎ、やっと一部屋に案内された。

「橘屋の主清右衛門《せいえもん》どの、鯉屋の源十郎どのがまいられましてござる」

取次ぎ役の若い武士は廊下に片膝をつき、部屋の中に声をかけて襖を開いた。

どうやらここが吟味役頭酒井弥大夫の役部屋のようであった。

「おお、鯉屋の源十郎はんがおいでになりましたか。多治見屋さまともどもお待ちいたしておりましたわい。こんな雨の中をご苦労さまでございますなあ」

橘屋清右衛門が腰を浮かせてかれを迎えた。

下代の伝兵衛《でんべえ》が清右衛門に従っていた。

「多治見屋治兵衛さまにもお待たせしてすんまへん」

「いやいや、わたしらが早かったにすぎまへん。雨の中を定刻通りにおいで願い、ありがたいことでございます」

「なに、こっちは仕事でございますさかい——」

源十郎はそういったが、そこに坐る三人の目が、後ろにひかえる吉左衛門にではなく、お清に注がれているのにはっと気付いた。

「もうし遅れました。これはわたしの身内も同然の娘。お清ともうし、まだ十四歳の小娘でございます。そやけどあれこれ学問をいたし、どうしても女公事師になりたいといいますさかい、やれるものならやったらええと、今日は現場の一つを見せるため連れてまいりました。何卒、勝手を許しておくんなはれ」

　源十郎に紹介され、お清は三人に向かい両手をついて低頭した。

「清ともうします。どうぞ、よろしくお引き回しのほどをお願いいたします」

　落ち着いたようすで彼女は名乗った。

「ああお清はん、やっぱり今日は付いてきはったんどすな。あれこれ勉強になりまっしゃろ」

「十四歳とは思われしまへん。鯉屋はんは身内も同然といわはり、なんや深い関わりのあるお人のようどすなあ。この一件が落着したら、それをゆっくりきかせておくんなはれ。これだけの女子はんどしたら、女公事師にならんでも、どこにでも輿入《こしい》れが出来ますわ。いずれどっかへ嫁ぐ気にならはったら是非、わたしに世話をさせてくんなはれ。世話のし甲斐がありますさかい」

　橘屋清右衛門は一目でその怜悧《れいり》さを察し、すっきりした容色のお清を惚れぼれとした目で眺め、多治見屋治兵衛の後に長々といった。

「それにしてもよう降りつづく雨どす。鍛冶町通りの火事はあっちこっちに飛び火して、えらい被害やったそうどすなあ」

「延焼をくい止めるため、近くの家が何軒も壊されたときいてます。長屋をふくめ焼けた家は百軒近く。家を壊されたお人や、焼け出されたお人たちは、この雨の中で難儀してはりますやろ」

「京都所司代と町奉行所は、お救い小屋を建てなあかんのやないかと、江戸のご老中さまに早馬をもってお伺いしているそうどす」

「そんなもの、ご老中さまや若年寄さまに相談をかけんでも、ご自分たちで判断し、手早く動かはったらええのどすがな」

「そう勝手に塩梅できへんのが、今の世の政《まつりごと》どすわ。何千両何万両の金が要るか、わかりまへんさかいなあ。お上の懐も楽ではないのを、多治見屋はんもご存じどっしゃろ」

「それはようわかってますけど、それとこれとは別どすわ」

橘屋清右衛門と多治見屋の言葉を、お清は目をきらっと光らせ、きき入っていた。

このとき役部屋の外で足音がひびき、襖が開かれ、取次ぎ役の顔がのぞいた。

「吟味役頭酒井弥大夫さまのお成りでございます」

「ようやくどすなあ」

「いよいよどすか。どうなりまっしゃろ」

鯉屋源十郎の声に橘屋清右衛門が反応した。

かれらが坐り直したとき、吟味役頭酒井弥大夫が片手に扇子を握りしめ、苦渋の顔で現れた。

夷屋たちの姿は見えなかった。

弥大夫は平伏するお清の手まり髷に目を留めたが、何もいわなかった。

源十郎は弥大夫の後ろに夷屋正右衛門と誰かが付いてくるものとばかり考えていただけに、ひどく拍子抜けした感じであった。

それは同座した多治見屋治兵衛や他の者も同じに違いなかろう。

そんなかれらの耳に、また沛然《はいぜん》と降る雨の音が大きくひびいてきた。

四

吟味役頭酒井弥大夫は重苦しい顔で上座に坐った。

雑談していた源十郎や清右衛門たちは居住まいを正し、一斉に平伏した。

源十郎の後ろにひかえるお清もだった。

「みなの者、かような大雨の中を集まって貰い、ご苦労じゃ。礼をもうすぞ。中でも多治見屋治兵衛に、わしはそれを特にもうしたい」

平伏して顔を上げた源十郎たちにとって、弥大夫の言葉は意外であった。

「いいえ、吟味役頭さまからさよう労《いたわ》りのお言葉を賜り、恐縮いたしましてございます」

橘屋清右衛門がいい、多治見屋治兵衛も驚いた表情でまた低頭した。

「そなたたちはすでに察しているであろうが、わしはご用人の本多喜内さまと相談いたし、多治見屋からの目安をまだ握ったままにしておる。出入物としてことは小さいともいえるが、対決・糺をつづければ、当然、裁許は重いものとなり、世間を騒がせる結果になるからじゃ」

酒井弥大夫は沈痛な顔と声で打ち明けた。

「吟味役頭さまはいかようなお考えから、目安を握り潰しておられるのでございます」

かれにすぐさまたずねたのは源十郎であった。

「鯉屋の源十郎、わしはこれでも今まで、務めをきちんと果してきた吟味役頭だと自負しておる。この事件に諸般の事情がからむとはもうせ、すぐ安易に内済ですませればと、わしが考えたと思うか——」

「いや、わたしは決してさようには思うておりまへん。吟味役頭さまは公正に事件をお裁きになるお方だと、わたしどもはいつも心強う思うてまいりました。橘屋はんの手によってお手許に届けられた多治見屋さまの目安をお読みになり、相手は天下一、二の呉服屋。糺をつづけるについて、失礼ながら橘屋はんお一人では心許ないと、わたしを加勢に加えられたほどでございます。何しろ相手は夷屋。たとえば二条陣屋を味方につけ、どんな方法をもって、多治見屋さまとお白洲で争うてくるか知れないからでございまっしゃろ」

源十郎は酒井弥大夫をじっと見詰め、思いの一端をのべ立てた。

そばできくお清にもその気迫がはっきり感じられ、彼女も吟味役頭の顔をしっかり見据えていた。

役部屋の中に緊張がただよった。

「源十郎に清右衛門、いかにもわしは仔細に書かれた目安を読み、そのように考えたわい。夷屋をお白洲に引きずり出し、白黒をはっきりつけねばなるまいと奮い立ったほどじゃ。しかしながら相手が相手ゆえ、念のためにご用人さまに目安を読んでいただいた。お奉行さまにも万一の場合を、覚悟していただかねばならぬのでなあ。ところがご用人さまからなんとか多治見屋を説き伏せ、この一件を内済にしてすまされぬかとのお言葉が、数日後に返ってきた。ご用人さまがお奉行さまに目安をご覧に入れたのは確実。お奉行さまは諸般の事情をお考えになり、そのように仰せられたのであろう」

「さようでございましたか——」

源十郎は短く一言いった。

橘屋清右衛門も無言でうなずいた。

酒井弥大夫の顔には苦渋の色がにじんでいた。

「多治見屋の目安は、ご用人さまからそのままわしに返されてきた。吟味役頭とはもうせ、わしも所詮は宮仕えの身。お奉行さまのお指図に背いてよいやらどうやら。源十郎、そなたに目安を明かして橘屋への加勢を頼み、わが身の去就も合わせ、あれこれ考えたわい。されどもこれとは別に、わしは自分の役目柄として、夷屋正右衛門を始め総番頭、一番番頭、手代たちを呼び出し、ひそかに急いで事情を聴取いたしたのよ。この役部屋でなあ」

かれはその時のようすを思い出したのか、さして広くもない役部屋をゆっくり見廻した。

「夷屋正右衛門はひたいに脂汗を浮べ、総番頭の市兵衛は、ひれ伏して小声でむせび泣いておった。全くさまにならぬ話よ」

かれは蓮っ葉な口調でいった。

「夷屋正右衛門を立ち会わせ、わしは総番頭を始め、四人の番頭と主な手代三人を次々と呼び出した。書き役をひかえさせ、しっかりこたびの経緯《いきさつ》をきき取ってくれたわ。不審は問い詰め、何もかもほとんど正確に吐かせたつもりじゃ。主の正右衛門もいうていたが、これはまあ奉公人たちの競い合い。番頭たちは自分の売り上げを少しでも多くいたし、店での出世を考え、多治見屋の隠居にあれこれ似合いもせぬ高価なきものを、強引に勧めおったのじゃ。誤った熱心さが引き起した不始末じゃわ。ただ誰もが、多治見屋の隠居が惚け始めていたとは知らなんだと弁明していたがなあ」

弥大夫は扇子を膝にぐっと立て、語りつづけた。

「夷屋正右衛門はこれらの一切を知るにつけ、わたくしの監督不行届きでございましたと詫びおった。店の商売熱心が今度の騒ぎを引き起したに間違いなく、責められるべきはこのわたくし。多治見屋さまにはほんまに悪いことをいたしました。お奉行さまたちのありがたいご配慮ではございますが、内済とは以《もっ》ての外《ほか》。どのようなお裁きでもお受けいたしますと、ただただ平伏しておったわい。されどそれではこの一件はどうにも解決できぬ。お奉行さまたちのご意向を、夷屋には一応、伝えておいたのだが——」

およその話をみんなにきかせ、弥大夫はがくっと肩を落した。

「夷屋はんは内済とは以ての外といわれたのでございますか――」

きいたのは多治見屋治兵衛だった。

「ああ、自分が負けるのを承知で、そういうたのであろう」

「裁きになれば、裁許は死罪はまぬがれるとしても、商いの停止、家屋敷・財産没収、遠島か追放になるのは、これまで起った似たような事件から見て間違いございまへん。わたしにも母親が惚けているのを見過した落度がございますれば、その迂闊を反省いたさねばなりまへん。夷屋さまはご自分や代々が築き上げてこられた信用や財産のすべてを失う覚悟で、内済とは以ての外といわれたのでございましょう。商人としてなかなか出来ぬことでございます。されば、わたしはここで、夷屋さまに対する訴訟を取り下げさせていただきます。一時の怒りに委せ、夷屋さまを訴えたわたしが愚かでございました。どうぞどなたさまも、ご勘弁くださりませ」

多治見屋治兵衛は急に身体を乗り出し、吟味役頭に声を強めていった。

「多治見屋はん、訴えを取り下げはりますのやと――」

橘屋清右衛門が思わず口走った。

「さようでございます。訴えを取り下げ、内済にしていただくつもり。吟味役頭さま、何卒そうお計らいいただきとうございます」

かれは両手をついて酒井弥大夫に頼んだ。

「なにっ、そうしてくれるか。ならば是非、見せたいものがある。これっ、庭に面した障子戸を開けい――」

かれは書き役にあごをしゃくった。

「はい、畏まりました」

書き役は筆を置いて立ち上がると、急いで障子戸に近づき、素速くそれをさっと左右に開いた。

いくらか小降りになったものの、雨はまだ降りつづいている。さして広くもない庭で、十人余りの男たちが雨に打たれた姿で、一斉に平伏した。

しかもかれらはすべて坊主頭であった。

先頭に夷屋正右衛門が坐っていた。

「夷屋正右衛門でございます。そこにおいでの多治見屋さま、わたくしを始め店の者たちが、もうしわけのないことをいたしました。どうぞ、お許しいただきとうございます。されどいかなる罰でも受ける覚悟でございますゆえ、そこはご斟酌《しんしゃく》くださいませぬようにお願いいたします」

「これは夷屋さま――」

多治見屋治兵衛は驚いて役部屋の縁側に飛び出した。

ほかの男たちもだった。

「どうぞ、軒下に入って頭やお顔、身体の濡れをお拭いになってくださいませ」

源十郎たち男五人は、着ている羽織を脱いでかれらに勧めた。

吉左衛門などは吟味役頭さまのお許しを得て、縁側にお上がりになったらいかがでございますとまでいっていた。

だがお清は一人、男たちの動きを冷静にじっと見つめていた。

「ところでそこにいる若い女子は何者なのじゃ」

酒井弥大夫が誰にともなくきいた。

「はい、わたしが伴ってきた者でございます」

「何ゆえかような場所に連れてきたのじゃ」

「鯉屋で身内同然にしている十四の娘でございますが、女公事師になりたいともうしますゆえ、現場の一つを見せるためでございます」

「女公事師にじゃと。変わった肝の据わった女子じゃなあ。名前はなんともうすのじゃ」

「美濃屋の清ともうします」

彼女は吟味役頭に臆せずに答えた。

「お清か」

「はい」

「そなたならこの後、夷屋正右衛門にどう対する」

「口幅ったいようでございますが、内済の一つの条件として、うちなら数日前に起った鍛治町通り界隈の大火について、夷屋さまに急いでお救い小屋を設けよといい渡します。また焼け失せた家屋の普請を、出来る限り援助いたさせます。夷屋さまは天下一、二の呉服屋。何万両かかろうとも、そういたされましょう。いくらか流れた夷屋さまの悪評はそれによって消され、お奉行さまや吟味役頭さまの評判が上がるのは疑いございまへん」

お清は堂々とした態度でいった。

「そ、そんなことで多治見屋さまが今度の一件を許してくれはるんどしたら、わたくしどもは喜んでさせていただきます」

夷屋正右衛門がお清の言葉をきき、うなずいた。

「お清とやら、よい思案じゃ。十四のそなたがそれを思い付くとは、まことに天晴《あっぱれ》なものじゃ」

重苦しかった役部屋の空気が一気に和んだ。

「お清はん、あのときわたしはほんまに驚きましたえ」

内済の話がすべて整い、夷屋はその条件とされたお救い小屋と家屋の救済建設の用意のために、すでに番頭二人を役部屋から店に走らせていた。

主の源十郎を協議のために残し、下代の吉左衛門は東町奉行所の東門をお清とともに出て、彼女にいいかけた。

雨はいつの間にか止み、空が明るくなっていた。

鯉屋の店に戻ると、祇園・新橋から菊太郎がお清を迎えにきており、逐一を吉左衛門からきかされた。

「そうかお清ちゃん、吟味役頭にそういったとはなかなかいい度胸じゃ。お母はんと右衛門七の小父さんが心配しておる。されば今から美濃屋に帰るとするか――」

「はい菊太郎の小父ちゃん、うちもなんや疲れてしまいました。早う店に帰りとうございます」

二人はお多佳や吉左衛門、正太や鶴太たちに礼をいい、店の表に出た。

日暮れの迫った東の空を見ると、東山を南北に大きな美しい虹がかかっていた。

「いやあ、きれいな虹やわあ」

「これは見事じゃ。お清ちゃんの将来の門出を祝う虹かも知れぬぞ」

菊太郎が彼女の小さな肩をぽんと叩いた。

「公事宿事件書留帳」作品名総覧・初出

※本シリーズは、第一集〜第十九集までは幻冬舎文庫として、第二十集は単行本として小社から刊行されています。

公事宿事件書留帳一「**闇の掟**」

1 火札（小説City／1990年6月号）
2 闇の掟（小説City／1990年8月号）
3 夜の橋（小説City／1990年10月号）
4 ばけの皮（小説City／1990年12月号）
5 年始の始末（小説City／1991年2月号）
6 仇討ばなし（小説City／1991年4月号）
7 梅雨の螢（小説City／1991年6月号）

公事宿事件書留帳二「**木戸の椿**」

8 木戸の椿（小説City／1992年2月号）
9 垢離の女（小説City／1992年3月号）
10 金仏心中（小説City／1992年4月号）
11 お婆とまご（小説City／1992年5月号）
12 甘い罠（小説City／1992年6月号）
13 遠見の砦（小説City／1992年7月号）
14 黒い花（小説City／1992年8月号）

公事宿事件書留帳三「拷問蔵」

15 拷問蔵（書き下ろし／1993年12月）
16 京の女狐（書き下ろし／1993年12月）
17 お岩の最期（書き下ろし／1993年12月）
18 かどわかし（書き下ろし／1993年12月）
19 真夜中の口紅（書き下ろし／1993年12月）
20 中秋十五夜（書き下ろし／1993年12月）

公事宿事件書留帳四「奈落の水」

21 奈落の水（小説CLUB／1996年10月号）
22 厄介な虫（小説CLUB／1996年12月号）
23 いずこの銭（小説CLUB／1997年6月号）
24 黄金の朝顔（小説CLUB／1997年9月号）
25 飛落人一件（書き下ろし／1997年11月）
26 末の松山（書き下ろし／1997年11月）
27 狐の扇（書き下ろし／1997年11月）

公事宿事件書留帳五「**背中の髑髏**」

28 背中の髑髏（小説CLUB／1998年6月号）
29 醜聞（小説CLUB／1998年9月号）
30 佐介の夜討ち（小説CLUB／1998年12月号）
31 相続人（小説CLUB／1999年3月号）
32 因業の瀧（書き下ろし／1999年5月）
33 蝮の銭（書き下ろし／1999年5月）
34 夜寒の辛夷（書き下ろし／1999年5月）

公事宿事件書留帳六「**ひとでなし**」

35 濡れ足袋の女（小説CLUB／1999年12月号）
36 吉凶の蕎麦（小説CLUB／1999年9月号）
37 ひとでなし（小説CLUB／1999年6月号）
38 四年目の客（書き下ろし／2000年12月）
39 廓の仏（書き下ろし／2000年12月）
40 悪い錆（書き下ろし／2000年12月）
41 右の腕（書き下ろし／2000年12月）

公事宿事件書留帳七「**にたり地蔵**」

42　**旦那の凶状**　（書き下ろし／2002年7月）

43　**にたり地蔵**　（書き下ろし／2002年7月）

44　**おばばの茶碗**　（書き下ろし／2002年7月）

45　**ふるやのもり**　（書き下ろし／2002年7月）

46　**もどれぬ橋**　（書き下ろし／2002年7月）

47　**最後の銭**　（書き下ろし／2002年7月）

公事宿事件書留帳八「**恵比寿町火事**」

48　**仁吉の仕置**　（星星峡／2002年11月号）

49　**寒山拾得**　（星星峡／2002年12月号）

50　**神隠し**　（星星峡／2003年1月号）

51　**恵比寿町火事**　（星星峡／2003年2月号）

52　**末期の勘定**　（星星峡／2003年3月号）

53　**無頼の酒**　（星星峡／2003年4月号）

公事宿事件書留帳九「悪い棺」

54 釣瓶の髪（星星峡／2003年5月号）
55 悪い棺（星星峡／2003年6月号）
56 人喰みの店（星星峡／2003年7月号）
57 黒猫の婆（星星峡／2003年8月号）
58 お婆の御定法（星星峡／2003年11月号）
59 冬の蝶（星星峡／2003年12月号）

公事宿事件書留帳十「釈迦の女」

60 世間の鼓（星星峡／2004年1月号）
61 釈迦の女（星星峡／2004年2月号）
62 やはりの因果（星星峡／2004年3月号）
63 酷い桜（星星峡／2004年4月号）
64 四股の軍配（星星峡／2004年5月号）
65 伊勢屋の娘（星星峡／2004年6月号）

公事宿事件書留帳十一「**無頼の絵師**」

66　右衛門七の腕　（星星峡／2004年9月号）
67　怪しげな奴　（星星峡／2004年10月号）
68　無頼の絵師　（星星峡／2004年11月号）
69　薬師のくれた赤ん坊　（星星峡／2004年12月号）
70　買うて候えども　（星星峡／2005年1月号）
71　穴の狢　（星星峡／2005年3月号）

公事宿事件書留帳十二「**比丘尼茶碗**」

72　お婆の斧　（星星峡／2005年4月号）
73　吉凶の餅　（星星峡／2005年5月号）
74　比丘尼茶碗　（星星峡／2005年6月号）
75　馬盗人　（星星峡／2005年7月号）
76　大黒さまが飛んだ　（星星峡／2005年8月号）
77　鬼婆　（星星峡／2005年11月号）

公事宿事件書留帳十三「雨女」

78　牢屋敷炎上（星星峡／2005年12月号）
79　京雪夜揃酬（星星峡／2006年1月号）
80　幼いほとけ（星星峡／2006年2月号）
81　冥府への道（星星峡／2006年3月号）
82　蟒の夜（星星峡／2006年5月号）
83　雨女（星星峡／2006年6月号）

公事宿事件書留帳十四「世間の辻」

84　ほとけの顔（星星峡／2006年8月号）
85　世間の辻（星星峡／2006年9月号）
86　親子絆騙世噺（星星峡／2006年10月号）
87　因果な井戸（星星峡／2006年11月号）
88　町式目九条（星星峡／2006年12月号）
89　師走の客（星星峡／2007年1月号）

公事宿事件書留帳十五「**女衒の供養**」

90 奇妙な婆さま（星星峡／2007年3月号）
91 牢囲いの女（星星峡／2007年4月号）
92 朝の辛夷（星星峡／2007年5月号）
93 女衒の供養（星星峡／2007年6月号）
94 あとの憂い（星星峡／2007年7月号）
95 扇屋の女（星星峡／2007年8月号）

公事宿事件書留帳十六「**千本雨傘**」

96 千本雨傘（星星峡／2007年11月号）
97 千代の松酒（星星峡／2008年1月号）
98 雪の橋（星星峡／2008年2月号）
99 地獄駕籠（星星峡／2008年3月号）
100 商売の神さま（星星峡／2008年4月号）
101 奇妙な僧形（星星峡／2008年5月号）

公事宿事件書留帳十七「**遠い椿**」

102 貸し腹（星星峡／2008年9月号）

103 小さな剣鬼（星星峡／2008年10月号）

104 賢女の思案（星星峡／2008年11月号）

105 遠い椿（星星峡／2008年12月号）

106 黒猫（星星峡／2009年1月号）

107 鯰大変（星星峡／2009年2月号）

公事宿事件書留帳十八「**奇妙な賽銭**」

108 かたりの絵図（星星峡／2009年7月号）

109 暗がりの糸（星星峡／2009年11月号）

110 奇妙な賽銭（星星峡／2009年12月号）

111 まんまんちゃんあん（星星峡／2010年1月号）

112 虹の末期（星星峡／2010年2月号）

113 転生の餅（星星峡／2010年3月号）

公事宿事件書留帳十九「**血は欲の色**」

114 闇の蛍 （星星峡／2010年7月号）
115 雨月の賊 （星星峡／2010年10月号）
116 血は欲の色 （星星峡／2010年12月号）
117 あざなえる縄 （星星峡／2011年1月号）
118 贋の正宗 （星星峡／2011年2月号）
119 羅刹の女 （星星峡／2011年3月号）

公事宿事件書留帳二十「**鴉浄土**」

120 蜩の夜 （星星峡／2011年8月号）
121 世間の鎖 （星星峡／2011年9月号）
122 鴉浄土 （星星峡／2011年11月号）
123 師走駕籠 （星星峡／2011年12月号）
124 陣屋の椿 （星星峡／2012年3月号）
125 木端の神仏 （星星峡／2012年4月号）

公事宿事件書留帳二十一「**虹の見えた日**」

牢舎の冬　（星星峡／2013年2月号）

弥勒の報い　（星星峡／2013年3月号）

鬼面の女　（星星峡／2013年4月号）

阿弥陀の顔　（星星峡／2013年6月号）

赤緒の下駄　（星星峡／2013年7月号）

虹の見えた日　（星星峡／2013年8月号）

幻冬舎　澤田ふじ子作品（単行本）

鴉浄土

公事宿事件書留帳

亡き妻の墓前で見かけたを鴉を彼女の生まれ変わりと信じる九郎右衛門は、遺品を整理していた矢先、ある異変に気づく……。人気時代小説。堂々のシリーズ第二十集！

四六判上製　定価1680円（税込）

幻冬舎　澤田ふじ子作品（文庫本）

（価格は税込みです。）

木戸のむこうに
職人達の恋と葛藤を描く時代小説集。単行本未収録作品を含む七編。
560円

公事宿事件書留帳一　闇の掟
公事宿の居候・菊太郎の活躍を描く、人気時代小説シリーズ第一作。
600円

公事宿事件書留帳二　木戸の椿
母と二人貧しく暮らす幼女がかどわかされた。誘拐犯の正体は？
600円

公事宿事件書留帳三　拷問蔵
差別による無実の罪で投獄された男を救おうと、奔走する菊太郎。
600円

公事宿事件書留帳四　奈落の水
仲睦まじく暮らす母子を引き離そうとする極悪な計画とは？
600円

公事宿事件書留帳五　背中の髑髏《どくろ》
子供にせがまれ入れた背中の刺青には、恐ろしい罠が隠されていた。
600円

公事宿事件書留帳六　ひとでなし
誘拐に端を発した江戸時代のリストラ問題を解決する菊太郎の活躍。
600円

公事宿事件書留帳七　にたり地蔵
「笑う地蔵」ありえないものが目撃されたことから暴かれる人間の業。
600円

公事宿事件書留帳八　恵比寿町火事
火事場で逃げ遅れた子供を助けた盗賊。その時、菊太郎は……？
600円

公事宿事件書留帳九　悪い棺
葬列に石を投げた少年を助けるため、菊太郎が案じた一計とは。
600円

公事宿事件書留帳十　釈迦の女
知恩院の本堂回廊に毎日寝転がっている女。その驚くべき正体。
600円

公事宿事件書留帳十一　無頼の絵師
一介の扇絵師が起こした贋作騒動の意外な真相とは？
600円

公事宿事件書留帳十二 比丘尼《びくに》茶碗
尼僧の庵をうかがう謎の侍。その狙いとはいったい何なのか?
600円

公事宿事件書留帳十三 雨女
雨に濡れそぼつ妙齢の女を助けた男を見舞った心温まる奇談。
600円

公事宿事件書留帳十四 世間の辻
鯉屋に担ぎ込まれた石工の凄惨な姿は、何を物語っているのか?
600円

公事宿事件書留帳十五 女衒《ぜげん》の供養
二十五年ぶりに帰ってきた夫。その変貌した姿に、妻は何を見たのか?
600円

公事宿事件書留帳十六 千本雨傘
菊太郎の目前で凶刃に倒れた鋳蔵。彼はなぜ襲われたのか?
600円

公事宿事件書留帳十七 遠い椿
老女の人生を変えた四十年ぶりの運命の巡り会い。
600円

公事宿事件書留帳十八 奇妙な賽銭
夜ごと、貧乏長屋に投げ込まれる銭の意味するものは?
600円

公事宿事件書留帳十九 血は欲の色
欲まみれの役人に、菊太郎、怒りの鉄槌!
600円

惜別の海（上・中・下）
秀吉の朝鮮出兵の陰で泣いた、名もなき人々の悲劇を描く大長編小説。
（上）630円
（中）680円
（下）680円

螢の橋（上・下）
豊臣から徳川へ移った権力に翻弄された人々の悲劇! 長編小説。
（各）560円

黒染の剣（上・下）
武蔵に運命を狂わされた剣の名門・吉岡家の男たち女たち。長編小説。
（各）630円

高瀬川女船歌
京・高瀬川のほとりの人々の喜びと哀しみを描く、シリーズ第一作。
560円

高瀬川女船歌二 いのちの螢
高瀬川沿いの居酒屋の主・宗因が智恵と腕で事件を解決する。
560円

高瀬川女船歌三 銭とり橋
故郷の橋を架けかえるため托鉢を続ける僧と市井の人々の人情譚。
560円

高瀬川女船歌四 篠山《ささやま》早春譜
「尾張屋」に毎夜詰めかける侍たちと、京の町を徘徊する男の関係とは?
600円

幾世の橋
庭師を志す少年の仕事、友情、恋に生きる青春の日々。長編小説。
880円

大蛇《おろち》の橋
恋人を殺された武士が、六年の歳月を経て開始した恐るべき復讐劇。
600円

雁の橋（上・下）
生家の宿業に翻弄される少年。その波乱の半生を描く、傑作長編。
（各）560円

〈著者紹介〉
澤田ふじ子　1946年愛知県生まれ。愛知県立女子大学(現愛知県立大学)卒業。73年作家としてデビュー。『陸奥甲冑記』『寂野』で第三回吉川英治文学新人賞を受賞。著書に『蛍の橋』『大蛇の橋』『惜別の海』『黒染の剣』『雁の橋』『幾世の橋』「公事宿事件書留帳」シリーズ(いずれも小社刊)、『短夜の髪　京都市井図絵』(光文社)、『天皇の刺客』(徳間書店)、『偸盗の夜　高瀬川女船歌』(中央公論新社)他多数。

虹の見えた日　公事宿事件書留帳
2013年11月25日 第1刷発行

GENTOSHA

著　者　澤田ふじ子
発行者　見城 徹

発行所　株式会社 幻冬舎
〒151-0051 東京都渋谷区千駄ヶ谷4-9-7

電話:03(5411)6211(編集)
03(5411)6222(営業)
振替:00120-8-767643
印刷・製本所:中央精版印刷株式会社

検印廃止

ISBN978-4-344-02489-2 C0093
幻冬舎ホームページアドレス　http://www.gentosha.co.jp/

この本に関するご意見・ご感想をメールでお寄せいただく場合は、comment@gentosha.co.jpまで。